KB121628

나는 선생님이 좋아요

옮긴이 햇살과나무꾼

동화를 사랑하는 사람들이 모여 만든 곳으로, 세계 곳곳에 묻혀 있는 좋은
작품을 찾아 우리말로 소개하고 어린이의 정신에 지식의 씨앗을 뿌리는 책을
집필하는 어린이책 전문 기획실이다.《나는 선생님이 좋아요》《소녀의 마음》
《산 너머는 푸른 바다였다》《내 안의 또 다른 나, 조지》《워터십다운의
열한 마리 토끼》들을 우리말로 옮겼으며,《위대한 발명품이 나를 울려요》
《민들레 씨앗에 낙하산이 달렸다고?》《마루랑 온돌이랑 신기한 한옥 이야기》
들을 썼다.

兎の眼

written by Haitani Kenjiro 灰谷健次郎
Copyright © 1974 Haitani Kenjiro
Copyright © 2006 Sanae Yamamoto

Korean Translation Copyright @ 2002 © 2008 Tin-drum Publishing
company
All rights reserved.
Korean translation edition is published by arrangement with
Haitani Kenjiro Office and Tony International.

이 책은 하이타니 겐지로 사무소와 독점 계약하여 ㈜양철북출판사에서
펴냈습니다. 저작권법에 따라 한국 내에서 보호를 받는 저작물이므로
무단 전재와 복제를 금합니다.

나는
선생님이
좋아요

하이타니 겐지로 • 햇살과나무꾼 옮김

양철북

프롤로그

데쓰조의 이야기는 파리 이야기에서 시작된다.

고다니 후미 선생님은 데쓰조네 담임인데, 결혼한 지 겨우 열흘밖에 되지 않았다. 대학을 졸업한 지도 얼마 안 되고 해서, 고다니 선생님은 데쓰조 행동에 기겁했다.

고다니 선생님은 교무실로 뛰어 들어와 심하게 구역질을 했다. 그러고는 울음을 터뜨렸다.

깜짝 놀란 교감 선생님이 허겁지겁 교실로 달려가 보니, 데쓰조가 흰자위를 드러낸 채 뚫어지게 한 곳을 노려보고 있었다. 주위에서 아이들이 웅성거리고 있었다.

데쓰조의 발밑을 보고, 처음에 교감 선생님은 무슨 먹음직스러운 과일이라도 떨어져 있는 줄 알았다. 그런데 그것을 들여다본 순간, 무심결에 외마디 소리를 질렀다.

그것은 두 쪽으로 찢어진 개구리였다. 개구리는 아직도

꿈틀꿈틀 움직이고 있었다. 흩어진 내장이 마치 붉은 꽃 같았다.

교감 선생님은 한동안 붙박인 듯 서 있었지만, 무서워서 울고 있는 여자아이가 있다는 사실을 깨닫고 어서 개구리를 치워야겠다고 생각했다. 그래서 데쓰조를 밀쳐 냈다. 그러자 데쓰조는 왼발로 참개구리를 또 짓뭉개 버렸다.

고다니 선생님은 여러모로 생각해 보았다.

어지간히 밉지 않고서야 저렇게 잔인하게 죽일 수 있을까.

'잠깐…' 하고, 고다니 선생님은 생각했다.

'데쓰조는 학교 바로 뒤에 있는 쓰레기처리장에 살고 있어. 당연히 파리도 많을 거야. 혹시 개구리 먹이를 잡다가 친구하고 싸운 게 아닐까?'

고다니 선생님이 그렇게 짐작한 데는 그만한 사정이 있었다. 처리장에서 통학하는 아이들은 청소부니 넝마주이니, 하며 놀림을 받아서 학교에서 곧잘 문제가 되곤 했다.

'하지만 이해할 수 없어…. 설사 그렇다 해도 개구리를 꼭 죽여야 했을까.'

고다니 선생님은 개구리 먹이를 어디서 어떻게 구했는지 아이들에게 물어보았다. 그러자 쓰레기처리장에 들어가서 파리를 잡았다는 아이가 둘 나왔다. 쓰레기 더미 위에서 네댓 마리를 잡았다는 아이와 처리장 안에 있는 어느 집 옆에서 병 속에 든 파리 열세 마리를 잡았다는 아이였는데, 고다니 선생님은 병 속에 든 파리라는 말이 조금 이상하다 싶었지만, 그

때는 딱히 마음에 두지 않고 다음 질문으로 넘어갔다.

병 속에 든 파리 열세 마리를 잡았다는 건 확실히 이상하다. 병 속에 파리가 열세 마리나 있을 수 있을까? 물론 병이 아주 많아 각각의 병에서 파리를 조금씩 모았다고 생각할 수도 있지만, 그렇더라도 어딘가 석연치 않다. 만약 고다니 선생님이 여기에 생각이 미쳐 이 이상한 이야기를 더 조사했다면, 사건의 진상을 그때 완전히 파악할 수 있었을 것이다.

두 아이는 데쓰조를 따라 처리장에 들어간 것은 아니라고 했다. 데쓰조한테는 친구가 하나도 없으며, 개구리한테 살아 있는 먹이를 줘야 했을 때부터 데쓰조가 개구리를 전혀 돌보지 않았다고 했다. 데쓰조와 싸운 적도 없다고 두 아이는 입을 모아 말했다.

결국 고다니 선생님은 아무것도 알아낼 수 없었다.

다시 사건이 터진 것은 그로부터 두 달쯤 지나서였다.

개미를 관찰하는 것이 그 시간의 학습 과제였는데, 고다니 선생님은 개미가 집을 짓는 모습을 살펴보려면 관찰용 병을 검은 천으로 싸 두는 게 좋다고 설명하고 있었다. 별생각 없이 앞에 앉은 아이의 병을 집어 들고 설명을 시작한 지 몇 분이 지났을 때, 별안간 데쓰조가 벌떡 일어났다. 그리고 눈 깜짝할 사이에 사냥개처럼 고다니 선생님에게 덤벼들었다.

엉겁결에 고다니 선생님은 비명을 질렀다. 비명을 지른 순간 이미 고다니 선생님은 선생님이 아니었다. 그저 고다니 후미라는 젊은 여자였다. 무서운 것, 더러운 것을 뿌리치려고 미친 듯이 데쓰조를 떼어 냈다.

다른 아이들도 데쓰조가 별안간 선생님한테 덤벼들었다고 생각했다. 하지만 데쓰조가 고다니 선생님 손에 들린 병을 움켜쥔 것을 보고, 그 병을 빼앗으려고 그랬다는 것을 알았다.

다음으로 공격받은 것은 병 주인인 후미지였다. 후미지가 비명을 질렀을 때, 후미지의 얼굴은 피투성이가 되어 있었다. 데쓰조의 손톱에 찢긴 살갗이 붉은 물을 들인 헝겊처럼 너덜거렸다. 그런데도 데쓰조는 공격을 멈추지 않았다.

얼굴을 감싼 후미지의 손등에 데쓰조의 이가 파고들었다. 후미지의 째지는 울음소리에, 온 힘을 짜내어 데쓰조를 떼어 놓은 고다니 선생님은 흰 뼈가 드러난 후미지의 손을 보는 순간 그 자리에서 까무러치고 말았다.

교무실에서 데쓰조는 교감 선생님한테 심하게 맞았다. 다른 선생님들도 후미지가 얼굴과 손에서 피를 뚝뚝 흘리고 울부짖으면서 병원으로 실려 가는 것을 보았기 때문에, 아무도 교감 선생님의 폭력을 비난하지 않았다. 아무리 맞아도 데쓰조는 입을 열지 않았다. 울지도 않았다. 처음에는 데쓰조를 가엾게 여기던 여자 선생님도 그토록 고집스러운 데쓰조를 지켜보면서 교감 선생님도 어쩔 수 없이 폭력을 쓰는 것이라고 생각하게 되었다.

고다니 선생님은 보건실에 누워 있었기 때문에, 교감 선생님이 데쓰조를 집으로 데리고 갔다. 우스이 바쿠라는 이름 탓에 바쿠 할아버지로 불리는 데쓰조의 할아버지 앞에서 데쓰조는 또 한번 닦달을 당했지만 끝내 입을 열지 않았다.

이튿날 고다니 선생님은 학교를 쉬었다. 이틀을 쉬고 사흘 만에 다시 학교에 나왔다. 고다니 선생님은 예쁘다고 소문이 나 있었는데, 그날은 조금도 예쁘지 않았다.

오후에 바쿠 할아버지가 학교에 찾아왔다. 바쿠 할아버지는 고다니 선생님에게 무언가 이야기를 하고 돌아갔다. 그때 고다니 선생님은 당혹스러운 표정을 지었다. 그리고 오랫동안 생각에 잠겨 있었다.

아이들이 집에 돌아가기만을 기다렸다는 듯, 고다니 선생님은 수업이 끝나자마자 후미지가 입원해 있는 병원으로 달려갔다. 자는 후미지를 깨워, 두 달 전에 처리장에 들어가서 잡아 온 파리가 병에 들어 있던 것이냐고 물었다. 후미지는 조그만 목소리로 그렇다고 대답했다. 왜 병째 가져갔니? 그건 데쓰조의 것이었어, 하고 고다니 선생님은 조금 화난 목소리로 말했다. 중국산 잼 병이라 모양이 특이해서 금방 알 수 있었대. 너, 그 병을 개미 관찰용 병으로 썼지? 하고 고다니 선생님은 내처 물었다.

후미지는 부끄러운 듯이 잘못했다고 말했다. 그러자 고다니 선생님 표정이 조금 누그러졌다. 병 속에 파리가 잔뜩 들어 있기에 그냥 가져왔지만 데쓰조의 것인 줄은 몰랐어요, 하고 후미지가 대답했다.

고다니 선생님은 데쓰조에게 사과하라고 이르고는 자신도 뭔가 결심을 했다.

이튿날 고다니 선생님은 데쓰조를 교무실로 불렀다. 그리고 "너한테 사과해야겠다"고 말을 꺼냈다. 넌 파리를 모으고 있었지, 병에 담아서 말이야. 개구리의 먹이가 줄어들자 걱정이 되었어. 그런데 병이 없어져서 화가 났던 거지? 네 기분을 몰라줘서 정말 미안하구나, 하고 고다니 선생님은 말했다.

데쓰조는 잠자코 있었다. 표정이 조금도 변하지 않았다.

때로 오해는 엉뚱한 곳에서 파리처럼 날아드는 법이다.

다음 날 후미지 아버지가 교무실로 들이닥치는 바람에 한바탕 소동이 일어났다. 맞은 것도 억울한 판에 때린 놈한테 되레 사과하라니 그게 무슨 말이냐며 고다니 선생님의 멱살을 잡았다. 그런 일에 익숙지 않은 고다니 선생님은 새파랗게 질려 아무 말도 못 했다.

말리려던 교감 선생님은 얻어맞았고, 그것을 저지하던 젊은 선생님도 뜨거운 엽차 잔을 뒤집어썼다.

어떻게든 후미지 아버지를 교장실로 밀어 넣고 교장 선생님이 이야기하려고 했지만, 후미지 아버지는 좀처럼 흥분을 가라앉히지 못했다. 겨우겨우 사정을 설명했을 무렵 가엾게도 고다니 선생님은 너무 울어서 얼굴을 알아보지 못할 정도로 퉁퉁 부어 있었고 당장이라도 쓰러질 것만 같았다.

고다니 선생님이 평범한 의사 집안의 외동딸로 곱게 자란 것을 알고 있는 교장 선생님은 고다니 선생님이 이 충격을 견딜 수 있을지 걱정스러웠다.

그날 밤, 고다니 선생님은 어린아이처럼 교장 선생님의 배

응을 받으며 집으로 돌아왔다. 밤잠을 설친 고다니 선생님은 이튿날 아침 학교를 그만두고 싶다고 끙끙 앓듯이 중얼거렸다.

물론 학교를 그만두고 싶다는 고다니 선생님의 생각은 주위 사람들에게 간단히 묵살되었다. 그런 일에 일일이 신경 쓴다면 10년 뒤에는 선생님이 아예 한 사람도 없을 거라고 고다니 선생님을 놀리는 동료도 있었다.

고다니 선생님은 학교에서 일하면서도 왠지 마음이 차가워진 자신을 느꼈다. 처음에는 귀엽기만 하던 아이들도 사소한 오해로 자기한테 해를 입힐 수 있다고 생각하자, 마음이 움츠러들면서 마냥 귀여워할 수만은 없는 듯한 기분이 들었다. 고다니 선생님은 날마다 찜찜한 기분으로 학교에 왔다.

이 학교는 H공업지대 안에 있다. T역 근처로, 학교 주위를 온종일 스모그가 무겁게 짓누르고 있어서 학교 안으로 들어가면 고다니 선생님은 늘 가벼운 현기증을 느꼈다.

이 학교는 쓰레기처리장과 이웃한 탓에 갖가지 피해를 보고 있다.

처리장은 1918년에 지은 뒤로 거의 손을 보지 않았다. 그 때문에 굴뚝에서 내뿜는 연기는 말할 것도 없고 냄새도 지독했다. 재를 퍼낼 때는 학교도 집들도 허연 먼지를 뒤집어썼다. 저학년 아이들은 펄펄 눈이 온다고 까불었지만, 고학년 아이들은 화를 내면서 관청에 항의문을 보내기도 했다.

물론 처리장을 옮기는 계획도 있긴 했지만, 좀처럼 실행될 것 같지 않았다. 선거 때마다 모든 정당이 공약으로 내세웠지만, 지금껏 지켜지지 않았기 때문에 사람들은 S시의 7대 불가사의라고 말하곤 했다.

처리장에 대해 좀 더 설명하자면, 쓰레기를 태우는 소각로가 세 대 있는데 구조는 아주 간단했다. 소각구는 2층에 있고 수거한 쓰레기는 그곳을 통해 아래쪽 소각실로 떨어진다. 물론 그 전에 타는 쓰레기와 안 타는 쓰레기로 대강 분류한다. 잘 안 타건 연기가 많이 나건 다 탈 때까지 몇 시간이고 기다린다. 그래서 소각구에서 떨어뜨린 쓰레기의 종류에 따라 능률이 오르기도 하고 떨어지기도 한다. 대개 24시간이면 소각이 한 번 끝나고 재가 떨어진다. 재가 모이는 곳은 지하에 있지만, 꺼내는 곳은 운반하기 편하도록 도로변에 있다.

재를 꺼내는 일은 오전에 한다. 재를 뒤집어쓰기 때문에 인부들은 대개 팬티 바람으로 일을 하는데, 옆에서 보고 있으면 꽤 장렬하다. 하지만 때로 빈 스프레이 깡통이 터지거나 유리 조각에 손발을 베이기도 하므로 대단히 위험한 일이다. 소각장 옆에는 체육관 같은 건물이 있었다. 처리하지 못한 쓰레기를 모아 두는 곳이다. 장마 때면 여기에 쌓인 쓰레기가 썩는 열기로 건물 전체가 후끈후끈했다.

이 건물에서 조금 떨어진 곳에 쓰레기처리장에서 일하는 사람들의 집 열네댓 채가 하모니카 모양으로 늘어서 있다.

데쓰조의 집은 이 연립주택 동쪽 맨 끝에 있다.

여기서 일하는 사람들은 크게 두 부류로 나뉜다.

한 부류는 콘크리트 건물 안에서 사무를 보거나 현장 인부들을 감독하는 관청 직원으로, 이들은 저녁이 되면 각자 자기 집으로 돌아간다.

다른 부류는 관청에 임시로 고용된 사람들인데 주로 현장에서 일한다. 쓰레기를 분류하거나 태우거나 재를 꺼내는 사람들이다.

바로 이 사람들이 처리장 안에 있는 연립주택에서 살고 있다.

고다니 선생님이 처리장 옆에 있는 이 학교에 와서 여름방학 전까지 넉 달 동안 일어난 사건들을 살펴보면, 이 지역 아이들의 사정을 잘 알 수 있다.

교통사고가 네 건. 한 달에 한 건꼴이다. 사망 사고는 없었지만, 차에 치여 30미터나 질질 끌려간 아이는 전치 6개월의 중상을 입었다.

교통사고 말고도 아이가 크게 다친 사건이 또 하나 있었다. 제강소 지붕에 사는 비둘기를 잡으려다 떨어진 사건이라 신문에도 크게 났다. 이런저런 책임을 추궁당한 탓에, 학교 쪽에서는 이것이 가장 큰 사건이었던 것 같다. 슈퍼에서 물건을 슬쩍하는 일은 한 달에도 몇 건씩, 때로는 열 건이 넘는 때도 있다. 아이의 가출이 한 건. 부모의 가출은 흔하지만, 이것은 학교에서 일일이 조사할 수가 없다. 다행히 일이 크게 번지지는 않았지만, 불량배가 교내로 들어와서 여자아이를 끌고 가려 했던 사건도 있었다. 데쓰조가 일으킨 사건은 그다지 드문 일도 아니어서 손에 꼽히지도 않는다. 다만 데쓰조의 경우는 담임인 고다니 선생님이 이제 대학을 갓 졸업했다는 점 때문에 다른 선생님들의 관심이 쏠렸다.

사실 이 학교는 문제가 많았다. 선생님 중에도 별난 사람이 있었다. 어느 날 고다니 선생님은 아이들이 쓴 글을 누구한테 보여 봤으면 싶었다.

누구한테? 하고 생각하다가 문득 아다치 선생님을 떠올렸다. 그 선생님이 어린이시집과 글쓰기에 관한 책을 냈다는 말을 들었기 때문이었다. 하지만 고다니 선생님은 조금 망설였다. 아다치 선생님은 별로 평판이 좋지 않았다.

아다치 선생님은 머리를 길게 기른 데다 말쑥한 양복 차림과는 거리가 멀어, 고다니 선생님 눈에는 조금 미덥지 않았다.

노름을 한다는 둥, 사생활이 문란하다는 소문도 들렸다. 다만 무슨 영문인지 다른 선생님들이 아다치 선생님을 함부로 대하지 못하는 눈치였는데, 학부모들한테 평판이 좋아서 그렇다는 말을 얼핏 들은 것 같기도 했다.

어쨌든 아다치 선생님한테 아이들의 글을 들고 갔다. 교실에 들어가니 아다치 선생님은 책상을 쭉 붙여 놓고 그 위에서 자고 있었다. 고다니 선생님은 기가 막혀, 과연 깡패 교사라는 별명이 딱 어울리는구나, 생각했다.

"선생님은 늘 이렇게 주무세요?"

고다니 선생님이 묻자,

"뭐, 그렇지" 하고 아다치 선생님은 거칠게 말했다.

하지만 아이들의 작품을 읽을 때는 반듯이 의자에 앉았다.

고다니 선생님이 내민 작품을 읽고, 아다치 선생님은 웃었다.

"좋은 작품이야. 이런 작품이 나오는 걸 보면, 아직 보물이 잠자고 있을지도 모르겠군."

"무슨 뜻이죠?"

"이 밖에도 좋은 작품이 있는데, 선생님이 놓쳤을지도 모른다는 뜻이지. 작품뿐 아니라 사람도 말이야."

그 말을 들으니, 고다니 선생님은 덜컥 불안해졌다.

"우스이 데쓰조가 애를 먹이는 것 같던데, 내 경험으로 보면 그런 아이야말로 보물을 잔뜩 쌓아 놓고 있거든."

고다니 선생님은 깜짝 놀랐다.

데쓰조가 사건을 일으켰다는 사실을 알고 있는 것은 별로 이상할 게 없지만, 전교생이 2천 명 가까이 되는데 다른 학년 학생의 이름까지 외고 있다는 것은 대단한 일이었다.

칭찬받은 것은 기쁘지만, 아다치 선생님의 얘기는 잘 모르겠어.

데쓰조가 보물을 잔뜩 쌓아 놓고 있을지도 모른다고 했는데, 그 보물이란 무엇일까? 데쓰조는 글도 쓸 줄 모르고 말도 하지 않는데, 도대체 어디에 보물인지 뭔지가 숨겨져 있는 걸까, 하고 고다니 선생님은 생각했다.

쥐와 요트

여름방학이 왔다.

처리장 아이들에게도 여름방학이 왔다. 아이들이 없는 학교는 갑자기 먼지투성이가 되어 낡은 성처럼 곰팡내를 풍겼다. 반대로 처리장은 무더운 날씨에 쓰레기가 썩어서 온통 온실처럼 푹푹 쪘다.

그런 가운데서도 아이들은 기운차게 뛰어놀았다.

어느 날 데쓰조에게 고다니 선생님의 편지가 왔다. 바쿠 할아버지가 읽어 주었다.

데쓰조, 잘 지내니? 선생님은 데쓰조가 잘 지내고 있는지 무척 궁금하단다. 올챙이한테 먹이를 주던 데쓰조를 생각하면서 잘 지내고 있을 거라고 혼자 생각했어. 선생님은 아주 잘 지내고 있어. 다시 학생이 된 기분으로

산과 바다에서 새카맣게 탔단다. 이제 곧 데쓰조를 만날
수 있겠구나. 선생님은 그날을 기다리고 있단다.

"좋은 선생님이구나."

바쿠 할아버지가 그렇게 말했지만, 데쓰조는 기치라는 개
를 안은 채 못 들은 척하고 있었다.

데쓰조네 집 앞에는 좁은 공터가 있는데, 지금도 이사오,
호키치, 준, 시로, 다케오 들이 공놀이를 하고 있었다.

시로가 던진 공을 준이 놓치는 바람에 공이 시궁창에 빠졌
다. 말이 시궁창이지 꽤 큼직한 하수도로, 곧장 운하로 이어
져 있다. 준은 허둥지둥 그 안으로 기어들어 갔다. 새까만 얼
굴로 기어 나온 준은 손에 공을 꽉 쥐고 있었다.

공을 도로 던져 주고 나서 준이 말했다.

"하수도 안에 은빛 눈을 한 쥐가 있었어."

"거짓말."

그 소리에 준은 화를 냈다.

"거짓말 같으면, 직접 보고 와."

그래서 다들 시궁창 안으로 우르르 기어들어 갔다.

먼저 시로가 나오고 다음에 이사오가 나왔다. 그러고는 서
로 얼굴을 마주 보고 숨을 몰아쉬었다.

"진짜다. 저거, 왕초 쥐야."

공놀이 따위나 하고 있을 때가 아니었다. 다들 어떻게든 쥐
를 사로잡고 싶었다. 아이들은 잠시 쑥덕거리더니 이내 흩어

졌고, 다시 모였을 때는 너도나도 철망, 소쿠리, 철사, 고무줄 따위를 들고 있었다.

맨 마지막으로 시로가 울상을 지으며 달려왔다. 손에 치즈를 들고 있는 걸로 보아 식구들한테 야단맞으면서 억지로 가져온 모양이었다. 쥐를 잡기 위한 미끼였다.

아이들은 재빠른 손놀림으로 순식간에 쥐덫을 만들었다.

"데쓰야, 여기 잡고 있어."

데쓰는 데쓰조를 말한다. 데쓰조 손까지 빌려 치즈 덩어리를 끈으로 단단히 묶었다. 쥐가 끈을 살짝만 잡아당겨도 위에서 철망이 떨어지게 되어 있었다.

쥐덫을 놓기 위해 준이 다시 시궁창 안으로 기어들어 갔다.

이사오가 말했다.

"꼭 은빛 눈을 한 쥐가 미끼를 문다는 보장이 없잖아."

맞아, 맞아, 하고 다들 걱정했다.

"그 쥐는 왕초가 틀림없어. 맛있는 건 왕초가 먼저 먹을 기야."

시궁창에서 나온 준이 말하자, 다들 고개를 끄덕거렸다. 아이들의 얼굴은 땀과 흙으로 뒤범벅되어 마치 흙탕물에 빠진 낡은 지도 같았지만 아무도 신경 쓰지 않았다.

눈동자를 굴리며 한 시간쯤 기다렸다. 기다리다 못해 다 같이 시궁창 안으로 들어갔다.

1학년인 데쓰조만 위에서 들여다보고 있었다.

"안 되겠어."

하더니 다들 우르르 기어 올라왔다. 꽤 튼튼한 끈이었는데도 중간에서 뚝 끊어져 있었다.

호키치가 감탄하며 말했다.

"잡아당기지 않고 물어뜯었어. 무지무지 똑똑한 녀석이야."

"너하곤 딴판이구나."

이사오가 그렇게 말하자, 호키치는 입을 삐죽이며 "뭐야?" 하고 되받았다.

이번에는 철사로 낚싯바늘을 만들기로 했다. 쥐가 앞발로 붙잡지 않으면 먹을 수 없도록 미끼의 위치도 높였다. 이렇게 해서 아이들이 지혜를 뭉쳐 만든 치즈 덩어리는 또다시 시궁창 안으로 들어갔다.

준이 데쓰조에게 물었다.

"어때, 데쓰, 잘될 것 같아?"

"으."

데쓰조는 짧게 신음하듯 긍정인지 부정인지 분간할 수 없는 대답을 했다. 늘 있는 일이라 아이들은 아무렇지 않았다. 이 패거리는 말을 걸어 주는 방법으로 말수가 적은 데쓰조를 배려하고 있었다.

아이들은 그늘에 빙 둘러앉았다. 기다리는 동안 다른 놀이를 할 마음은 안 생겨, 은빛 눈의 쥐 이야기를 서로 눈으로 주고받고 있었다.

그러다가 이 패거리에서 유일하게 책을 즐겨 읽는 준이 시튼의 《늑대왕 로보》 이야기를 꺼냈다. 사냥꾼들의 덫에 차례

차례 도전하는 로보를 상상하니 아이들은 등줄기가 부르르 떨렸다. 그 흥분은 지금 자기네가 잡으려는 은빛 눈의 쥐한테 그대로 이어져 가슴이 두근거렸다.

"이제 잡혔을까?"

시로가 잠긴 목소리로 말했다. 아이들은 끄덕였지만, 마음은 복잡하게 흔들렸다. 은빛 눈을 한 쥐가 잡히기를 바라고는 있었지만, 너무 싱겁게 잡혀서는 곤란했다. 좀 더 힘세고 다루기 힘든 상대여야 했다.

준이 앞장서서 시궁창 안으로 기어들어 갔다. 찰박찰박 물을 차며 걸어가는 소리뿐, 다들 침묵을 지키고 있었다.

"잡았다!"

준이 큰 소리로 외쳤다. 다들 흠칫 놀랐다. 일제히 달려가 덫에 손을 댔다. 몸부림치는 쥐의 무게가 아이들 손에 그대로 전해졌다. 아이들은 너나없이 가슴이 뛰었다.

'우아, 크다. 이거, 왕초 쥐가 틀림없어. 이놈이야, 이놈. 이놈이 바로 은빛 눈을 한 쥐야.'

다들 흥분한 나머지 목이 바싹 말랐다.

"눈이 번쩍거려?"

이사오가 말하자, 다들 어둠 속을 살펴보았다. 5밀리미터쯤 되는 은구슬 두 개가 사이좋게 어둠 속에서 춤추고 있었다.

호키치가 탄성을 터트렸다. 와아! 하는 아이들의 목소리가 비좁은 굴속에 울려 퍼졌다.

시궁창을 구르듯이 빠져나온 아이들은 이 위대한 왕을 정중히 모시기 위해 머리 위로 받쳐 들고 영차영차 뛰어가기 시작했다.

데쓰조에게 안겨 있던 기치가 쥐를 보고 펄쩍 뛰어내려 뒤따랐다. 데쓰조도 달려갔다.

처리장 서쪽 끝에 아이들의 아지트가 있다. 헌 목재를 짜 맞추어 만든 것인데, 아이들 솜씨라고는 도저히 믿어지지 않을 정도여서 아이들의 놀이를 못마땅해하는 어른들도 여기만큼은 눈감아 주고 있었다.

처리장 안에서는 여기가 가장 시원했다.

아이들은 이곳을 '기지'라고 했다. 놀 때 아지트로 쓰기도 하고, 야단맞고 집에서 쫓겨났을 때 피난처로 쓰기도 한다.

왕초 쥐는 그곳으로 옮겨졌다. 아이들은 깨어지기 쉬운 물건이라도 다루듯이 조심조심 왕을 내려놓았다.

아이들이 왕을 에워쌌다. 눈이 집중된다. 왕이 그 모습을 나타낸 것이다. 아이들의 뜨거운 시선에 왕은 활활 타 버릴 것 같았다.

얼마쯤 시간이 지났다.

맨 먼저 준이 주저앉았다. 그다음에 다케오가 앉으며 준을 보았다. 준도 다케오와 똑같은 눈을 하고 있었다.

둘은 할 말이 없었다. 이사오와 시로도 힘없이 주저앉았다.

끝까지 바라보고 있던 아이는 호키치와 데쓰조였는데, 호키치가 바보처럼 물었다.

"시궁창에서는 은빛 눈알이었는데, 어떻게 된 거야?"

실망해서 대꾸하기도 귀찮다는 얼굴로 이사오가 대꾸했다.

"멍청아, 어두운 곳에 빛이 들어오면 동물은 눈이 빛나게 돼 있잖아."

아무도 준을 뭐라 하지 않았다. 하지만 몸에서 힘이 쫙 빠져 버렸는지 다들 멍하니 하늘을 올려다보았다.

얼마 있다가 시로가 말했다.

"이거, 어떡할까?"

호키치가 대답했다.

"죽여 버려."

그때 여전히 쥐를 보고 있던 데쓰조가 나직이 말했다.

"불쌍해."

"그래."

준은 그렇게 말하고 호키치의 머리를 툭 쳤다.

"쥐를 그냥 놓아줄 수도 없고…."

준은 난처한 듯 모두의 얼굴을 둘러보았다.

"개천에 떠내려 보내자."

이사오가 말하자, 다들 찬성했다.

이제 아이들은 덫을 만들 때와 같은 열성으로 작은 나무 상자를 만들었다. 당장 굶어 죽지 않도록 상자 속에 치즈도 넣었다.

아이들은 넓은 운하까지 나와 쥐를 떠내려 보냈다. 돌에 부딪히지 않도록 조심하면서.

아이들이 그런 장난을 하며 놀고 있을 때, 고다니 선생님은 바다에서 요트를 타고 있었다. 고다니 선생님은 남편과 다툴 정도로 여름방학 내내 놀기만 했다.

고통스럽던 지난 넉 달을 잊으려는 듯, 고다니 선생님 자신도 이상하다 싶을 만큼 노는 데 푹 빠져 있었다.

고다니 선생님은 여태껏 착실하게 살아왔고, 집이 병원이었던 탓도 있어서 밖에 나가 놀기보다는 집에서 책을 읽을 때가 더 많았다. 대학 시절에 친구들과 여행을 다닌 것이 유일하게 자유롭게 놀았다고 할 수 있을 정도였다.

타락한다는 말이 있다. 바른길에서 벗어나 나쁜 행실에 빠진다는 뜻인데, 어쩌면 고다니 선생님은 넉 달 동안의 고달픈 교사 생활을 잊으려고 귀엽게 타락하고 있는지도 모른다.

고다니 선생님은 여름방학이 되자마자 동료 선생님들과 기후 지방의 나가라강으로 갔다. 기후에서 돌아오자 그길로 다시 북알프스의 가사가다케를 등반했다. 8월로 접어들자 고다니 선생님은 학교 일과 집안일을 후닥닥 끝내고 이번에는 바다로 갔다. 와카야마현에 있는 아메리카 마을은 하얀 석회벽에 까만 기와를 얹은 집들이 모여 있는 아름다운 어촌이었다.

그렇게 놀고 있는데도 고다니 선생님은 어딘지 허전한 느낌이 들었다. 학창 시절에는 뭘 하고 놀아도 즐거웠다. 그래도 곧바로 다시 놀러 가고 싶은 마음이 들지는 않았다. 하지만 지금은 다르다. 즐겁지 않은데도 곧바로 다른 데로 놀러 가고 싶어진다. 어째서일까.

그래서 또 요트를 타게 된 것이다. 여름방학이 다 끝나 가고 있는데도….

요트를 타다가 한번 이상한 일이 있었다. 효고현에 있는 에지마 군도를 떠나 히메지의 무로즈항으로 가고 있을 때였다. 중간쯤 지날 무렵, 바다 위에 웬 검은 물체가 떠 있는 것이 보였다. 요트를 몰고 다가가 건져 보니 30센티미터쯤 되는 거북이었다. 크기나 모양으로 보아 바다거북이 아니라는 것은 한눈에 알 수 있었다. 무슨 영문인지 오른쪽 배가 5센티미터쯤 찢어져 있었다. 하지만 상처가 어지간히 아물고 있어서 생명에는 지장이 없는 것 같았다. 어쩌다 바다로 나왔을까. 어디로 가려는 걸까.

바다에 도로 놓아주자, 거북은 목을 꼿꼿이 세우고 네 발을 휘적거리며 헤엄쳐 갔다. 이 넓은 바다에서 왠지 그것은 우스꽝스러운 동작이었다. 하지만 우스꽝스럽기에 거북의 진지함이 더욱 가슴에 사무쳤다.

깡패 교사, 아다치 선생님

스모그 경보가 있었는데도 하늘은 쨍하도록 푸르렀다. 가을이 가까워진 건지도 모른다. 이런 예보는 아무리 빗나가도 불평하는 사람이 없다.

그런 날은 아이들도 왠지 기분이 들뜬다. 1학년 4반에서는 리듬 치기 연습을 시키는 고다니 선생님의 목소리가 들린다.

"서두르지 말고 천천히 하세요. 잘 못해도 괜찮으니까, 그런 사람은 대신에 몸으로 박자를 맞추세요."

고다니 선생님은 여름방학을 놀며 지낸 탓인지 아이들에게 여간 너그럽지 않다.

"안 돼요, 남의 흉내를 내면. 남한테 맞추려니까 박자가 늦어져서 이상해지는 거예요. 잘 안 되는 사람은 목만 까닥여도 돼요. 자, 그럼 시작할까요? 좋아요, 딴따따 딴따따 딴따따딴…."

카랑카랑한 캐스터네츠 소리가 온 교실을 누비고 다녀서 아이들도 선생님도 유쾌했다.

그때 교실 문이 열리고 아다치 선생님이 불쑥 얼굴을 디밀었다.

"노크 좀 하세요."

고다니 선생님이 샐쭉 성을 내며 큰 소리로 말했다.

"노크 좀 하세요."

장난꾸러기 아이들이 고다니 선생님을 흉내 냈다. 모두 웃었다. 아다치 선생님이 아랫눈꺼풀을 까뒤집었기 때문에 웃음소리는 한층 커졌다.

아다치 선생님이 고다니 선생님 귀에 대고 뭐라고 이야기했다. 고다니 선생님의 낯빛이 설핏 어두워졌다.

"그럼 나중에."

"네" 하고 고다니 선생님이 대답했다.

나가려던 아다치 선생님이 고다니 선생님을 놀리면서 말했다.

"잘 못해도 괜찮으니까, 그런 사람은 대신에 몸으로 박자를 맞추세요."

고다니 선생님은 얼굴이 새빨개졌다.

아다치 선생님이 돌아서 나가려 하자 아이들 목소리가 쏟아졌다.

"또 와요."

"또 오세요."

고다니 선생님은 인기가 굉장하구나, 생각했다.

"훼방꾼은 사라졌어요. 자, 계속할까요?"

고다니 선생님은 약간 샘이 나서 말했다. 다시 캐스터네츠 소리가 울리기 시작했다.

데쓰조는 여전히 그냥 앉아 있을 뿐, 아무것도 하지 않았다.

"데쓰조, 선생님하고 같이해 볼까?"

고다니 선생님은 등 뒤에서 껴안듯이 해서 데쓰조의 두 손을 잡았다.

"자, 딴따따, 딴따따, 딴따따, 딴따다, 딴….'"

데쓰조는 마지못해 하고 있다.

"이번에는 데쓰조 혼자 해 봐. 자, 어서."

고다니 선생님은 앞으로 나가 지휘를 했다. 데쓰조는 여전히 그냥 앉아 있다. 고다니 선생님은 조그맣게 한숨을 쉬었다.

데쓰조를 등 뒤에서 감싸안았을 때 머리에서 냄새가 났다. 머리를 안 감았구나, 하고 말하려다가 얼른 말을 삼켰다. 부모님이 없는 데쓰조에게 그런 소리를 해서는 안 된다.

수업이 끝나자, 오늘은 두 가지 볼일이 생겼구나 하고 고다니 선생님은 속으로 생각했다.

4시에 학교를 나섰다.

아다치 선생님과 둘이서 하루카와 기미의 집으로 갔다. 하루카와 기미는 아다치 선생님네 반으로 2학년이고, 동생 사토시는 1학년으로 고다니 선생님네 반이다.

아다치 선생님은 아이들의 엄마가 집을 나간 것은 이번이 두 번째이고, 돌아올 가망이 없다고 했다. 그래서 진작부터 아이들 아버지를 만나 엄마 없이 살아갈 방법을 의논하여 웬만큼 대책을 세웠다고 했다.

오늘 학교로 전화가 왔다.

하루카와 기미가 이웃 아이들에게 공부를 가르치고 10엔, 20엔씩 과외비를 받았다는 것이다. 아다치 선생님은 설마 싶었다가 어쩌면 있을 수 있는 일이라고 생각했단다.

학교 주변에는 가난한 가정이 많지만, 가난한 사람들만 사는 세상이란 없으며, 허영을 부리는 가정도 있고 물질과 돈으로 안락하게 살고자 하는 가정도 있다. 따라서 추잡한 이야기가 나도는 것도 당연하고, 아이들이 그 흉내를 낼 수도 있다고 아다치 선생님은 말했다.

하루카와 기미네 집이 가까워지면서 우동집이나 술집, 곱창구이집, 부침개집 같은 간판이 걸린 가게가 많아졌다. 아다치 선생님은 골목으로 쑥 들어가더니 붕어빵이라고 쓰여 있는 가게의 발을 걷고 안으로 들어갔다.

애들한테 사다 줄 모양이다. 기다리는 동안 아다치 선생님은 그 가게 사람과 줄곧 이야기를 나누었다. 고다니 선생님은 속으로 생각했다. 학교에서는 별로 말이 없더니만, 밖에 나오니까 곧잘 떠드네? 정말 괴짜야.

'빈방 있습니다. — 제비꽃 문화주택'이라는 나무 간판이 걸려 있는 곳이 하루카와 기미네 집이었는데, 복도까지 어두컴

컴했다.

"이름 하나는 어지간히 세련됐구먼."

아다치 선생님은 기가 막혀서 한동안 그 앞에 서 있었다.

고다니 선생님은 킥킥 웃었다.

하루카와 기미는 명랑한 아이였다. 아다치 선생님이 들어가자 잽싸게 달라붙어 머리 꼭대기까지 기어올랐다. 고다니 선생님이 놀라서 보고 있으니까, 기미는 목마를 타고서 아다치 선생님의 이마를 탁탁 치며 "대머리는 반짝반짝…" 하고 노래를 불렀다.

"왜 선생님이 대머리냐? 미남 선생님한테 그딴 소리 하면 붕어빵 안 준다."

아다치 선생님이 말하자, 기미는 그제야 내려왔다. 그래도 여전히 두 팔은 아다치 선생님의 목에 두른 채 물었다.

"고다니 선생님이 아다치 선생님 애인이야?"

"그래. 학교에는 비밀이다."

아다치 선생님이 농담을 했다.

"그 대신 붕어빵 세 개 줘."

하루카와 기미는 한없이 밝은 아이였다.

"동생은 어디 갔어?"

"놀러 갔어. 불러올까?"

아다치 선생님은 고다니 선생님한테 '어떡할까요?' 하는 눈으로 물었다. "없는 게 차라리 낫겠죠" 하고 고다니 선생님은 기미에게 들리지 않게 대답했다.

붕어빵을 먹고 있는 기미에게 아다치 선생님은 아무렇지도 않게 물었다.

"이웃 애들한테 공부 가르쳐 줬니?"

"응."

기미는 고개를 푹 숙인 채 대답했다.

"그림도 가르쳤어."

하루카와 기미는 아다치 선생님의 다음 질문을 앞질러 대답하려고 했다. 그때 기미의 눈은 어른의 눈에 가까웠다.

"그림은 뭘 가르쳤는데?"

기미의 긴장을 풀어 주려는 듯 아다치 선생님이 느긋하게 물었다.

"선생님한테 배운 데칼코마니."

데칼코마니란 도화지를 반으로 접어 한쪽에 두서너 가지 색을 칠하고 양쪽을 접어 눌렀다 펴는 그림 기법 가운데 하나다.

"그거라면 너도 가르칠 수 있지."

아다치 선생님도 붕어빵을 먹기 시작했다. 고다니 선생님한테도 권했지만, 고다니 선생님은 먹지 않았다.

"이웃 아이 누구?"

"마쓰하고 시게하고 고토에."

"돈은 얼마 받았는데?"

아다치 선생님은 쾌활하게 물었지만, 기미는 몸을 움찔했다.

"20엔."

"20엔씩?"

"응."

그랬구나, 하고 나서 아다치 선생님은 먼 곳을 바라보는 듯한 얼굴로 가만히 있다가 물었다.

"아빠는 어떠시냐?"

"어저께는 들어왔지만, 그전에는 사흘 동안 안 들어왔어."

"그 얘긴 학교 와서 왜 안 했어?"

아다치 선생님의 목소리가 약간 엄해졌다.

"…."

"아빠가 돈을 얼마 놓고 나갔니?"

"500엔."

"이웃 애들한테 20엔씩 받은 건 그날이었니?"

기미는 고개를 까딱했다. 고다니 선생님은 가슴이 아파 왔다.

"기미야" 하고 이름을 불렀다.

언제부턴가 기미는 붕어빵을 먹고 있지 않았다.

"기미야."

"응."

"돈 받는 거 하지 말래?"

아다치 선생님은 진심을 담아 찬찬히 말했다.

"응."

기미는 고개를 끄덕였다. 고다니 선생님은 가슴이 뻐근했다. 아직 엄마한테 어리광이나 부릴 나이인데 하고 생각하니 눈물이 쏟아질 것 같았다.

돌아오는 길에 아다치 선생님은 화난 얼굴을 하고 있었다.

번화한 거리로 나오자 표정이 한결 험상궂어졌다.

"한잔하시겠소?"

불쑥 아다치 선생님이 말했다. 그러더니 고다니 선생님 대답은 듣지도 않고 멋대로 성큼성큼 어느 선술집으로 들어갔다.

고다니 선생님은 데쓰조 집에 들러 보려던 참인 데다 학교 근처에서 남자 선생님과 둘이서 술을 마신다는 것이 꺼림칙하여 망설였다. 하지만 이대로 헤어지는 것도 찜찜했다. 묻고 싶은 것도 많았다. 마침내 고다니 선생님은 어려운 결심을 하고 술집으로 들어갔다.

아다치 선생님 앞에 놓인 잔은 벌써 반이나 비어 있었다. 고다니 선생님이 옆에 앉아도 무관심했다. 술을 몸속으로 급히 흘려 넣고 있었다. 무엇인가를 생각하는 눈빛이었다.

"기미는 원래 그렇게 밝고 고분고분한 아인가요?"

"아뇨."

아다치 선생님이 무뚝뚝하게 대답했다. 더 기분이 나빠지는 모양이었다. 고다니 선생님은 말을 걸기가 무서웠다. 아이들을 대할 때의 더없이 쾌활하던 아다치 선생님은 거기에 없었다.

아다치 선생님은 문득 제정신으로 돌아왔는지, "아, 이거 미안해서…" 하고 말했다.

역시 괴짜야. 웃음이 나오려는 걸 참으며 고다니 선생님은 생각했다.

"선생님과 기미는 별 얘기를 하지 않아도 마음이 통하는 것 같아요. 오늘만 해도 선생님은 아무 말씀 안 하셨는데, 기미는 순순히 나쁜 짓을 했다고 생각하고 잘못을 뉘우쳤으니…."

"글쎄, 과연 그럴까요?"

아다치 선생님은 다소 딱딱한 목소리로 말했다.

"그게 나쁜 짓일까?"

잔에 남은 술을 단숨에 비워 버리고는 말을 이었다.

"선생님이나 지금의 나야 잘 모르겠지만, 60엔을 받았을 때 기미가 얼마나 기뻤겠소. 오늘 아빠가 안 들어오면 밥을 굶겠구나, 생각했을 때 설령 나쁜 짓이라 해도 60엔을 벌어 두었다는 것이 얼마나 다행스러웠겠소."

술기운이 도는지, 아다치 선생님의 말씨에 사투리 억양이 배어 나왔다.

"기미가 어른처럼 말할 수 있었다면 분명 이렇게 말했을 거요. 내가 열심히 가르쳐서 겨우 20엔 받은 게 뭐가 나쁘냐고. 그때, 선생님은 할 말이 있겠소?"

취하기는 했지만, 아다치 선생님은 차분히 말을 이었다.

"기미는 나쁜 짓을 했다고 생각하고 잘못을 뉘우친 게 아닙니다. 좋아하는 선생님이 찾아와서 아무튼 그만두라고 하니까, 이 세상에 오직 한두 명뿐인 좋아하는 사람이 그만두라고 하니까, 할 수 없지, 뭐. 기미의 심정은 그런 거였을 거요."

고다니 선생님은 아다치 선생님을 똑바로 바라보고 있었다.

데쓰조의 비밀

아다치 선생님과 헤어져 데쓰조네 집으로 발길을 재촉하는 고다니 선생님은 몸 한가운데가 뻐근하니 무거웠다. 아다치 선생님과 하루카와 기미는 커 보이고 자기는 몹시 작게 느껴졌다. 데쓰조한테 내가 뭘 해 줄 수 있을까, 싶어지자 고다니 선생님은 우울했다.

데쓰조는 집 앞에서 혼자 놀고 있었다. 놀고 있다고 생각한 것은 고다니 선생님의 착각이고, 데쓰조는 쪼그리고 앉아 기치한테 꾀어 있는 벼룩을 잡고 있었다.

"데쓰조."

고다니 선생님이 불렀다. 데쓰조는 고다니 선생님을 흘낏 쳐다보더니 다시 기치에게 눈을 돌렸다.

기미가 아다치 선생님의 머리 위로 기어오르던 생각이 언뜻 떠올라 쓸쓸한 마음이 들었다. 데쓰조는 언제쯤 내게 말을 해 줄까 싶었다.

바쿠 할아버지를 찾아갔더니, 마침 일을 끝내고 몸을 씻고 있었다. 재 때문에 눈썹과 코털까지 새하얗다. 고다니 선생님을 보자, 바쿠 할아버지는 어쩔 줄 몰라 하며 허겁지겁 세수만 하고 셔츠를 입었다.

"데쓰조, 고다니 선생님 오셨다."

바쿠 할아버지가 큰 소리로 외쳤다.

"할아버지, 데쓰조의 머리를 좀 감겨 줘도 될까요?"

고다니 선생님은 애써 밝은 목소리로 아무렇지 않은 듯이 말했다.

"하이고⋯. 나나 저 녀석이나 목욕하길 싫어해서⋯. 이거 죄송스럽습니다."

바쿠 할아버지가 마치 나쁜 짓이라도 한 사람처럼 말했다. 고다니 선생님은 난처해져서 허둥지둥 말했다.

"데쓰조, 선생님이 씻겨 줄 테니까 목욕하자."

데쓰조는 땅만 내려다보고 있었다. 고다니 선생님은 개의치 않고 물을 데우기 시작했다. 부엌문을 통해 뒤꼍으로 나가니 목욕하기에 딱 좋은 넓이의 시멘트 바닥이 있었다.

고다니 선생님이 그리로 대야를 내가려 하자, 웬일인지 바쿠 할아버지가 몹시 당황스러워했다. 손수 대야를 들고 나가더니 시멘트 바닥 구석에 놓여 있는 '뭔가'를 천막 같은 걸로 재빨리 덮었다.

"뭐예요?"

고다니 선생님이 묻자, 바쿠 할아버지는 더욱더 당황하며 아무것도 아니라고 얼버무렸다.

화분 같은 것이겠거니 하고 고다니 선생님은 생각했다.

준비가 끝나자, 데쓰조는 순순히 옷을 벗었다. 어쩔 수 없다는 듯이 대야에 들어가 묵묵히 아래를 보고 있었다.

"데쓰조는 목욕탕에 혼자 가니?"

"…."

"친구랑 가니?"

"…."

"데쓰조 친구는 누구야?"

"…."

고다니 선생님은 더 이상 묻지 않기로 했다.

"선생님도 목욕 싫어해. 선생님은 머리가 길어서 감으려면 한참 걸리거든. 아주 귀찮아. 데쓰조랑 똑같아."

데쓰조는 오도카니 책상다리하고 앉아서 고다니 선생님에게 몸을 내맡기고 있었다.

바쿠 할아버지가 곁에 와서 말했다.

"데쓰조는 좋겠다. 선생님 은혜를 잊지 말아라."

은혜는 그만두고 말이나 해 주렴, 하고 고다니 선생님은 생각했다.

어느새 데쓰조의 살갗에 분홍빛이 돌았다.

"이야, 데쓰조, 미남이 됐네."

고다니 선생님이 데쓰조의 어깨를 툭 쳤지만, 데쓰조는 살짝도 웃지 않았다.

대야의 더운물을 버리려는데 고다니 선생님 발에 뭔가가 채었다. 데쓰조가 맨발로 달려가 그것을 주워 덮개 속으로 밀어 넣었다. 병 같은 것이었다. 순간 세 사람 사이에 묘한 공기가 흘렀다.

데쓰조의 비밀이 밝혀진 것은 그로부터 사흘 뒤였다. 그 계기는 이랬다.

이사오와 호키치는 과학 실험에 쓰려고 초파리를 채집하고 있었다. 쓰레기처리장에 파리가 많다는 이유로, 둘 다 자기 몫과 더불어 몇몇 친구한테 부탁받은 몫까지 채집해야 했다.

초파리는 크기가 3밀리미터밖에 안 되기 때문에 손으로 잡으면 짜부라지고 잠자리채로 잡으면 그물 사이로 빠져나가 버린다. 먹이로 꾀는 수밖에 없다.

이사오와 호키치는 처음에 된장을 썼다. 학교에서 초파리 먹이로는 된장이 좋다고 배웠기 때문이다. 하지만 된장 속에는 방부제인지 착색제인지 몰라도 파리가 싫어하는 화학물질이 들어 있어서 좀처럼 잡히지 않았다.

하는 수 없이 말린 전갱이와 고등어 대가리를 썼다. 이사오도 호키치도 쓰레기 옆에서 살기 때문에 파리가 좋아하는 것을 알고 있었다. 파리는 꾀었지만, 그중에 초파리는 한 마리도 없었다.

난감해진 호키치가 말했다.

"안 되겠다. 데쓰한테 부탁할까?"

6학년인 이사오와 호키치가 1학년짜리 데쓰조한테 도움을 청하는 것은 사실 내키지 않는 일이다.

"안 되겠다" 하고 이사오도 말하자, 호키치가 데쓰조를 부르러 갔다. 따라온 데쓰조는 병 속에 든 생선을 보더니 당장에 버렸다.

"역시 미끼가 틀렸냐? 응, 데쓰?"

이사오는 불안해하며 물었다.

"으" 하고 데쓰조는 여느 때처럼 뜻 모를 대답을 하고는 곧바로 걷기 시작했다. 덩치 큰 이사오와 호키치가 데쓰조를 졸졸 따라갔다.

쓰레기하치장 앞에 오자, 데쓰조는 썩은 과일만 고르고 다녔다. 일일이 냄새를 맡고 마음에 드는 것은 호키치한테 넘겼다. 냄새가 심한 것은 불합격인 모양이었다. 호키치가 냄새를 맡아 보니까 새콤달콤한 냄새와 함께 술 냄새가 조금 났다. 과일이 발효하고 있는 것이었다. 물론 데쓰조는 그렇게 어려운 말은 모른다.

그 미끼를 쓰니까 초파리가 금세 꾀었다.

"히야" 하고 이사오가 감탄했다.

"과연 데쓰다" 호키치도 신음을 냈다.

데쓰조는 딱히 기뻐하는 표정도 보이지 않았다.

이 이야기를 호키치가 무심코 교실에서 해 버린 것이다. 이사오가 허둥지둥 말렸지만 때는 이미 늦었다.

"1학년짜리가 파리에 대해 그렇게 잘 알아?"

이사오네 담임선생님이 물었다.

"일 났네."

이사오는 오만상을 찌푸리며 말했다.

데쓰조가 파리를 많이 기르고 있다는 것, 처리장 아이들이 데쓰조를 파리 박사라고 할 만큼 파리에 대해 훤하다는 것, 파리를 기른다는 사실이 친구들이나 선생님한테 알려지면 따돌림을 당할지도 모른다는 걱정 때문에 바쿠 할아버지가 단단히 입막음하고 있다는 것, 이런 이야기를 하는 수 없이 털어놓았다.

수업이 끝나자, "이 멍청아" 하고 이사오가 호키치를 노려보며 말했다.

"난 몰라."

호키치는 풀이 죽고 말았다.

이 이야기는 당장에 고다니 선생님 귀에 들어갔다. 고다니 선생님이 맨 먼저 떠올린 것은 개구리 사건이었다.

후미지는 병에 든 파리를 잡아 왔다고 했는데, 그렇다면 데쓰조가 기르던 파리를 병째 들고 왔다는 얘기다.

고다니 선생님은 이사오와 호키치를 불러 데쓰조가 왜 파리를 기르느냐고 물었다.

"왜냐하면…."

이사오는 당황해서 머뭇거렸다.

"데쓰는 파리를 굉장히 귀여워하니까. 사람들이 새나 금붕어를 기르는 거나 같지 뭐."

"새나 금붕어는 돈이 들지만 파리는 공짜니까."

호키치가 이렇게 말하는 바람에 주변에 있던 선생님들이 모두 웃었다.

"파리엔 세균이 득실거려. 왜 그렇게 더러운 걸 기르지?"

고다니 선생님이 얼굴을 찡그리며 말했다.

"그런 건 몰라. 데쓰한테 물어봐."

대답이 궁해진 이사오가 말했다.

대체로 처리장 아이들은 선생님 앞에서도 말투를 바꾸지 않는다. 친구한테 얘기하듯 말한다.

이사오는 아직도 호키치가 원망스러운 듯 이따금 호키치를 쿡쿡 찔렀다. 그때마다 호키치는 애처로운 표정을 지었다.

데쓰조가 개구리를 밟아 죽인 이유가 이제야 밝혀졌다. 파리는 데쓰조가 소중하게 기르고 있는 곤충이었다. 그걸 모르고 후미지가 파리를 개구리한테 줘 버린 것이다. 개구리는 그걸 먹었고 화가 난 데쓰조는 개구리한테 복수를 했다. 개구리가 살아 있는 먹이밖에 먹지 않게 되자 그때부터 데쓰조는 개구리를 돌보지 않았다는 얘기도 이제야 이해가 갔다. 하지만…, 고다니 선생님은 생각에 잠겼다.

문제가 하나 더 늘어난 것 같아. 동물을 기르거나 식물을 키우는 건 좋은 일이지만 파리를 기르는 건 좋은 일이라고 할 수 없어. 데쓰조는 아직 어려서 위생 관념이 없는 탓이겠지만….

어떡하지? 고다니 선생님은 머리가 지끈거렸다. 개구리를 짓뭉개던 데쓰조를 생각하면 어지간히 타일러서는 파리 기르는 일을 막을 수 없을 것 같았다.

어쨌든 바쿠 할아버지하고 의논해 보자고 고다니 선생님은 생각했다. 그러다가 퍼뜩 떠오른 생각이 있었다.

데쓰조를 씻길 때 데쓰조와 바쿠 할아버지가 얼른 감춘 것이 있었어. 그게 바로 파리를 기르는 병이었어. 그럼, 바쿠 할아버지가 파리 기르는 일을 허락한 이유는 무엇일까?

고다니 선생님은 바쿠 할아버지를 만나기 위해 3시에 처리장으로 갔다. 몹시 더운 날이어서 아무리 닦아도 땀이 흘렀다. 처리장에 들어서자 썩은 쓰레기 때문에 더 더웠다. 이런 곳에서 파리를 기르다니, 정말 어처구니가 없다고 고다니 선생님은 생각했다.

고다니 선생님은 처리장에 오기 전에 어떤 책에서 파리에 관해 조사해 보았다. 특히 마음에 걸린 것은 다음과 같은 글이었다.

파리가 옮기는 병균의 종류는 옛날부터 많이 알려져 있는데, 이질, 장티푸스를 비롯하여 파라티푸스, 식중독, 콜레라, 아메바이질, 각종 기생충증, 결핵 등 20여 종의 병을 일으킨다. 또 소아마비는 검정금파리가 옮길 가능성이 높아 연구 중이다.

이 사실들을 알기 쉽게 데쓰조한테 설명해 줘야 할 텐데.

고다니 선생님이 처리장으로 들어가자, 선생님을 발견한 이사오와 호키치가 재빨리 달려왔다. 준과 시로도 잇따라 쫓아왔다.

"선생님, 데쓰 야단치러 온 거야? 그 자식은 개하고 파리 말곤 친구가 없단 말이야. 좀 봐줘."

이사오가 간곡히 사정했다.

"야단치러 온 거 아냐. 어째서 파리를 기르는지 데쓰조랑 할아버지한테 물어보러 온 거지."

"뭐, 그렇담 괜찮지만. 그 자식, 진짜로 파리 말곤 친구가 없단 말이야. 선생님은 미인이니까 파리 같은 거랑은 거리가 멀겠지만."

이사오가 어른스러운 투로 말했다.

"빈말하고 있어" 하며 고다니 선생님이 이사오의 이마를 가볍게 퉁기자, 이사오는 "헤헤헤" 웃으며 고다니 선생님의 팔을 잡았다. 호키치와 준도 웃으며 고다니 선생님한테 매달려 걸어갔다.

고다니 선생님은 어쩜 이렇게 붙임성이 좋을까 싶었다. 처리장 아이들을 몹시 나쁘게 얘기하는 선생님이 있던데, 도무지 이해할 수가 없었다.

"다른 선생님들도 여기 자주 오시니?"

"알 게 뭐야!"

몹시 격한 목소리로 시로가 말했다.

"선생들은 거의 우릴 바보로 알잖아. 우리더러 냄새난다느니 바보 병신이라느니 하며 사람 취급도 안 한다고, 씨이."

거칠게 내뱉는 시로의 말을 들으며 고다니 선생님은 등골이 서늘해지는 느낌이었다. 이렇게 붙임성 있는 아이가 어째서 갑자기 험한 소리를 하는 걸까?

"구린 쓰레기는 자기네가 다 내다 버리는 주제에."

"맞아" 하고 다들 입을 모았다.

"우리 학교에서 좋은 선생님이라면 아다치랑 오리하시랑 오다 정도야."

아다치 선생님의 이름이 나와서 고다니 선생님은 조금 반가웠다.

"아다치 선생님은 좋아?"

"아다치는 우리 친구야. 그렇지, 다들?"

"응, 친구야." 이번에도 다들 입을 모았다.

"그럼, 나는?" 고다니 선생님이 물어보았다.

"좋아." 이사오가 조금 멋쩍게 말했다.

"어디가 좋아?"

"데쓰를 예뻐해 주잖아."

고다니 선생님은 움찔했다. 그러고는 아이들한테 부끄럽다고 생각했다.

이사오가 어른같이 말했다.

"데쓰가 괴짜라서 고달프지?"

고다니 선생님도 스스럼없이 말했다.

"응, 진짜 고달파."

"선생님, 좋은 냄새가 난다."

준이 조금 부끄러운 듯 말했다.

고다니 선생님은 아이들이 따라와 주어서 마음이 제법 편해졌다. 바쿠 할아버지를 만나기 전에 데쓰조를 보려고 슬그머니 뒤꼍으로 갔다.

데쓰조는 벽에 기대앉아 있었다. 팔을 구부려 눈높이까지 들어 올린 채 뭔가를 지그시 바라보고 있었다.

고다니 선생님은 그것을 뚫어지게 보았다.

데쓰조 팔에 파리가 바글바글 붙어 있다는 것을 알았을 때, 고다니 선생님은 하마터면 소리를 지를 뻔했다.

도대체 이런 일이 있을 수 있을까?

벌집에 모여드는 꿀벌처럼 데쓰조 팔에 파리가 꾀어들고 있다. 파리는 날아가지도 않고 마치 데쓰조에게 어리광이라도 부리듯 몸을 비비적거렸다. 날개를 떼어 버렸나 싶어 자세히 보았지만, 날개는 틀림없이 붙어 있었다.

"데쓰야."

호키치가 부르자, 데쓰조가 이쪽을 보았다. 뒤에 고다니 선생님이 있다는 것을 눈치채자 일어서며 팔을 감추려 했다.

"미안해, 데쓰야. 고다니 선생님이 알아 버렸어."

이사오는 볼 낯이 없는 듯했다.

고다니 선생님은 무서운 것이라도 보는 양 이사오의 어깨를 잡고 쭈뼛쭈뼛 다가갔다.

1센티미터쯤 되는 파리로, 몸통이 황록색으로 빛났다. 번쩍거리는 금속으로 만든 장난감 같았다. 연두금파리라는 종류였지만, 물론 고다니 선생님은 그런 이름을 알지 못한다.

"예쁘다아."

준은 천진스레 말했지만, 고다니 선생님은 예쁘기는커녕 아까부터 소름이 끼쳐 몸이 후들거렸다.

"데쓰조, 어서 버려, 그딴 거. 빨리, 어서…."

고다니 선생님은 헛소리처럼 외치고 있었다. 데쓰조는 한 마리씩 잡아서 병 속에 도로 넣기 시작했다.

"저 파리, 어째서 날지 않지?"

겨우 마음이 진정된 고다니 선생님은 아까부터 궁금했던 점을 물어보았다.

"잘 봐요, 선생님."

이사오는 그렇게 말하고 당장에 파리 한 마리를 잡아 왔다.

"이건 보통 파리니까 손을 떼면 날아가 버려. 여기, 이 밑에 조그만 날개가 또 하나 보이지?"

말 그대로 날개가 하나 더 있었다.

"그 날개 바로 밑에 가느다란 실 같은 거 보여? 자세히 안 보면 잘 안 보이는데."

고다니 선생님이 보인다고 하자, 이사오는 데쓰조한테 핀셋을 빌려 와 실 같은 것을 떼어 버렸다.

"이것 봐" 하면서 이사오가 파리를 손에서 놓자, 파리는 날기는 나는데 금방 뒤집혀서 이러지도 저러지도 못한 채 버둥거릴 뿐이었다.

"데쓰는 이런 걸 보고, 파리가 춤춘다고 해."

징그럽다는 생각도 잊은 채 고다니 선생님은 감탄하고 말았다.

"다 데쓰한테 배운 거야."

이사오는 멋쩍은 얼굴로 말했다.

데쓰조가 파리를 기르는 병은 모두 스무 개쯤 되었다. 귤상자 위에 가지런히 놓여 있는 모습이 마치 병원의 표본실 같았다. 저 파리들은 모두 몇 종류나 되는 걸까? 커다란 검푸른 몸뚱이로 꼼짝도 하지 않고 병 벽에 찰싹 달라붙어 있는 파리가 있었다. 가슴과 등에 세로줄이 있는 큰 파리도 있었는데, 엉금엉금 기어다니는 모습은 보기만 해도 탐욕스러운 느낌이었다. 윤이 나는 남색 파리는 정신없이 날아다니는 것이 척 보기에도 팔팔한 녀석이었다.

고다니 선생님이 알고 있는 파리는 고작 집파리 정도였다.

"몇 종류나 될까? 어떤 게 집파리니?"

"집파리는 없어" 하고 이사오가 대꾸했다.

"데쓰는 집파리는 사람 똥을 먹기 때문에 더럽다고 안 키워."

데쓰조는 성충 말고도 번데기나 구더기도 기르고 있었다. 구더기를 보자 고다니 선생님은 또 속이 메스꺼웠다.

다시는 데쓰조 몸에 손을 못 댈지도 모른다고 생각하자, 고다니 선생님은 자신이 한심스러웠다. 그리고 오늘 이곳에 온 것을 후회했다.

　바쿠 할아버지는 미안해서 몸 둘 바를 몰라 했다. 그리고 마음을 굳힌 듯한 표정으로 말을 꺼냈다.

　"숨길 생각은 아니었지만, 모처럼 선생님한테 귀여움을 받는다 싶어서 그만…. 선생님은 젊은 여자분이라 더욱 말씀드리기가 거북하더군요. 게다가 처리장 아이들은 학교에서 노상 미움을 받는다는 말도 들은 터라, 데쓰조가 미움을 받으면 가엾을 것 같아서 입을 다물고 있었습니다. 데쓰조가 파리를 키우고 있다는 사실을 알았을 때, 저는 화를 냈어요. 여간해서 때린 적이 없었는데, 그때는 마구 때리고 화를 냈지요. 병도 깨부숴 버렸고요. 그런데 꾸중을 들어도, 매를 맞아도, 애는 파리를 기르지 뭡니까. 그러다 보니 화도 못 내겠고 때리지도 못하겠더군요. 이 녀석은 어미도 없고 아비도 없습니다. 세상에서 아무도 귀여워해 주는 사람이 없죠. 그렇게 생각하니, 파리를 키운다고 화를 낼 수가 없었어요. 정 그렇게 파리가 귀엽다면 키우거라, 하지만 사람들은 파리를 싫어하니까 남의 눈에 띄지 않는 데서 키우라고 말했습니다. 고다니 선생님, 파리를 기른다고 해서 데쓰조가 나쁜 아이는 아닙니다. 산으로 데려가면 데쓰조는 곤충을 기를 겁니다. 강으로 데려가면 물고기를 기르겠지요. 하지만 나는 아무 데도 못 데려갑니다. 이 녀석은 쓰레기가 모이는 여기밖에 모르고, 여기는 구더기나 하루살이 그리고 기껏해야 파리밖에 없는 뎁니다. 데쓰조가 파리를 기르는 건 당연하다고 생각했어요. 데쓰조가 후미지인가 하는 애에게 상처를 입혔을 때, 선생님께 다 털어놓을 걸 그랬어요. 파리 얘기를 숨기고 병을 도둑맞았다는 얘기만 한 게 잘못이었어요. 그 병 속에는 데쓰조가 금사자라고 부르며 애지중지하던 파리가 들어 있었어요. 굉장한 놈이었지요. 보통 파리는 아무리 커도 1센티미터가 고작인데 금사자는 2센티미터쯤 되었을까요. 번쩍번쩍 금빛이 나는 게, 왕처럼 거만했어요. 그걸 도둑맞았기 때문에 데쓰조는 온종일 아무것도 먹지 않고 슬퍼했답니다. 후미지라는 아이를 때렸을 때 변명할 여지가 없다고 생각하면서도 그렇게나 아끼던 것이었으니 내심 그럴 만도 하다 싶었습니다. 선생님께 걱정을 끼쳐 늘 죄송하다고 생각하고 있습니다. 불쌍한 아이니까 귀여워해 달라는 마음은 없습니다. 하지만 이 아이도 사람의 자식이니까 사람 친구가 있었으면 싶은 거예요. 데쓰조는 어엿한 사람의 자식입니다."

고다니 선생님은 한마디도 못 한 채 고개를 숙이고 있었다.

운 나쁜 날

비 오는 날이나 바람 부는 날이 이삼일씩 이어지듯이, 나쁜 일도 한꺼번에 찾아오는 법이다.

그날은 수요일이었기 때문에 직원회의가 열렸다. 고다니 선생님네 학교는 수요일마다 직원회의가 열린다.

예정되어 있던 이야기가 모두 끝나 다들 한숨 돌리고 있을 때, 교감 선생님이 할 이야기가 하나 더 있다며 일어섰다.

"무라노 선생님의 제안인데, 여러분과 상의하고 싶으니까 조금 더 시간을 내주세요. 그럼, 무라노 선생님."

3학년 주임을 맡은 무라노 야스코 선생님은 조금 창백한 얼굴로 말했다.

"우리 반에 세누마 고지라는 아이가 있는데…."

아이 이름을 듣고, 많은 선생님이 '또야?' 하는 얼굴을 했다. 고지는 처리장 아이였다.

"며칠 전에 고지한테 급식 당번을 시키느냐 마느냐를 놓고 3학년 선생님들과 이야기를 나누었습니다. 고지는 도무지 청결하고는 거리가 먼 아이입니다. 밥 먹기 전에도 손을 씻지 않아요. 소독액에 손을 담그지도 않고요. 목욕을 싫어해서 손발에 항상 때가 끼어 있는 형편이죠. 여러모로 지도해 봤지만 고쳐지지 않아요. 가정에도 연락해서 협조를 구했지만, 감감무소식이고 통 관심이 없는 것 같아요. 그러는 사이에 아이들 쪽에서 비난하는 소리가 높아졌어요. 고지가 급식 당번을 하는 동안에는 급식을 먹지 않겠다는 겁니다. 저는 여태까지 아이들에게 위생 관념을 엄하게 가르쳤기 때문에 아이들의 당연한 주장을 무시할 수가 없습니다. 혹시 식중독이라도 발생한다면 당장 교사 책임이잖아요. 저는 고지한테 알아듣게 얘기했어요. 고치지 않으면 급식 당번을 시키지 않겠다고요. 그 얘기를 학년 간담회에서 꺼냈다가 오리하시 선생님께 차별 교육이라는 말을 들었어요. 저는 25년 동안이나 학생들을 가르쳐 왔습니다. 나름대로 열심히 했는데 그런 소리를 듣는 건 처음이었어요. 차별 교육이라는 오리하시 선생님의 일방적인 비난을 저는 납득할 수 없습니다. 이 문제를 여러분과 의논하고 싶은데, 이런 경우에 여러분이라면 어떻게 하실지 말씀해 주셨으면 합니다."

"오리하시 선생님, 무슨 의견 없습니까?"

오리하시 선생님은 난처한 얼굴로 머리를 긁적거리며 일어섰다.

"이거 어쩐다, 저는 교사가 된 지 겨우 2년째라 무라노 선생님처럼 여러 가지를 잘 알지 못하기 때문에 좋다 나쁘다 딱 잘라 말하지는 못하겠지만…."

오리하시 선생님은 말주변이 없는 모양이었다. 콧잔등에 땀방울이 송송 맺혀서 난처해하며 말했다.

"제가 하고 싶은 말은 선생님을 포함해서 학급 전체가 고지 학생 처지는 생각해 주지 않는다는 것입니다. 어떻게 말해야 할지 잘 모르겠지만, 고지도 지저분한 게 좋아서 그렇게 하고 다니는 건 아닐 테니까, 그 학생 편에서 생각해 본다면 다른 견해가 있을 수도 있겠다, 싶어서 한 말인데…. 말주변이 없어서 잘 못 하겠습니다."

오리하시 선생님이 그렇게 말하고 자리에 앉자, 다들 나직이 웃었다. 하도 땀을 많이 흘려서 안쓰러웠던 탓이리라. 바로 뒤이어 무라노 선생님이 일어났다.

"그게 무슨 말씀이세요? 나는 고지 학생 처지에서 생각했기 때문에 그런 조처를 한 거예요. 그대로 놔둔다면 고지는 반에서 점점 더 따돌림을 당할 겁니다. 원인은 고지한테 있는데 그걸 무시한 채 그 학생 처지에서 본들 무슨 문제가 해결되겠어요? 오리하시 선생님은 아이들에 대해 아주 너그러운 사고방식을 갖고 있는 것 같은데, 그건 도리어 아이들을 응석받이로 만들 우려가 있어요. 교육에는 엄격함이 필요한 거 아닐까요?"

그리고 다른 몇몇 선생님이 일어나 발언했다. 심정적으로는 오리하시 선생님을 이해하지만, 생각은 무라노 선생님 쪽으로 기우는 것 같았다.

불결한 것을 그냥 내버려두는 건 잘못이라는 점과 되도록 아이의 기분이 상하지 않도록 배려하자는 두 가지 관점으로 얘기가 정리돼 가는 듯싶었다. 한 선생님이 말했다.

"저는 급식 당번을 정할 때, 아이들한테 투표하게 합니다. 친구들에게 친절한 사람, 옷차림이 항상 청결한 사람이 누군지 생각해서 투표하라고 하죠. 이런 목적의식을 갖게 하면, 급식 당번이 되고 싶어서라도 아이들끼리 선의의 경쟁을 하므로 매우 교육적이라 생각합니다."

발언이 뜸해지자, 교감 선생님이 고다니 선생님에게 말했다.

"선생님 반의 우스이 데쓰조는…."

고다니 선생님은 가슴이 철렁했다. 회의 내내 데쓰조 이름이 나올까 봐 가슴을 졸이고 있었다.

"여느 아이들처럼 급식 당번을 시키고 있습니다."

고다니 선생님이 조그만 소리로 대답했다.

"그 애는 파리를 기른다던데."

고다니 선생님은 바늘방석에 앉아 있는 기분이었다.

"그런 학생한테 급식 당번을 시킨단 말인가요?"

무라노 선생님이 기막히다는 듯이 말했다. 데쓰조가 파리를 기른다는 사실은 다른 선생님들한테까지 다 알려진 것이다.

심술궂게도 무라노 선생님은 파리를 기르는 아이에게 급식 당번을 시키는 것을 어떻게 생각하느냐고 양호 선생님한테 물었다. 당연히 양호 선생님은 말도 안 된다며 당장 중지하라고 했다. 고다니 선생님은 잔뜩 주눅이 들었다.

"무슨 소리야, 그게?"

갑자기 큰 소리가 들렸다.

아다치 선생님이었다. 교감 선생님이 발끈해서 말했다.

"발언하려면 손을 들어 주세요."

"네에."

아다치 선생님은 비꼬듯 한층 더 큰 소리를 질렀다. 교감 선생님은 하는 수 없이 발언을 허락했다.

"오리하시 선생님 의견만 옳고 다른 선생님들 말은 모두 틀렸다고 생각합니다. 급식 당번은 모든 학생한테 시켜야 해요. 고지나 데쓰조도 마찬가지입니다. 혹시 고지나 데쓰조가 불결해서 균을 옮긴다면 담임을 비롯한 반 전체가 기꺼이 전염병에 걸리면 됩니다."

모두 '와아' 하고 웃었다.

"좀 더 진지하게 발언해 주시오."

교감 선생님이 벌레 씹은 얼굴로 말했다.

"진지하게 말하고 있습니다. 내가 하고 싶은 말은, 위생 교육이라는 허울 좋은 말로 아이들의 마음을 짓밟고 있지 않은지 선생님들 각자가 스스로 물어보라는 말입니다."

고다니 선생님이 손을 들었다. 고다니 선생님은 한동안 그대로 서 있었다. 할 말을 찾고 있는 눈치였다.

"생각 없이 데쓰조한테 급식 당번을 시킨 점을 부끄럽게 생각합니다. 데쓰조가 청결하지 못하다는 점은 저도 인정합니다. 그런 아이한테 급식 당번을 시킨 것은 확실히 교사로서 태만했다고 생각합니다. 우선 그 점을 반성하겠습니다."

"그깟 것 반성 안 해도 돼."

아다치 선생님이 빈정거렸다.

"꽤 오래전 일이지만, 데쓰조가 개구리를 밟아 죽인 적이 있어요. 그때 저는 그냥 무섭기만 했지 그 아이가 어떤 기분으로 그렇게 잔인한 짓을 저질렀는지 헤아려 줄 여유가 없었습니다. 바로 며칠 전에 그 원인을 알게 되었어요."

고다니 선생님은 데쓰조의 비밀을 알게 된 경위를 차근차근 얘기했다. 바쿠 할아버지한테 들은 이야기는 특히 자세히 이야기했다.

"데쓰조는 아직도 저한테 마음을 열어 주지 않습니다. 할 수 없죠. 데쓰조는 잘못한 게 없으니까요. 만약 사건이 처음 일어났을 때 제가 그 아이의 마음을 알았다면 너 달, 다섯 달씩 시간을 허비하지 않았을 텐데 하고 생각하면 속상해 죽겠어요. 아이들 마음을 소중히 여기라는 아다치 선생님과 오리하시 선생님의 말씀은, 제 경험에 비추어 보면 아주 알아듣기 쉬운 말이에요. 다행히 우리 반의 데쓰조는 손을 제대로 소독하고 있으니 이대로 급식 당번을 계속할 수 있게 허락해 주시기 바랍니다. 파리를 기르는 문제에 관한 것은 제가 데쓰조를 잘 설득해 보겠습니다."

고다니 선생님이 직원회의에서 발언하기는 처음이었다.

그래서인지 다들 조용히 듣고 있었다. 얘기가 끝나자 고다니 선생님은 몸이 바르르 떨리고 있음을 깨닫고 부끄러웠다.

운 나쁜 날의 첫 번째 운 나쁜 일은 직원회의 뒤에 일어났다. 교감 선생님이 불러 교무실 옆방으로 들어가자, 교감 선생님이 무서운 얼굴로 서 있었다.

교감 선생님은 몹시 불쾌한 얼굴로 말했다.

"그런 발언은 곤란해요, 고다니 선생님. 그렇게 말하면 나만 나쁜 사람이 돼 버리잖소. 그 사건 때 내가 고다니 선생님 때문에 얼마나 곤욕을 치렀는데, 그렇게 얘기하면 내가 무턱대고 데쓰조를 때린 경솔한 사람이 돼 버리잖소?"

고다니 선생님은 뭐라고 말해야 할지 몰랐다. 잠자코 서 있기만 했다. 뭐라 말할 수 없는 씁쓸한 기분이었다.

두 번째 운 나쁜 일은 그날 퇴근길에 생겼다. 고다니 선생님은 데쓰조를 만나 얘기를 나눠 볼 생각이었다. 당장에 데쓰조한테 파리를 기르지 못하게 할 수야 없겠지만, 함께 얘기하다 보면 조금은 마음을 열지도 모른다 싶었다. 시간을 두고 천천히 애써 볼 참이었다.

"데쓰조는 사람의 자식이니까 사람 친구가 있었으면 싶은 거예요" 하던 바쿠 할아버지의 말이 고다니 선생님의 머릿속에서 떠나지 않았다.

처리장으로 들어가자, 여느 때처럼 이사오 패거리가 뛰어왔다. 이 아이들하고는 아무 어려움 없이 친해질 수 있었건만 하고 고다니 선생님은 생각했다.

"이사오, 고지가 누구니?"

고다니 선생님이 묻자 이사오가, "앤데" 하고 바로 옆에 있는 몸집이 작은 아이를 가리켰다.

"네가 세누마 고지니?"

"응."

고지는 크게 고개를 끄덕이며 웃음 띤 왕방울 눈으로 고다니 선생님을 쳐다보았다.

고다니 선생님은 어이가 없었다. 오늘 교무실에서 들었을 때는 아주 지저분한 아이라고 상상했다. 음울하고 반항적이며 항상 눈을 치뜨고 있다고 들었는데, 실제로 만난 고지는 전혀 달랐다.

확실히 맨발이고 더럽기는 했지만, 이 정도라면 서민층에서 흔히 볼 수 있는 보통 아이였다. 피부가 흰 고다니 선생님이라도 맨발로 놀면 이만큼은 더러워질 것이다.

"고지는 눈이 에쁘구나."

고다니 선생님이 이렇게 말하자, 고지는 기쁜 듯이 웃었다.

"인기 좋은데" 하고 준이 놀리자, 한결 기쁜 얼굴을 했다.

"쳇, 그 노처녀한테 속았잖아."

고다니 선생님은 제법 거친 말투로 혼잣말을 했다. 처리장 아이들이나 아다치 선생님 말버릇에 물들었는지도 모른다.

이사오가 핀잔을 주듯이 "선생님이 그런 말을 쓰면 안 돼요, 어험어험" 하고 가슴을 펴고 교장 선생님 흉내를 냈다.

"후후후…" 하고 고다니 선생님은 쑥스럽게 웃었다.

"선생님, 내일 도쿠지가 온대."

도쿠지와 가장 친했던 시로가 말했다.

"그래? 도쿠지가 내일 퇴원하니? 잘됐구나."

비둘기를 잡으려다 제강소 지붕에서 떨어진 아이가 도쿠지였다.

"도쿠 녀석, 어떤 얼굴로 돌아올까?"

다들 도쿠지를 궁금해하는 것 같았다.

"데쓰 만나러 왔어?"

이사오가 물었다. "응" 하고 대답하면서 고다니 선생님은 생각했다.

데쓰조랑 단둘이서 얘기하는 것보다는 이 아이들과 잡담하듯이 아무렇지도 않게 얘기하는 게 낫지 않을까?

"데쓰조 좀 불러 줄래?"

준이 데쓰조를 부르러 갔다. 기다리는 동안, 고다니 선생님은 고지와 이야기했다.

"고지, 너 목욕하는 거 싫어하니?"

"싫어."

"깨끗이 씻지 않으면 장가 못 가는데."

"후후후…."

"고지는 급식 때 손 안 씻지?"

"그치만…."

"그치만이라니?"

"나더러 애들이 세균, 세균 하면서 놀리는걸."

운 나쁜 날 59

"누가 그런 소릴 해?"

"다 그래."

"다? 선생님이 애들 야단 안 쳐?"

"선생님은 내 편이 아닌걸. 내가 나쁘대. 깨끗이 안 씻는 녀석이 나쁘대."

고다니 선생님은 한숨을 쉬었다.

"그래? 그래서 손을 안 씻는 거야?"

"응."

"선생님이 너희 반에 가서 얘기해 줄까? 네 생각을 말이야."

"필요 없어."

"어째서?"

"난 무라노가 싫거든."

그 순간 고다니 선생님은 잠시 우울해졌다.

난 고다니 선생님이 싫거든, 하고 데쓰조가 말하는 것 같아서.

준이 데쓰조를 데려왔다. 여전히 목석같았다. 고다니 선생님 앞에 와서도 땅만 내려다보고 있었다.

"너 진짜 무뚝뚝하다."

준까지 기가 막히는 모양이었다.

"준아, 별장에 데려다주지 않겠니?"

"별장?"

"글쓰기 시간에 썼잖아. 우리들의 별장이라고."

"아, 기지 말이구나."

아이들은 기꺼이 고다니 선생님을 아지트로 안내했다.

"와, 여긴 시원하구나."

"처리장에서 제일 시원해."

"정말."

"여긴 아다치도 자주 와. 직원회의 땡땡이 쳤다면서 여기서 낮잠 자."

고다니 선생은 푸우, 웃음이 터져 나왔다. 정말 못 말리는 사람이다.

"너희들, 아다치니 무라노니 하면서 선생님들 이름을 서슴없이 부르던데, 나도 고다니라고 부르니?"

고다니 선생님은 아까부터 궁금하던 것을 물어보았다.

이사오가 뒤통수를 긁었다. 시로가 말했다.

"그러고 보니까, 고다니 선생님만 고다니라고 안 불렀다, 그치?"

"진짜네" 하면서 다들 이상하다는 얼굴로 맞장구를 쳤다.

"왜 그러지? 불공평하잖아."

"선생님은 미인이니까 봐주는 거야."

"아부하는 걸 보니까, 뭘 바라는 거 같은데?"

"아다치는 붕어빵 사 주는데."

호키치가 말하자 이사오가 당황하며 호키치를 쿡 찔렀다.

"어휴, 정말 넌…."

이사오는 투덜거렸다. 아마도 이 단짝 친구들은 늘 이러는 모양이었다. 고다니 선생님은 웃었다.

"알았어. 더우니까 붕어빵 말고 아이스크림으로 하자. 선생님이 한턱낼게."

다들 함성을 질렀다.

처리장 아이들과 이야기하고 있으면 고다니 선생님은 마음이 느긋해졌다.

'아다치 선생님은 아니지만 나도 이따금 놀러 와야지. 이렇게 수다를 떨다 보면 데쓰조도 언젠가는 마음을 열어 줄지도 몰라.'

다들 즐겁게 아이스크림을 핥아 먹고 있었다. 고다니 선생님도 어린 시절로 돌아가 아이스크림 하나를 먹어 치웠다. 아이들은 아직도 먹고 있었다.

"데쓰조, 오늘 학교에서 선생님들 회의가 있었어. 데쓰조가 파리 기르고 있다는 거 모르는 선생님이 없으시던걸."

이사오가 데쓰조를 흘끔 쳐다보았다.

"파리는 세균 덩어리잖니? 선생님도 조사해 봤는데, 이질이나 티푸스같이 굉장히 무서운 병을 옮긴다는 거야. 만약에 데쓰조가 파리한테 그런 병균이 옮아서 급식 당번을 했다고 생각해 봐. 반 전체가 병에 걸리지 않겠니? 선생님들은 그걸 걱정하시는 거야. 데쓰조는 잘 모르겠지만 기르기 좋은 귀여운 곤충이나 동물은 얼마든지 있어. 선생님이랑 같이 사람한테 해를 주지 않는 곤충을 기르자, 응?"

데쓰조가 갑자기 아이스크림을 먹지 않았다.

"지금 이 동네에서는 파리나 모기를 없애는 운동을 하는

데, 되도록 많은 파리를 죽이는 약을 뿌리고 있어.”

순간 데쓰조 눈이 번뜩였다. 고다니 선생님은 미처 눈치채지 못했다.

“파리를 죽이지 않으면….”

데쓰조가 일어섰다.

성큼성큼 고다니 선생님 앞으로 왔다. 느닷없이 고다니 선생님 얼굴을 움켜쥐더니 있는 힘을 다해서 뒤로 밀어 버렸다. 비명과 함께 고다니 선생님은 맥없이 나자빠졌다.

“데쓰야!”

이사오가 낯빛을 바꾸며 벌떡 일어났다.

데쓰조가 뛰어갔다. 고다니 선생님은 순간적으로 무슨 일이 벌어졌는지 판단할 수 없었다. 달아나는 데쓰조의 뒷모습을 멀거니 바라보고 있었다.

데쓰조의 모습이 사라지자 둑이 무너지듯 슬픔이 덮쳐 왔다. 몸 안에 있던 것들이 잇달아 뿜어져 나왔다. 가슴이 뜨겁고 아프고 그리고 눈앞이 캄캄했다.

고다니 선생님은 큰 소리로 울었다. 아이들 앞이라는 사실도 잊은 채 어린아이처럼 엉엉 울었다.

아이들은 울고 있는 고다니 선생님 앞에 쪼그리고 앉았다. 이사오와 준은 눈물이 그렁그렁한 눈으로 고다니 선생님을 바라보고 있었다.

세 번째로 운 나쁜 일은 집에 돌아와서였다.

고다니 선생님은 방바닥에 주저앉아 있었다. 불도 켜지 않은 채 넋 나간 사람처럼 앉아 있었다. 목소리를 듣고서야 남편이 돌아온 것을 알았다. "저녁은?" 하는 말에 고다니 선생님은 "아직" 하고 귀찮은 듯이 대답했다. 남편은 방에 불을 켜고 고다니 선생님의 얼굴을 보더니 주춤 놀랐다. 그러고는 고다니 선생님의 얘기를 듣고 적당히 하라고 말했다.

"그렇게 못 하니까 괴로워하는 거 아니에요!"

고다니 선생님은 신경질적으로 소리쳤다.

"이 바보!" 하고 남편이 호통쳤다.

"누가 더 중한지 생각해 봐. 살림도 제대로 못 하는 사람이 남의 아이를 가르칠 수 있는지."

고다니 선생님의 눈에서 눈물이 주르르 흘렀다.

"당신 혼자 사는 거라면 아무래도 괜찮겠지. 나도 회사에서 싫은 일, 괴로운 일 다 겪는다고. 그걸 일일이 집안으로 끌어들이면 어떻게 되겠어? 우리가 무엇 때문에 같이 살고 있는지 잘 생각해 봐."

가슴이 싸늘해지는 것이 느껴졌다. 고다니 선생님은 내가 괴로운 건 당신이 말하는 괴로움과 달라요, 라고 말하고 싶었지만, 다시 입을 열지 않았다.

그날 밤 고다니 선생님은 위스키를 벌컥벌컥 들이켰다. 이 세상에 홀로 태어난 듯이 외로웠다.

위스키병 주둥이에 파리 한 마리가 앉았다. 고다니 선생님은 파리를 쫓아 버리지 않고 마냥 바라보았다. 언제까지나 그 파리를 바라보고 있었다.

비둘기와 바다

도쿠지가 돌아왔다.

데쓰조가 파리 박사라면 도쿠지는 비둘기광이라고나 할까.

오자마자 맨 처음 꺼낸 것이 비둘기 얘기였다.

"긴타로는 어쩌고 있어?"

긴타로는 도쿠지가 가장 귀여워하던 비둘기 이름이다.

"그놈 때문에 골치야."

도쿠지가 없는 동안 줄곧 비둘기를 돌봐 주던 시로가 대답했다.

"다른 비둘기들을 자꾸 괴롭혀. 곤타란 놈은 모이도 물도 잘 못 먹어."

곤타는 도쿠지가 기르는 열네댓 마리 가운데 가장 늙은 녀석이다.

다 같이 비둘기를 보러 갔다. 도쿠지네 집 빨래 너는 곳에 비둘기 집이 있다.

　도쿠지가 제강소 지붕에서 떨어져 크게 다쳤을 때, 비둘기 집은 헐릴 운명에 놓였다. 그 얘기를 들은 도쿠지는 병원에서 미쳐 날뛰었다. 부수기만 해 봐. 부수면 죽어 버릴 거야, 하고 옆에 있던 과일칼을 휘둘렀다. 말리다 못 한 도쿠지의 부모님이 결국 시로에게 비둘기를 돌봐 달라고 부탁했다.

　도쿠지는 반가운 듯이 눈을 가늘게 뜨고 비둘기를 보았다.

　"다로도 있구나. 존코도 있고. 야, 돈베이, 여기 봐. 주인 나리가 돌아왔다고."

　이윽고 비둘기 한 마리가 꾸룩꾸룩 울기 시작했다. 다른 놈들도 덩달아 일제히 울어 댔다.

　"날 알아보는 거야. 내가 돌아왔다고 좋아하는 거라고!"

　도쿠지는 얼굴이 새빨개져서 기쁜 듯이 외쳤다.

　"비둘기들도 아는구나" 하고 이사오가 감탄한 듯 말했다.

　"그런데 어떤 게 긴타로야?"

　시로가 가리킨 비둘기는 과연 생김새가 천하무적이었다. 다른 비둘기들처럼 여기저기 두리번거리지도 않고 한 곳만 지그시 쏘아보고 있었다.

　시로가 물과 모이를 넣어 주었다. 비둘기들이 너도나도 모이를 쪼아 먹기 시작했다.

　"봐."

　시로가 속삭였다.

　긴타로는 두세 번 눈알을 굴렸다. 이내 펄쩍 날아오르더니

66

무거운 물체가 떨어지듯 툭 하고 모이통 옆에 내려앉았다. 그러고는 다짜고짜 옆에 있던 비둘기를 쿡 쪼았다. 쪼인 비둘기는 살짝 비켜서서 다시 모이를 먹으려고 했다. 그 순간 긴타로의 공격이 시작되었다. 위에서 덮치듯이 그 비둘기의 목덜미를 쪼아 댔다. 도망치는 비둘기를 쫓아가 더욱 세차게 부리로 쪼아 댔다.

"밉살스런 놈이네."

약자를 못살게 구는 꼴을 더 이상 못 봐주겠다는 듯이 준이 말했다.

"저게 곤타야?"

"응, 당하고 있는 녀석이 곤타야."

시로가 대막대기를 밀어 넣어 긴타로를 쿡쿡 찔렀다.

"곤타가 지쳐 버리겠는데."

도쿠지가 걱정스럽게 말했다.

둥지 쪽으로 쫓겨난 곤타는 깃털이 부스스하고 윤기가 하나도 없었다. 곤타는 긴타로의 눈치를 보며 다시 모이가 있는 곳으로 다가왔다. 한두 번 쪼아 먹는가 싶더니 다시금 긴타로의 공격을 받았다.

"너무하다."

이사오가 얼굴을 찡그렸다.

"도쿠, 이런 비둘기는 내쫓아 버려" 하고 준이 말했다.

"내쫓을 거야?" 하고 시로도 말했다.

"도쿠, 쫓아내, 쫓아내."

호키치와 다케오도 그렇게 말했기 때문에, 도쿠지는 왠지 발을 뺄 수 없을 것 같은 기분이었다.

도쿠지가 승낙했다.

시로는 긴타로를 거칠게 잡아채서는 몰아붙이다가 밖으로 쫓아냈다. 긴타로는 하늘 높이 날아갔다.

"저 멍청이, 좋아하고 있잖아."

시로가 분하다는 듯이 말했다.

둥지에서 비둘기 한 마리가 구슬피 울었다.

"긴타로의 색시야."

시로가 그렇게 말하자 다들 뒷맛이 좀 씁쓸했다.

긴타로는 처리장에서 가장 높은 지붕 위에 앉았다.

"저 녀석, 마구 두리번거리는데?"

"깜짝 놀랐나 봐."

긴타로는 거기서 꼼짝도 하지 않았다. 곧 어디론가 훨훨 날아가리라 생각했던 아이들은 생각이 빗나가자 서로 얼굴을 마주 보았다.

"왠지 복도에서 벌서고 있는 거 같다."

"넌 자주 벌서니까 남의 일 같지 않겠구나?"

이사오 말에 다케오는 뚱한 얼굴을 했다.

"냅둬, 냅둬, 까짓거."

다들 애써 긴타로를 잊어버리려 했다. 도쿠지네 집에서 장기 알로 '가둬먹기' 놀이를 하고 놀았다. 아이들은 서로 약속이라도 한 듯이 아무도 긴타로 얘기를 꺼내지 않았다. 그러면서도 흘끔흘끔 창밖으로 눈길을 주고 있었다.

"오줌 좀 누고 올게."

시로의 말에 다들 수상쩍은 눈을 했다.

"오줌 누고 온다니까."

입을 삐쭉거리며 시로가 말했다.

시로가 돌아와 다시 놀이가 시작됐지만, 다들 건성이었다.

"나도 오줌 누고 올게."

이번에는 이사오가 말했다.

"나도 갈래."

이사오와 준은 나란히 서서 오줌을 누었다. 곁눈으로 지붕 위를 보고 있었다.

"너, 오줌도 별로 안 나오네, 뭐."

이사오의 말에 준이 난처한 표정을 지었다. 둘은 나란히 돌아왔다. 둘은 서로를 감시하고 있었다.

세 번째로 누군가 오줌을 누고 오겠다고 했을 때 도쿠지는 마침내 참지 못하고 말했다.

"너희들, 약았어."

그 말에 이때다 싶어 다들 와 하고 앞다투어 밖으로 뛰어나갔다.

긴타로는 아직도 지붕 위에 있었다. 꼼짝하지 않고 바람을 맞고 있었다. 아이들에게는 딴 비둘기인가 싶을 만큼 쓸쓸해 보였다. 시로가 돌을 냅다 걷어찼다.

이튿날, 다들 일찍 일어났다.

졸린 눈을 비비며 지붕 위를 보았다. 긴타로는 아직도 거기 그대로 있었다.

아이들은 안심하고 아침밥을 먹고는 학교로 갔다.

그날 학교에서 차분하게 공부한 아이는 하나도 없었다. 시로는 두 번이나 복도에서 벌을 섰고 이사오는 선생님의 질문에 엉뚱한 대답을 해서 모두를 웃겼다. 준은 수학 점수가 평소보다 안 좋았고, 다케오는 급식 우유 깡통을 쓰러뜨려 된통 혼났다.

학교가 끝나자마자 다들 쏜살같이 집으로 달려갔다.

아이들은 나쁜 예감이 빗나가기를 빌었다. 아이들은 처리장에 돌아오기가 무섭게 지붕부터 쳐다보았다.

긴타로는 거기 없었다. 아이들은 맥이 빠졌다. 긴타로를 쫓아내자는 말을 취소해 봤자, 이미 때는 늦었다.

3시쯤, 아이들은 한데 모였다. 다들 이대로는 도쿠지한테 미안하다고 생각하고 있었다. 비둘기가 있을 만한 장소를 도쿠지에게 물었다. 긴타로의 특징도 단단히 머릿속에 새겨 넣었다. 서로 흩어져서 찾아보기로 했다. 긴타로를 찾으면 도쿠지한테 연락하기로 하고서. 아직 몸이 다 낫지 않은 도쿠지는 남아서 본부를 지킬 참이었다.

4시쯤, 땀과 먼지로 새까매진 얼굴이 하나둘씩 돌아왔다. 아무 말 하지 않아도, 지친 모습에서 성과가 없다는 것을 알 수 있었다.

다들 자리에 주저앉았다. 거친 숨을 몰아쉬며 눈만 반짝이고 있었다.

"비둘기가 모이는 데가 하나 더 있어."

도쿠지의 말에 다들 벌떡 일어났다.

"너무 가까워서 깜빡했어. 운하를 따라 바다 쪽으로 나가면 모퉁이에 제분소가 있잖아. 거기에 밀을 넣어 두는 창고가 있어서 비둘기가 많이 모여들거든. 긴타로는 배가 고플 거야. 어쩌면 거기 갔을지도 몰라."

아이들은 그럴듯하다고 생각했다. 거기에 가면 당장이라도 긴타로를 만날 수가 있을 것만 같았다. 아이들은 다 같이 달려갔다.

운하로 나가려면 일단 처리장 문을 나가 빙 둘러 가야 했다. 하지만 마음이 급한 아이들은 하수도로 들어가 왕초 쥐를 잡았던 굴을 빠져나가 단박에 지름길로 갔다.

토관 밖으로 나가자마자 자동차 공장 담벼락으로 기어올랐다. 그곳을 넘어가면 검역소의 넓은 공터가 나오므로 그다음은 수월하다.

아이들은 그제야 걷기 시작했다.

"긴타로 녀석, 우리한테 화났을까?"

"삐쳐서 가출한 거야."

"자살할지도 몰라."

"이 멍청아, 비둘기는 자살 같은 거 안 해."

"개는 하는데. 내가 봤어. 개장수한테 질질 끌려가서 우리 속에 갇힐 때 혀를 깨물더라고."

"진짜?"

아이들은 왁자지껄하게 떠들면서 바닷가로 나왔다.

바다는 넓은 들판 같았다. 때마침 저녁 해가 잔물결을 주홍빛으로 물들여, 마치 잘 익은 벼 이삭이 바람에 일렁이고 있는 듯했다. 쉴 새 없이 술렁이며 아이들에게 무슨 말을 걸고 있는 것 같았다.

아이들은 그 풍경에 잠시 넋을 잃고 있었다. 언제나 더러운 잿빛 바다였는데 오늘은 하느님이 장난을 치고 있나 보다 하고 아이들은 생각했다.

제분소 창고는 하늘을 향해 우뚝 치솟아 있었다. 아이들은 또다시 담을 기어올라 제분소 창고 쪽으로 다가갔다.

"아저씨한테 들키지 않도록 조심해."

이사오가 모두에게 주의를 주었다.

비둘기는 창고 지붕 밑에 떼 지어 있었다.

"굉장하다."

호키치가 감탄하며 무심결에 외쳤다.

비둘기 떼가 구구 꾸루루 꾸루루 울면서 뜻밖의 침입자를 경계하는 것 같았다.

"몇 마리쯤 될까?"

"100마리쯤?"

"200마리는 되겠는데."

아이들은 소곤거렸지만, 그중에서 긴타로 하나를 찾아내는 건 아무래도 무리일 듯했다. 그래도 아이들은 열심히 보고 있었다.

"이놈들!"

갑작스런 호통 소리에 아이들은 질겁했다. 깜짝 놀란 비둘기들도 요란한 날갯짓 소리를 내며 날아올랐다.

비둘기와 아이들은 있는 힘껏 도망쳤다. 비둘기는 잡혀도 학교에 보고하지 않지만, 우리는 그렇지 않아. 선생들이 꼬치꼬치 캐묻는 건 딱 질색이라고.

도중에 호키치가 넘어졌지만, 빨리 일어나라고 이사오가 엉덩이를 걷어차는 바람에 울먹이며 뛰었다. 가까스로 담을 기어올라 뒤쫓아 온 수위 아저씨한테 약을 올렸다.

"뚱보 아저씨! 분하면 여기까지 와 보시지."

붙잡힌 아이는 아무도 없었지만 긴타로는 결국 찾지 못했다. 아이들은 실망했다.

호키치 무릎에서 피가 흐르고 있었다.

"울지 마, 그까짓 걸 갖고!"

이사오가 꽥 소리를 질렀다. 이사오야말로 울고 싶은 심정이었다.

매립지까지 와서야 아이들은 바다를 보고 앉았다. 서늘한 바람이 불어오는 것 같았다.

"저것 봐."

다케오가 가리키는 쪽을 보니 200마리쯤 되는 비둘기 떼가 갑자기 방향을 바꾸어 서쪽 하늘로 날아가고 있었다. 지는 해로 하늘은 피처럼 붉게 물들고 비둘기는 아름다운 실루엣으로 변했다.

준이 후유 하고 한숨을 내쉬었다.

"저 녀석들, 어디든 갈 수 있어서 좋겠다" 하고 시로도 부러운 듯 말했다.

"나도 어디론가 가고 싶다."

이사오가 웬일로 조그만 소리로 말했다. 그리고 역시 조그만 목소리로 중얼거렸다.

"저 바다 너머는 어디일까? 아득히 먼, 까마득히 머나먼 저편 지중해일까? 아니면 인도양, 대서양? 에이 귀찮아, 어디든 좋아, 어디든 좋으니까 넓은 곳으로 나가고 싶어."

"준아, 넌 바다가 좋아?" 이사오가 물었다.

준은 고개를 끄덕였다.《모비 딕》이야기를 떠올리고 있었다. 모비 딕이라는 사나운 흰고래에게 한쪽 다리를 잃고 복수를 결심한 고래잡이배의 선장 에이허브가 준의 이상형이었다.

"나는 남자다운 사람이 좋아. 바다는 사람을 남자답게 만들어 줘" 하고 준이 말했다.

모두 멀리 바다 저편을 보았다. 그러고는 준이 한 말을 되새기고 있었다.

태양이 곤두박질치며 아이들의 얼굴을 붉게 비추었다.

아무리 기다려도 오지 않자, 도쿠지가 걱정이 되어 찾아 나섰다. 아이들은 도쿠지의 얼굴을 보기가 괴로웠다.

"못 찾았어. 도쿠, 미안해" 하고 시로가 사과했다.

"괜찮아, 난 아무렇지도 않아."

도쿠지는 아이들의 기운을 북돋아 주려는 듯 일부러 씩씩하게 대답했다.

아이들은 마치 초상집에라도 다녀온 것처럼 처리장으로 돌아왔다.

소용없는 줄 알면서도 다들 지붕 위를 보았다. 역시 긴타로는 없었다. 그 녀석, 진짜 가출해 버렸어. 바보 같은 놈, 우리 마음도 모르는 바보 녀석, 하고 아이들은 생각했다.

"도쿠야, 저것 봐!"

시로가 날카로운 목소리로 소리쳤다. 도쿠네 집 빨래 너는 곳에 오도카니 검은 그림자가 앉아 있었다.

"긴타로다!"

'와아' 하고 모두 달려갔다. 비둘기가 놀라지 않도록 도쿠지만 살그머니 빨래 너는 곳으로 올라갔다. 도쿠지가 비둘기 집의 문을 열어 주자, 긴타로는 사뿐히 비둘기 집 속으로 날아들었다. 도쿠지는 밑에서 기다리는 친구들에게 큰 소리로 외쳤다.

"긴타로가 돌아왔다!"

파리의 춤

　고다니 선생님의 책상 위에는 책 몇 권이 쌓여 있다. 선생님은 아까부터 정신없이 그 책들을 읽고 있었다. 그리고 이따금 메모했다.

　어찌나 열심인지, 옆자리에 있던 선생님이 궁금해서 뭘 읽고 있냐고 물었다. 고다니 선생님은 작은 목소리로 비밀이라고 말하고는 도로 책으로 눈을 돌렸다.

　고다니 선생님이 읽고 있던 것은 곤충에 관한 여러 가지 책이었다. 도감이나 곤충 기르기 백과 같은 책도 있었다.

　고다니 선생님은 그 책들에서 파리에 관한 부분만 골라 읽고 있었다. 고다니 선생님은 내심 놀랐다. 인간 생활과 그렇게 관계 깊은 곤충인데도 파리에 관한 책은 몇 권 없었다. 학교에 있는 책은 아무 도움도 되지 않았다. 시립 도서관에 가서 다섯 권을 빌려 왔는데, 파리 전문 서적은 겨우 두 권이고 그나마 한 권은 파리의 분류만을 다루고 있었기 때문에 결국 도움이 될 만한 책은 딱 한 권뿐이었다. 그것도 곤충학자가 쓴 책이 아니라 수산 식품을 연구하는 어느 농림 기관에서 음식물에 꾀는 파리를 없앨 목적으로 쓴 책이어서 엄밀히 따지면 파리 전문서는 아니었다.

그렇다면 사람은 의외로 파리에 대해서 잘 모르고 있지 않을까? 파리에 관해 상세히 알고 있는 사람이 없는 건 아닐까? 고다니 선생님은 문득 생각했다.

고다니 선생님도 파리 먹이가 세균인 줄 알았는데 어처구니없는 오해였다. 파리 먹이는 세균이 아니었다.

'파리는 세균을 먹기 때문에 대단히 불결합니다.'

많은 선생님이 아이들에게 이렇게 가르치지만, 그것은 잘못이었다.

'파리는 세균이 붙어 있는 음식을 즐겨 먹습니다. 그러니까 더럽거나 상한 음식은 빨리 처리해서 파리가 꾀지 않도록 합시다.' 이렇게 가르쳐야 옳을 것이다.

고다니 선생님은 그러고 보니 파리는 꽤 억울한 누명을 쓰고 있구나, 생각했다.

고다니 선생님이 파리에 대해 알아보려고 생각하게 된 동기는 부부 싸움이었다. 데쓰조에게 험한 꼴을 당하고 남편한테 냉대받던 그날 밤, 고다니 선생님은 외톨이였다.

홧김에 술을 마시고 있는데 술병 주둥이에 파리 한 마리가 앉아 있었다. 고다니 선생님은 그때 왠지 그 파리가 정겹게 느껴졌다. 술에 취한 탓이었을까? 누구라도 좋으니 따뜻한 위로 한마디라도 해 주었으면 하고 울고 있을 때여서 그랬는지 모른다. 아무튼 고다니 선생님은 그 파리가 정겨웠다.

고다니 선생님은 책을 읽고 두 가지 흥미로운 사실을 발견했다. 조금 흥분이 되어 누군가한테 말하고 싶어졌다. 주위를 흘낏 둘러보니 아다치 선생님도 아직 교무실에 남아 있었다. 고다니 선생님은 아다치 선생님을 떠올린 것이 조금 부끄러워 얼굴을 붉혔다.

"잠깐 얘기 좀 해도 될까요?"

고다니 선생님 말에 아다치 선생님은 일손을 멈추며 흔쾌히 좋다고 했다.

"아다치 선생님이 이렇게 늦게까지 남아 계시는 일은 꽤 드물죠?"

"그런 것 같군요."

신생님들 퇴근 시간은 오후 5시지만 아다치 선생님은 시간을 지킨 적이 없었다. 선생님들 사이에 평판이 나쁜 이유 중에 하나도 이것인 듯했다.

"고다니 선생님, 얼굴에 웬 상처요?"

아다치 선생님은 싱글싱글 웃으면서 물었다. 고다니 선생님은 그 문제를 들먹이기가 싫었다.

"부부 싸움한 건 아니에요."

고다니 선생님이 뾰로통하게 대답하자 아다치 선생님이 웃었다.

"데쓰한테 당했지요?"

정말, 미워. 모르는 게 없다니까. 아이들은 나와 아다치 선생님 중에 누굴 더 좋아할까? 하고 생각하니 고다니 선생님은 샘이 났다.

"그런 얘기 하러 온 거 아네요."

"아! 예, 예."

아다치 선생님은 진지하게 대답했다.

"선생님, 파리의 춤을 알고 계세요?"

"파리의 춤?"

"네, 파리가 춤을 춰요."

"설마."

아다치 선생님은 믿어지지 않는다는 표정을 지었다. 됐어! 그 얘기는 아직 아이들한테 듣지 못했나 봐. 고다니 선생님이 말을 이었다.

"내가 춤을 추게 할 테니까, 파리 한 마리만 산 채로 잡아 오세요."

"놀리는 건 아니겠죠?"

아다치 선생님은 아직도 미심쩍은 모양이었다.

그래도 속는 셈 치고 화장실 창 언저리에서 파리 한 마리를 잡아 왔다. 검푸른 색깔의 커다란 파리였다.

"클수록 좋아요."

고다니 선생님은 기뻐하며 말했다. 그럼 어디, 하고 작정했지만, 막상 파리를 만지려니까 아무래도 망설여졌다. 하지만 어떻게든 얄미운 아다치 선생님을 깜짝 놀라게 하고 싶었다.

고다니 선생님은 눈 딱 감고 이사오한테 배운 대로 파리를 수술했다. 물론 아다치 선생님한테 보이지 않도록 뒤돌아서서.

"다 됐어요."

파리를 책상 위에 놓았다. 파리는 한동안 가만히 있더니, 고다니 선생님이 책상을 탕 치자 허둥지둥 춤을 추기 시작했다.

"햐아."

아다치 선생님이 이상한 소리를 내며 탄성을 질렀다. 고다니 선생님은 더할 나위 없이 만족스러웠다.

"야아, 와서들 봐요. 파리가 춤을 추네. 어서 와요. 거참!"

아다치 선생님은 선생님들을 모두 불러 모았다. 다들 몰려와 감탄스럽게 바라보았다.

"도대체 어떻게 된 거예요?"

"비결을 가르쳐 드릴까요?"

고다니 선생님은 점점 더 의기양양해졌다.

"파리는 분류학상으로 쌍시목에 속해요. 등에나 모기처럼 한 쌍의 날개를 갖고 있는 것이 특징인데, 파리도 옛날에는 나비나 잠자리처럼 두 쌍의 날개를 갖고 있었는지 퇴화한 뒷날개의 흔적이 지금도 선명하게 남아 있죠. 그걸 '평균곤'이라고 하는데, 파리가 날 때 평형감각을 유지하게 해 줘요. 그렇기 때문에 이걸 뜯어 버리면 파리는 날지 못해요. 날고 싶어도 날 수 없으니까 마치 춤추는 것처럼 보이는 거예요."

"와, 고다니 선생님, 대단하네요."

주위 선생님들이 감탄하자, 고다니 선생님은 웃음을 터뜨렸다.

"방금 책에서 읽은 거예요."

고다니 선생님이 솔직히 털어놓는 바람에, 교무실에 한바탕 웃음이 터졌다. 그래도 다들 여전히 감탄했다.

이윽고 소란이 가라앉고 아다치 선생님과 둘만 남자, 고다니 선생님이 이야기를 계속했다.

"사실, 방금 했던 얘기는 데쓰조한테 배운 거예요, 선생님."

"데쓰조가 그렇게 어려운 걸 알고 있었다고요?"

아다치 선생님이 깜짝 놀라며 물었다.

"그건 아니고, 데쓰조는 날개 밑에 있는 실 같은 것을 뜯어내면 파리가 그런 상태가 된다는 걸 경험으로 알게 된 모양이에요. 데쓰조가 처리장 아이들한테 가르쳐 준 것을 제가 이사오한테서 배운 거죠."

"흐음."

아다치 선생님은 감탄했다.

"그것참. 녀석, 아주 대단한걸. 데쓰조는 앞으로 훌륭한 과학자가 될 수 있겠어."

"그래요. 게다가 저는 아주 인상적인 글을 읽었어요. 여기 적어 왔으니까 한번 읽어 보시겠어요?"

고다니 선생님이 보여 준 글은 다음과 같았다.

파리는 나면서부터 부모한테 버려진 채 평생 친구도 가족도 집도 없이 혼자 산다. 항상 벌, 거미, 참새의 위협을 받지만 남을 위협하는 일은 없고, 먹이라고는 인간 사회의 폐기물밖에 없다. 파리의 생태는 전혀 아름답지 않지만, 잔인하지 않으며 극히 소박한 서민들이 사는 모습과 닮았다.

다 읽고 나서 아다치 선생님이 웃기 시작했다.

"뭐야 이건, 마치 데쓰조 이야기 같잖아?"

"그렇죠? 선생님도 그렇게 생각하시죠?"

"그렇군. 데쓰조는 가만히 있는데 옆에서 쓸데없이 훼방을 놓는다, 그게 다름 아닌 학교 선생이다, 이거 아니오?"

"맞아요. 그리고 또 하나 마음에 걸리는 게 있어요. 제가 읽은 책에는 겨울이 지나고 봄이 오면, 활동을 시작하는 파리는 대부분 집 바깥에서 꽃의 꿀이나 나무의 즙을 빨아 먹는다고 쓰여 있어요. 날이 따뜻해질수록 썩은 음식이나 쓰레기 또는 대변 따위에 꾀어든다고 하는데, 그렇다면 파리가 나쁜 것이 아니라 썩은 것, 쓰레기 따위를 버리는 인간이 나쁘다는 얘기 아녜요? 뭐 그렇게까지 파리 역성을 들어 줄 건 없지만, 데쓰조가 이른 봄부터 파리를 길러서 번식시켰다면 세균이 묻어 있는 파리라는 비난은 잘못된 거 아니겠어요?"

"그럴듯한 얘기네."

"그때는 무심히 흘려들었지만, 데쓰조는 집파리는 절대 기르지 않는다고 했어요. 집파리는 대변을 먹기 때문에 기르지 않는대요. 충분히 앞뒤가 맞는 말 아니에요?"

"흐음."

"저는 그 아이를 너무 몰랐기 때문에 실수를 많이 한 것 같아요."

"그게 어디 선생님뿐이겠소."

"아다치 선생님, 저랑 같이 데쓰조네 집에 좀 가 주시지 않겠어요?"

"왜요?"

"또 덤벼들면 어떡해요?"

아다치 선생님은 살짝 웃었다. 그리고 교사가 아이를 무서워하면 어떡하느냐고 고다니 선생님을 나무랐다. "그렇지만…" 하고 고다니 선생님은 울상을 지었다. "알았어요, 알았어. 선생님은 아직 신참이니까 내가 봐줬소." 하며 아다치 선생님은 자리에서 일어났다.

아다치 선생님이 처리장에 나타나자, 아이들이 전속력으로 뛰어와서 메뚜기처럼 타다닥 달라붙었다.

준 혼자만 멋쩍은 표정으로 고다니 선생님 손에 매달렸다.

"아다치다!"

하는 소리에, 고다니 선생님만 왔을 때는 코빼기도 안 비치던 시게코와 게이코, 미사에 들도 나왔다. 게이코는 이사오의 여동생이고, 미사에는 준의 여동생이다.

"도쿠지, 긴타로는 어떠냐?"

아다치 선생님이 물었다. 모르는 게 없는 모양이다.

"지금 버릇을 들이는 중이야."

"고생이 많겠구나."

"고생이 많아."

"너희 엄마도 널 그렇게 키우신 거야."

도쿠지는 쳇, 하고 머리를 긁적거렸다.

"선생님, 안아 줘."

속치마 바람으로 미사에가 팔을 벌렸다.

아다치 선생님이 오냐, 오냐 하면서 안아 올렸다. 미사에는 아다치 선생님네 반이다.

"어휴, 저 어리광쟁이."

준이 동생의 등을 쿡쿡 찔렀다. 미사에는 "하지 마!" 하고 말했다. 고다니 선생님은 귀여운 아이라고 생각했다.

"선생님은 학교에서도 이런 식으로 수업하세요?"

기미가 아다치 선생님의 머리 꼭대기까지 기어올랐던 일도 그렇고, 고다니 선생님으로서는 상상도 할 수 없는 일이었다.

"뭐, 그런 셈이죠."

"언제 수업하시는 것 좀 보여 주세요."

"좋아요, 언제든지."

미사에가 겨우 아다치 선생님한테서 떨어졌다. 윗옷이 땀으로 흠뻑 젖었지만 아다치 선생님은 조금도 개의치 않았다.

데쓰조는 뒤꼍에서 기치를 씻어 주고 있었다. 기치는 온몸에 비누칠을 한 채 원망스레 이쪽을 보고 있었다.

준이 고다니 선생님에게 속삭였다.

"선생님이 데쓰를 씻어 줬잖아? 그때부터 데쓰는 기치를 씻어 주고 있어. 선생님 흉내를 내는 거야."

"정말?"

고다니 선생님은 행복해 보였다.

"데쓰, 그렇게 하면 안 돼. 개는 귀에 물이 들어가는 걸 싫어하거든. 이렇게 귀를 누르고 씻어 봐. 옳지, 옳지."

아다치 선생님은 꼭 자기 일처럼 선뜻 데쓰조를 거들어 주었다. 그러고 보면 누구보다 사람한테 선입견을 품고 있지 않은 건 아다치 선생님일지도 모른다고 고다니 선생님은 생각했다. 그 때문에 간혹 거칠게 보일 때가 있어서 남한테 비난을 받기도 하지만….

두 사람이 함께 씻긴 덕분에 기치는 금세 말끔해졌다.

"어때, 아주 깨끗해졌지?"

기치는 얼빠진 눈으로 아다치 선생님의 얼굴을 쳐다보고 있었다.

"데쓰야, 네 친구 좀 보여 줄래?"

말보다 먼저 아다치 선생님은 파리 병을 보았다. 데쓰조는 딱딱하게 굳어 있었다. 경계하는 빛이 역력했다.

"햐아, 굉장한걸. 대체 몇 종류야?"

아다치 선생님은 하나 둘 셋 하고 헤아렸다.

"데쓰야, 잠깐 이리 와 봐."

아다치 선생님은 순식간에 데쓰조를 뒤에서 감싸 안아 무릎 위에 앉혔다.

"데쓰야, 이 조그만 파리는 이름이 뭐냐?"

데쓰조는 주뼛거렸다.

"선생님, 데쓰는 파리 이름을 네 개밖에 몰라. 파리에 관한 건 뭐든 알지만, 이름은 누가 가르쳐 주지 않으면 알 수 없으니까 깜깜해."

이사오 말을 준이 이어받았다.

"그 네 가지 이름도 이사오랑 내가 학교에서 조사해 주어서 겨우 알았다니까. 그런 거지 같은 도감은 도움이 안 돼. 좀 더 좋은 것으로 사다 줘."

"데쓰는 별수 없이 제 맘대로 이름을 붙였어. 그 조그만 놈은 벼룩을 닮았다고 벼룩파리라고 부른다나 뭐라나."

"아다치 선생님!"

고다니 선생님이 놀라서 말했다.

"그 이름, 엉터리가 아녜요. 진짜 이름이 벼룩파리인걸요. 보세요. 날개가 없죠? 벼룩파리는 종류에 따라 암컷한테 날개가 없는 것이 있거든요."

"햐아, 그것참 신통하군. 야, 데쓰, 요놈의 진짜 이름도 벼룩파리란다."

"…"

고다니 선생님은 파리 분류 책을 꺼냈다.

"데쓰, 고다니 선생님이 파리 공부를 하고 싶다고 자기를 제자로 받아 달라는구나. 잘 가르쳐 드려."

아다치 선생님이 웃으면서 말했다.

모두 다 같이 책과 파리를 번갈아 들여다보며, 파리 이름 아홉 가지를 알아냈다.

집파리, 왕큰집파리, 애기집파리, 대모파리, 금파리, 연두 금파리, 쉬파리, 벼룩파리, 초파리였다. 물론 이 가운데서 집 파리는 기르지 않았지만, 가장 흔한 파리이기 때문에 다들 잘 알고 있었다.

이름을 금방 알 수 없는 파리가 딱 하나 있었다. 수도 얼마 안 되는지 병 속에 겨우 여섯 마리밖에 들어 있지 않았다.

더운 날씨인데도 다들 얼굴을 맞대고 이거다, 아니다, 저거 다, 아니다, 하고 입씨름을 하며 몇 번씩이나 책장을 뒤졌다.

그때 별안간, "이거다!" 하는 소리가 났다.

"응?" 하고 고다니 선생님은 깜짝 놀라서 데쓰조의 얼굴을 보았다.

"이거다."

데쓰조가 말했다. 손가락으로 가리키는 곳을 보니 띠금파 리라고 적혀 있었다.

고다니 선생님이 데쓰조 목소리를 들은 것은 그때가 처음 이었다.

거지놀이

데쓰조가 말을 했다. 데쓰조가 드디어 말을 해 주었다. 고다니 선생님은 돌아오는 전철 안에서 자꾸 웃음이 나오는 통에 당황해서 몇 번이나 입을 가렸다.

고다니 선생님네 부부는 맞벌이다. 학교에서 돌아올 때는 언제나 슈퍼마켓에 들른다. 저녁 장을 보며 마음이 들떠 있다는 것을 알았다. 거스름돈도 받지 않고 그냥 나오려다가 점원의 웃음을 샀다.

고다니 선생님은 사람이란 여러 가지 일에 기쁨을 느끼는 동물이구나 싶었다.

집으로 돌아가자 먼저 와 있던 남편이 말했다.

"아까 장인어른한테서 전화가 왔는데, 토지 수속이 끝났으니, 서류를 가지러 오라 하시더군."

"그래요?"

"이제 우리 집을 지을 수 있겠어" 하고 남편은 좋아했다.

고다니 선생님네 친정은 대대로 의사 집안이었기 때문에 얼마간의 재산이 있었다. 도움을 바라지 말고 독립하라고 했지만, 땅값이 뛰어 젊은 부부 힘으로는 버겁다고 여겼는지 땅을 얼마간 나눠 주기로 한 것이다.

"나도 오늘 기쁜 일이 있었어요."

고다니 선생님한테서 데쓰조 이야기를 듣고, 남편은 이해할 수 없다는 표정을 지었다. 별 이상한 일과 비교한다고 생각했는지도 모른다.

그날 밤, 고다니 선생님 부부는 오랜만에 둘 다 기분이 좋았다. 그런 밤이 날마다 이어진다면 좋으련만….

9월은 어느 학교나 가을 운동회 연습으로 분주하다. 아이들도 교사들도 지쳐서 녹초가 된다. 이런 때 곧잘 사고가 난다. 히메마쓰초등학교에서도 교통사고 세 건이 연달아 일어났다. 고다니 선생님네 반에서도 언짢은 사고가 두 건이나 잇달았다.

점심시간이었다.

교무실에 있던 고다니 선생님은 교실에 두고 온 물건을 가지러 갔다. 교실에 남아 있는 아이가 열두어 명쯤 되었는데, 깔깔대며 떠들고 있었다. 뭘 하나 싶어서 고다니 선생님은 그쪽을 바라보았다.

사토시가 앞에 손수건을 펴 놓고 똑바로 앉아 있다. 그 앞

에 아이들이 한 줄로 늘어서 있고, 맨 앞의 아이가 손수건에 뭔가를 던졌다. 사토시는,

"고맙습니다."

하고 고개를 숙이고 받은 것을 뒤로 감추었다. 그때마다 아이들은 깔깔대고 웃는다. 그다음은 여자아이였는데,

"받아, 거지야" 말하며 사토시 앞에 하얀 것을 놓았다.

사토시는 또 "고맙습니다!" 하면서 고개를 숙였다.

"불쌍한 거지야, 공손하게 '주세요' 해야지."

이번에도 여자아이가 소꿉장난하듯 말했다. 사토시는 싱글싱글 웃으면서 시키는 대로 손바닥을 포개며 '주세요'를 했다.

그때 고다니 선생님은 사토시 가까이에 있었기 때문에 손바닥에 놓인 것이 급식 빵이라는 것을 알았다.

"뭐 하는 거니!"

지도 모르게 날가로운 목소리가 튀어나왔다. 사토시는 당황하여 등 뒤에 있는 것을 숨겼다.

"사토시, 그게 뭔지 이리 내 봐."

사토시는 마지못해 앞으로 내놓았다. 열네댓 개의 급식 빵이었다.

고다니 선생님은 엄한 얼굴을 하고 있었다.

"누가 이런 놀이를 시작했니? 데루에, 말해 봐."

"애들이 하기에 저도 따라 했어요."

데루에는 울먹이는 소리로 말했다.

"사토시, 너도 그래. 거지 흉내를 내는 건 부끄러운 짓이야."

사토시가 싱글싱글 웃고 있는 것이 고다니 선생님은 견딜 수 없이 싫었다. 캐물어 보니 사오일 전부터 그런 놀이를 했다는 것, 사토시가 빵을 스무 개쯤 집에 가져갔다는 것, 들을 알게 되었다.

아다치 선생님과 함께 기미와 사토시 남매네 집에 다녀온 뒤로, 고다니 선생님은 사토시에게 주의를 기울이고 있었다. 급식 빵을 가져가야 할 만큼 생활이 비참한 것 같지는 않았다.

고다니 선생님은 아다치 선생님에게 의논했다.

"으음, 나도 잘 모르겠는데…. 괜찮으시면, 오늘 기미네 집에 가 볼까요?"

고다니 선생님은 그날 볼일이 있었기 때문에 아다치 선생님한테 부탁하기로 했다.

이튿날, 아다치 선생님한테서 이야기를 들었다.

"딱히 이유가 있는 건 아닌 것 같아요. 사토시가 급식 빵을 잔뜩 갖고 오는 건 확실한데, 그중 네댓 개만 먹고 나머지는 버린대요. 나는 또 빵집에 팔러 가는가 싶어 조금 걱정했는데 괜한 기우였소."

그렇게 말하고 머리를 긁적였다.

"하지만 나는 사토시 기분을 이해할 수는 있을 것 같아요. 물론 빵이 스무 개씩이나 필요하지는 않겠지만, 아버지가 이삼일씩 돌아오지 않더라도 빵이 그만큼 있다는 사실에 마음이 놓이지 않겠소? 그렇게 생각하고 매일 빵을 얻고 매일 빵을 버린다, 내가 지나친 생각을 하는 걸까요?"

"…."

"그리고 고다니 선생, 선생님은 사토시가 싱글거리며 거지 흉내를 냈다고 화를 내지만, 그건 잘못 생각한 거요. 싱글싱글 웃기라도 하지 않으면, 부끄러워서 그런 짓은 할 수 없다는 것이 사토시의 속마음일 거요."

고다니 선생님은 대답할 말이 없었다.

어이없는 일은 이튿날에도 일어났다. 기악 합주 연습이 끝나고 음악실에 악기를 반납하고 돌아오는 길이었다. 희한하게도 교실 앞 복도에서 아이들이 데쓰조를 에워싸고 노래를 부르고 있었다. 고다니 선생님은 노래 연습을 하는 줄로만 알았다. 조금 전에 배운 〈붕붕붕〉의 멜로디였기 때문이다. 그래서 생긋 웃으며 교실로 들어가려고 했다. 저절로 귓가에 흘러 들어 온 노래를 듣고, 고다니 선생님은 우뚝 걸음을 멈췄다.

멜로디는 〈붕붕붕〉이 틀림없는데 가사가 전혀 달랐다.

붕붕붕 파리가 난다
우스이 둘레에
금파리 은파리
붕붕붕 파리가 난다

우스이는 데쓰조의 성이다. 고다니 선생님도 이때는 머리에 피가 울컥 솟구쳤다.

"그만해!"

고다니 선생님은 가늘게 몸을 떨고 있었다. 무슨 말이든 해야겠는데 너무 화가 나서 입이 떨어지지 않았다. 고다니 선생님이 사람을 때린 경험이 있다면 그때 아이들을 때렸으리라.

뭐 이런 아이들이 있을까. 어제 사토시 사건도 그렇고 오늘 일도 그렇고, 도대체 이 아이들에겐 사람의 마음이 있는 것일까. 친절함이나 동정심 같은 것이 한 조각인들 있을까.

부아가 치밀어 올랐다.

"너희들…."

말보다 먼저 눈물이 쏟아졌다.

고다니 선생님은 눈물이 그렁그렁한 눈으로 언제까지나 아이들을 노려보고만 있었다.

그날 밤 느지막이 고다니 선생님은 목욕을 마치고 거울 앞에 앉았다.

'많이 피곤하구나. 가엾게도 눈가에 그늘까지 생겼어. 이제 스물두 살인데 이런 얼굴이 되어 버리다니.'

그날 밤, 고다니 선생님은 또 남편과 가벼운 말다툼을 했다. 그날 남편 친구인 건축가가 찾아왔다. 남편은 그에게 앞으로 지을 집에 대한 구상을 설명하고 설계도를 부탁할 작정이었다. 남편은 열성이었지만 고다니 선생님은 건성이었다.

건축가 친구가 돌아가고 나자 남편은 실례가 아니냐며 화를 냈다. 우리를 위해서 일부러 찾아왔는데 정작 당사자인 당신이 건성으로 대답하면 어떡하느냐고 고다니 선생님을 나무랐다.

"미안해요" 하고 고다니 선생님은 순순히 사과했다. "왠지 마음이 가지 않았어요. 아무래도 좋다는 기분이 들었어요."

아무래도 좋다는 게 무슨 소리냐며 남편은 더욱 화를 냈다.

"그러는 게 아닌 줄 알면서도 그런 생각이 들었어요. 그만 이해해 줘요."

남편은 가볍게 코를 골며 자고 있다.

미안해요, 하고 고다니 선생님은 마음속으로 사과했다. '결혼하고 나서 조금도 잘해 주지 못하네요. 미안해요, 어쩌면 난 못된 아내인가 봐요.'

이튿날은 일요일이었다. 남편은 일요일에도 출근했다. 고다니 선생님은 남편을 배웅하고 나서 외출 준비를 했다. 나라에 갈 작정이었다. 학창 시절에 고미술 동아리 활동을 했기 때문에 교토나 나라에 있는 절에 자주 다녔다. 결혼하고서는 한 번도 절에 가지 못했다. 결혼과 동시에 학교에 취직했기에 어쩔 수 없는 일이었지만 왠지 쓸쓸한 기분이 들었다.

쓰루하시에서 기차로 갈아타고 사이다이 절 역에서 내렸다. 역 앞에 큰 빌딩이 서 있었다. 그 빌딩을 보면서 고다니 선생님은 대학 시절에 교수님이 중얼거리던 말을 떠올렸다.

"우리 학창 시절만 해도 여기는 촌스러운 시골 역이었어. 썩어 가는 나무 울타리를 뛰어넘으면서 기차에서 내렸거든. 좁은 흙길과 실개천, 나머지는 넓은 논뿐이었지. 역에 내려서

기만 해도 사이다이 절의 토담 냄새가 밀물처럼 밀려오는 듯
했지."

고다니 선생님은 사이다이 절이 좋았다. 맨 처음 와 본 절
이라 그렇기도 하겠지만, 그 뒤로 여러 절을 보고 다녀도 역
시 사이다이 절이 가장 마음에 들었다.

공중전화 부스가 세워진 모퉁이를 돌자 그리운 토담이 보
였다.

사이다이 절은 토담이 좋다고, 고다니 선생님은 늘 생각하
고 있었다. 군데군데 흰 회반죽이 떨어져 나간 곳이 있다. 꼭
감 빛깔을 닮았다. 비에 시달려 담벼락이 울퉁불퉁 패어 있
다. 맨들맨들 빛나는 벽보다 훨씬 정겨웠다. 낡은 바깥문을
지나 절 안으로 들어가면, 하얀 자갈길이 보인다. 자갈을 밟
으며 걸으면 꼭 쉰 목소리로 누군가 말을 거는 듯한 느낌이
었다.

사이다이 절은 대나무가 좋다. 절 경내에 대숲으로 뒤덮인
오솔길이 있다. 거기는 아직도 흰 회반죽 벽이 남아 있어 대
나무의 푸른빛과 더없이 잘 어울렸다. 거기서 심호흡하면 손
톱 끝까지 새파랗게 물드는 느낌이다.

본당 안은 여름에도 서늘하다. 여기는 맨발이 제격이다. 고
다니 선생님은 양말을 벗고 그 냉기를 느꼈다. 그리고 곧장
본당 왼쪽으로 걸어갔다. 거기에 선재동자 조각상이 있다.

안녕하세요? 하고 고다니 선생님이 인사를 건넸다.

"여전히 기다려 주시는군요."

고다니 선생님은 미소를 지었다.

선재동자는 변함없이 아름다운 눈을 하고 있었다. 사람의 눈이라기보다 토끼의 눈이었다. 기원이 담긴 듯, 생각에 잠긴 듯 그윽한 빛을 띠고 다정하게 바라보고 있었다.

고다니 선생님은 자그맣게 한숨을 쉬었다.

한참 동안 선재동자를 바라보던 고다니 선생님은 나직이 중얼거렸다.

"오길 잘했어."

본당 복도는 시원하고 널찍하다. 때때로 이곳에서 고즈넉이 생각에 잠겨 있는 사람이 있기도 했다. 고다니 선생님도 거기에 앉았다. 오늘은 아무도 없다. 오층탑이 있던 자리와 정문이 녹음에 둘러싸여 시원해 보였다.

'어쩌면 그렇게 아름다울까?'

고다니 선생님의 눈 속에 선재동자 모습이 새겨져 떠나지 않았다.

'너무 아름다워. 어쩌면 그렇게….'

어째서일까 하고 고다니 선생은 생각했다.

불현듯 고등학교 선생님 말씀이 떠올랐다. 그 선생님은 학생들 사이에서 동경대 나온 멍청이로 통했다. 외모가 볼품없고, 점심때마다 궁상맞게 가락국수만 먹는 그런 일들이 원인인 듯했다. 학생들은 그 선생님 앞에서는 태연히 커닝하거나 떠들어 댔다.

고다니 선생님은 아무래도 그 선생님을 업신여길 수가 없었다.

어느 날 수업 시간에 갑자기 그 선생님이 말했다.

"인간은 저항, 다시 말해 레지스탕스가 중요합니다, 여러분. 인간이 아름답게 존재하기 위해서 저항 정신을 잊지 말아야 합니다."

학생들은 다들 멍하니 있었다. 고다니 선생님도 말뜻을 잘 알 수 없었다. 그 뒤로는 그 말을 잊고 지냈다. 그 말이 지금 떠오른 것이다.

"인간이 아름답게 존재하기 위해서 저항을…."

고다니 선생님은 입속으로 중얼거리다가 가슴이 쿵 내려앉았다.

데쓰조와 사토시, 처리장 아이들이 생각난 것이다. 그리고 아다치 선생님도.

당신은 어쩌면 그렇게 아름다우냐고 선재동자에게 물었던 것과 똑같은 의문이 생겼다. 나는 왜 아름답지 않을까? 어제의 아이들은 왜 아름답지 않았을까?

처리장 아이들의 따뜻한 마음씨를 생각했다. 파리를 기르는 데쓰조의 강한 의지를 생각했다. 빵을 집으로 가지고 돌아가는 사토시의 진지함을 생각했다.

'나는….'

고다니 선생님은 파랗게 질려서 일어났다. 그 등에 매미 울음소리가 무참하게 꽂혔다.

나쁜 녀석

"자, 6쪽을 펴 보자."

아다치 선생님이 큰 소리로 말했다. 미술 시간이다. 교과
서에 '동물 나란히 세우기'라고 쓰여 있고, 빨간 게를 한 줄로
나란히 그려 놓은 어린이의 작품이 실려 있었다.

"이 그림 어떠냐?" 하고 아다치 선생님이 묻자,

"나빠요오."

하고 많은 아이가 말해서, 뒤에서 수업을 참관하던 고다니
선생님은 깜짝 놀랐다. 애들한테 교과서에 실린 작품이 나쁘
다고 말하게 하다니 대체 어쩔 셈일까?

"어디가 나쁘다고 생각하나?"

절반쯤 되는 아이들이 손을 들었다.

"그래, 하루코."

"죄다 똑같으니까 나빠요."

"좀 더 자세히 말해 봐라, 하루코."

"모양도 같고 색깔도 똑같아서 지루해요."

"흐음, 그래?"

아다치 선생님은 대꾸하며, 다음 아이를 가리켰다.

"게는 살아 있잖아요. 그런데 사과나 귤처럼 나란히 줄지어 있는 건 이상해요. 한데 바글거려야 자연스러워요."

"그래?"

아다치 선생님이 말했다. 찬성한다는 건지 반대한다는 건지 잘 알 수 없었다. 아다치 선생님은 차례차례 아이들의 생각을 들었다. 고다니 선생님은 감탄했다. 2학년 아이들이 똑부러지게 비판하고 있다.

"다들 잘 알고 있구면. 내가 가르칠 게 없으니, 나는 여기서 낮잠이나 잘란다."

아다치 선생님이 그렇게 말하자, "안 돼요, 선생님, 약았어" 하는 소리가 여기저기서 들려왔다.

"선생님, 월급 받잖아요, 가르쳐 줘요."

맨 앞자리에 앉아 있던 아이가 말했다. 다들 와 하고 웃었다. 순식간에 화기애애한 분위기가 만들어졌다. 아다치 선생님은 아이들 마음을 부드럽게 푸는 데 비상한 재주가 있는 것 같았다.

아다치 선생님은 세 아이한테 게 한 마리씩을 칠판에 그리게 했다.

"자, 이 게와 다른 게를 그릴 수 있는 사람?"

또 다른 네댓 명의 아이들이 칠판 앞으로 나갔다. 어느덧 칠판은 온통 게 그림으로 꽉 찼다. 거기에는 여러 종류의 게 가 있었다. 역시, 이러니 교과서 그림이 지루할 수밖에.

"흉내만 내지 않는다면, 누구든지 좋은 게를 그릴 수 있다."

이렇게 말하며 아다치 선생님은 칠판의 그림을 지웠다.

"게도 가지가지다. 뚱보도 있고 말라깽이도 있다. 툭하면 아버지 어머니한테 매달려 징징거리는 응석받이도 있다. 싸움을 좋아해서 싸움만 하는 게도 있지. 어떤 놈은 몰래 뭘 훔쳐 먹다가 엄마한테 쫓겨나기도 하고 말이야."

아다치 선생님은 아이들 모습을 게에 빗대어 말하고 있었다. 자기네 이야기가 나왔기 때문에 아이들도 쑥스러워했다.

"어떤 게를 그려도 좋으니까, 그 게가 뭘 하고 있는지 나중에 선생님한테 설명할 수 있을 것. 이것이 오늘의 약속이다."

게를 어떻게 배치하는 게 좋을지 토론을 벌일 때도 아이들은 꽤 그럴듯한 의견을 내놓았다. 소용돌이 모양으로 늘어놓으려고 했다가 너무 흔해 빠졌다고 아다치 선생님이 비판하자, 씨름이나 서커스를 위에서 본 모양을 생각해 낸 아이도 있었다. 말투는 거칠었지만, 이 반 아이들은 모두 생기에 넘치고 있었다. 아다치 선생님도 여느 때와 조금도 다름이 없었다.

그렇다면 과연 선생님의 머리 꼭대기까지 기어오르는 어리광쟁이 같은 모습은 교실에서는 어떻게 받아들여질까? 고다니 선생님은 궁금했다. 아이들이 그림을 그리기 시작했을 때 그 궁금증은 곧 풀렸다.

그림을 그리다 말고 이 정도면 됐냐고 아다치 선생님한테 도움을 청하듯 그림을 들고 나오는 아이가 있었다. 그런 아이들에게 아다치 선생님은 무척 냉정했다.

"됐는지 안 됐는지는 네가 결정해. 네 그림이잖아?"

아다치 선생님은 아이들이 어리광을 부려도 될 때와 안 될 때를 잘 분별하도록 가르치고 있는 듯했다. 또 한 아이가 아다치 선생님한테 그림을 들고 왔다. 고다니 선생님은 과연 이번에도 쫓아 버릴지 눈여겨보았다.

"파란색이랑 흰색으로 게의 거품을 그리고 싶은데, 선생님은 어떻게 생각해요?"

"좋은 생각이구나. 거품은 되도록 작게 그리는 편이 재미있을 거다."

아다치 선생님은 친절하게 대답해 주었다. 고다니 선생님은 아하, 역시 하고 생각했다. 자기 생각을 분명히 나타내면 얼마든지 아다치 선생님의 생각도 얘기해 주는 모양이었다.

고다니 선생님네 반 아이들은 마침 두 시간 동안 영화 감상을 하고 있어서, 고다니 선생님은 그대로 남아서 다음 수업도 참관하기로 했다.

글쓰기 시간이었다. 어느 선생님한테나 글쓰기가 골칫거리였는지 참관하는 선생님들이 열 명쯤 되었다. 오리하시 선생님이나 오다 선생님도 열심히 메모하고 있었다.

아다치 선생님네 반 아이들은 남이 보든 말든 개의치 않았다. 여전히 자유롭고 느긋하게 공부하고 있었다.

"오늘은 너희들한테 특별 서비스를 하겠다."

아다치 선생님은 시장의 장사꾼처럼 말했다.

"힘들이지 않고 단박에 좋은 작품을 쓸 방법을 가르쳐 주겠다."

"에이, 거짓말. 언제는 힘들여 써야 한다고 해 놓고선."

이 반 아이들은 조금도 스스럼이 없다.

"그러니까 특별 서비스라고 했잖아."

"뒤에서 선생님들이 보고 있기 때문이에요?"

"천만에, 뒤에 있는 선생님들은 모두 코딱지 같은 사람들이야. 저런 사람들하고는 관계없어."

참관하는 선생님들은 졸지에 코딱지 같은 사람들이 되어 버렸다. 아이들은 한바탕 신나게 웃었다. 그러고는 안됐다는 눈길로 선생님들을 돌아보았다. 선생님들은 쓴웃음을 지었다.

"아무튼 이것은 다년간의 연구 끝에 얻은 위대한 방법이다."

아다치 선생님의 말투는 영락없이 약장수였다.

"그래서 사실은 남한테 가르쳐 주기가 아깝다. 하지만 귀여운 여러분을 위해서 눈물을 머금고 가르쳐 주기로 했다. 단번에 좋은 글을 쓸 수 있다는 말은 어떤 것이 좋은 글인지 단번에 알아볼 수 있다는 말이기도 하다. 그러니까, 두 가지 방법을 한꺼번에, 그것도 공짜로 배울 수가 있는 것이다. 여러분처럼 행복한 아이들이 또 있겠는가?”

똑똑하고 야무져 보여도 이제 겨우 2학년이다. 아다치 선생님의 말솜씨에 말려든 아이들은 대부분 입을 헤 벌린 채 듣고 있었다.

대개 수업 중에는 잡담하거나 딴짓하거나 한눈을 파는 아이가 있게 마련이다. 그런 아이들에게 주의 주느라 수업을 제대로 하지 못했던 경험은 학교 선생님이라면 누구나 가지고 있다.

그런데 아다치 선생님네 반에서는 그런 염려가 조금도 없어 보였다.

“글 속에는 좋은 녀석과 나쁜 녀석이 같이 살고 있다. 거기에서 나쁜 녀석을 찾아 쫓아내 버리면 당장에 좋은 글이 된다. 어때, 간단하지?”

그리고는 아다치 선생님은 인쇄물을 한 장씩 돌렸다.

“겐지, 첫 번째 글을 읽어 봐.”

“아침 7시에 일어났습니다. 날마다 운동회 연습을 하고 있습니다. 오늘은 어머니를 따라 시장에 갔습니다. 아버지가 8시 30분에 돌아오셨습니다. 텔레비전을 보고 잤습니다.”

겐지가 글을 다 읽자 모두 웃었다. 아닌 게 아니라 어린 마음에도 형편없는 글이라고 생각되었던 모양이다.

“다음 글은 아키라가 읽어 봐.”

“나는 학교에서 돌아오다가 공사장에서 불도저가 움직이는 것을 구경했습니다. 불도저에 치이면 호떡처럼 납작해지겠지 하고 생각했습니다. 불도저가 멈추었을 때 발을 도로에 대어 보니 뜨거웠습니다. 나는 왜 뜨거울까 생각했습니다. 전깃줄도 달려 있지 않은데, 참 이상했습니다."

"자, 그럼, 지금부터 좋은 녀석과 나쁜 녀석을 가르쳐 줄 테니, 귀를 후비고 잘 들어라."

아다치 선생님은 그렇게 말하고 칠판에 다음과 같이 썼다.

- 한 것
- 본 것
- 느낀 것
- 생각한 것
- 말한 것
- 들은 것
- 기타

그리고 '한 것' 위에 × 표시를 하고 나머지에는 모두 ○ 표시를 했다.

"선생님, '한 것'은 나쁜 녀석이에요?"

한 아이가 성급하게 물었다.

"오냐" 하고 아다치 선생님이 느긋하게 말했다.

"그럼 아까 너희들이 웃었던 글을 살펴보기로 하자. '아침 7시에 일어났습니다' 이것은 한 것이냐, 본 것이냐, 생각한 것이냐, 어느 쪽이야?"

"한 것이오."

아이들이 입을 모아 대답했다.

"그러니까 이건 나쁜 녀석이군. × 표를 하자."

아이들은 따라서 × 표를 했다.

"다음, '매일 운동회 연습을 하고 있습니다'는 어떤 거냐?"

"한 것이니까, 나쁜 녀석이오."

"그럼, 이것도 ×."

"시장에 갔습니다…."

"나쁜 녀석이오, 나쁜 녀석."

아다치 선생님이 말을 채 마치기도 전에 아이들이 떠들어 댔다.

결국 모두 × 표가 붙었다. 아이들이 히야, 하고 이상한 소리를 질렀다.

"아까 나쁜 녀석을 쫓아내면 좋은 글이 된다고 했잖아요. 근데 나쁜 녀석을 다 쫓아내니까 아무것도 남지 않잖아요?"

"그래 맞다. 이런 글은 다 지워져 버리니까, 이따위 글을 쓰 느니 집에서 낮잠이나 자는 게 낫다. 이런 말씀이야."

아이들이 깔깔깔 웃었다.

다음 글에는 모두 ○ 표가 붙었다. 가즈오라는 아이의 글이 었기 때문에, 아다치 선생님네 반의 가즈오는 후유 하고 안심 하는 얼굴을 했다. 나쁜 글이 되지는 않을까 조마조마해하고 있었던 것이다.

"여기서 아주 중요한 말을 덧붙이겠는데, 이 세상에는 좋은 녀석도 있고 나쁜 녀석도 있다. 나쁜 녀석이 있기 때문에 좋은 녀석이 돋보이는 것이다. 글도 마찬가지로, 좋은 녀석만으로는 맛이 나지 않는다. 중간중간에 나쁜 녀석을 싹싹 끼워 넣으면 맛있는 글이 된다."

아다치 선생님은 재치 있게 말을 이어 갔다. '한 것'을 모두 생략해 버리면 글이 성립되지 않는 경우가 있기 때문에 그 점을 미리 아이들에게 일러두는 것이다.

"글은 좋은 녀석과 나쁜 녀석이 쉽게 구별되어서 괜찮지만, 사람은 좀처럼 그렇지 못해. 좋은 녀석인가 싶으면 나쁜 녀석이기도 하고, 좋은 녀석인데도 나쁜 녀석처럼 보이기도 하고…."

아다치 선생님은 뒤에서 듣고 있는 선생님들을 비꼬고 있는 것 같았다.

오리하시 선생님이 헤헤헤 하고 웃었다.

교무실에 들어온 아다치 선생님은 수고가 많았다며 차 대접을 받았다.

"그런 거 필요 없소."

아다치 선생님은 자기 책상 서랍에서 검은 병을 꺼냈다.

"그만둬요."

옆자리 선생님이 교감의 눈치를 살피면서 아다치 선생님을 쿡 찔렀다.

"한 모금만."

아다치 선생님은 아기 같은 얼굴로 술을 한 모금 마셨다.

이 선생님은 좋은 선생님일까 나쁜 선생님일까, 정말 아리송하다.

"선생님, 과연 훌륭한 수업이더군요. 덕분에 많이 배웠어요."

늘 듣기 좋은 소리만 해서 아첨 마님이라는 별명이 붙은 기무라 사치코 선생님이 말했다.

"그래요?"

아다치 선생님은 깔보듯이 말했다. 남 칭찬은 잘하지만 자기는 아무 노력도 하지 않기 때문에 아다치 선생님은 이 선생님을 몹시 싫어했다.

"좋은 공부가 되었습니다. 고맙습니다."

고다니 선생님도 인사를 했다.

"아, 네."

아다치 선생님은 눈이 부신 표정을 지었다. 아다치 선생님도 약간은 편애하는 경향이 있는 듯하다.

"하지만 선생님 흉내는 내지 않겠어요."

"흐음."

아다치 선생님은 기쁜 얼굴을 했다. 대개 선생님들은 한번 따라 해 보겠습니다, 하거나 가르쳐 주세요, 라고 말한다. 아다치 선생님은 그런 사람은 딱 질색이다.

"어렵겠지만, 스스로 생각해서 만들어 가도록 하겠어요."

"암요, 그러셔야죠."

아다치 선생님은 한결 기쁜 표정을 지었다. 그리고 이 사람 꽤 많이 달라졌구나, 하고 생각했다.

"고다니 선생님."

"네?" 하고 돌아보자, 아다치 선생님의 목소리가 날아왔다.

"오늘, 아주 예뻐요."

"바보."

하고 말하고 나서, 고다니 선생님은 자신의 거친 말투에 스스로 낯을 붉혔다.

어느덧 아다치 선생님을 꽤 닮아 가고 있었다.

까마귀의 저금

그날은 사토시네 집에 갔다가 데쓰조네 집에 들렀다.

요즘 고다니 선생님은 수업이 끝나도 곧바로 집으로 가는 전철을 타지 않는다. 반드시 아이들의 집 두세 곳을 돌아본 뒤 데쓰조네 집에 들렀다 간다. 그래서 집에 도착하는 시간이 한두 시간쯤 늦어졌다. 남편은 언짢아했다. 교사가 그런 일까지 할 필요가 있냐고 했다. 필요해서가 아니라 재미있어서 한다고 하자, 남편은 어이없다는 표정을 지었다.

직업은 가지가지다. 고다니 선생님은 다양한 것들을 듣고 보면서 직접 해 보고 싶은 충동을 느끼곤 했다. 빵집에서는 빵 만드는 법을 배웠다. 푸줏간에서는 고기를 다루는 법과 좋은 고기 고르는 법을 배웠다. 해난 구조 작업 이야기는 듣는 것만으로도 재미있었다.

부부 싸움의 중재 역할을 떠맡은 적도 있다. 그러는 사이에 사람은 같은 일이라도 생각하고 느끼는 관점이 각기 다르다는 것을 뼈저리게 느꼈다. 이런저런 사람들의 이런저런 이야기를 듣고 있노라면 자신의 인생이 보잘것없게 느껴져 견딜 수가 없었다.

그럭저럭 자라서 그럭저럭 결혼한 자신이 한심스러웠다.

남편한테 그런 이야기를 해 봤지만 이해할 수 없다는 얼굴이었다. 뭐, 좋아요. 누가 더 잘 사는지 겨뤄 봐요. 당신도 힘껏 나를 자극해 줘요. 젊은 남편은 난처한 표정을 지었다.

고다니 선생님은 데쓰조네 집 뒤꼍으로 돌아가서, "데쓰조" 하고 불렀다. 어디선가 기치가 달려와 고다니 선생님에게 재롱을 떨었다. 기치는 이제 고다니 선생님을 잘 따르게 되었다. 데쓰조는 느릿느릿 나타났다.

"네 친구들도 잘 있니?"

고다니 선생님은 파리가 들어 있는 병을 휘, 둘러보았다. 병마다 파리 이름표가 깔끔하게 붙어 있었다. 고다니 선생님 글씨와 데쓰조의 글씨가 섞여 있었다. 이름표가 붙은 것뿐인데도 제법 표본실 같아 보였다. 고다니 선생님도 자랑스러움을 느꼈다.

"공부했니?" 하고 고다니 선생님이 물었다.

"으" 하고 데쓰조가 대답했다.

여전히 데쓰조는 '으'라는 말밖에 하지 않는다. 전과 달라진 점이 있다면 고다니 선생님이 거기에 별로 개의치 않는다는 것이다. 방으로 들어가서 데쓰조의 공책을 보았다. 지렁이가 기어가는 것 같다는 말이 있는데, 데쓰조의 글씨는 기어가는 정도가 아니다. 지렁이가 몸부림치며 기어다니다 배배 꼬여 기절해 있다. 그래서 데쓰조의 글씨는 고다니 선생님과 자기밖에 못 알아본다.

고다니 선생님은 파리 이름을 적은 표를 스무 장쯤 만들어 주었다. 고다니 선생님한테 볼일이 생겨 부득이 오지 못할 때는 데쓰조가 그것을 공책에 옮겨 쓰며 혼자서 공부한다. 오늘처럼 고다니 선생님과 둘이 있을 때는 파리 이름이 적힌 표로 카드놀이를 하듯이 글을 익힌다.

"시작해 볼까, 데쓰조?"

데쓰조 앞에 표를 쭉 늘어놓았다.

"띠금파리." 고다니 선생님이 파리 이름을 불렀다.

데쓰조는 곧 표를 집었다. 자기가 도감에서 찾아낸 파리였기 때문에 맨 먼저 기억한 모양이다.

"산먹파리."

데쓰조는 어렵지 않게 잡았다.

"치즈파리."

이것도 금방 잡았다. 글자 수가 적어서 외우기 쉬운 모양이다.

"흑다리애기집파리."

이것은 꽤 오래 걸렸다.

"노랑초파리."

데쓰조가 좀처럼 집지 못했다. 초파리 종류는 모두 이름이 길기 때문에 어려운 모양이다.

"여기 있잖아, 데쓰조."

고다니 선생님이 가르쳐 주었다. 그럴 때는 데쓰조의 표정이 약간 달라진다. 분해하는 것 같기도 하고 부끄러워하는 것 같기도 하고 약간 쑥스러워하는 것 같기도 한, 복잡한 얼굴이다.

고다니 선생님은 그런 데쓰조의 머리를 쓰다듬어 주었다. 괜찮아, 괜찮아, 서두르지 말고 천천히 외워도 돼.

"자, 다음. 높은꼬리벼룩파리."

데쓰조는 열심히 찾고 있다.

고다니 선생님은 파리가 이런 식으로 도움이 될 줄은 꿈에도 몰랐다. 데쓰조는 학교에서 아무것도 하지 않는다. 친구와 놀지도 않고, 교과서도 펴지 않는다. 공책은 깨끗하다. 살아 있는 건 분명한데 학교에서 보는 데쓰조는 마치 식물인간 같다.

그런데 파리를 계기로 글자를 익히기 시작했다. 그뿐인가? 파리 그림을 그리기 시작했다. 도서관에서 빌려 온 파리에 관한 책의 반납 날짜가 가까워졌을 때, 고다니 선생님은 데쓰조에게 파리 그림을 그려 보라고 했다. 그날 밤 데쓰조는 파리 그림을 베꼈다. 그것을 보고 고다니 선생님은 측은한 마음이 들어서 도쿄에 있는 출판사에 그 책을 주문해서 데쓰조에게 선물했다. 그때부터 데쓰조는 파리 세밀화를 그리기 시작했다. 흔히 선으로 그린 그림에는 지능이 나타난다고 한다. 데쓰조의 그림은 도저히 1학년 아이가 그린 것이라고는 생각할 수 없었다. 모양이 이지러지기는 해도 아주 세세한 부분까지 꼼꼼하게 그렸다.

예를 들어 파리의 날개선을 맥이라고 하는데, 집파리 날개의 제4맥(날개에 있는 맥으로 머리 쪽에서부터 세면 5번째)은 '<' 모양으로 구부러져서 제3맥과 붙어 있다. 다른 파리의 제4맥은 제3맥과 평행을 이루고 있거나 조금 구부러져 있는데, 놀랍게도 데쓰조는 그렇게 세밀한 것까지 정확하게 그릴 수 있었다.

솔직히 고다니 선생님은 데쓰조가 지능 발달이 더딘 아이가 아닐까 의심했지만, 데쓰조의 그림을 보고 생각을 바꾸었다.

데쓰조가 기르는 파리의 종류도 책을 선물 받은 뒤부터는 부쩍 늘어났다. 먹허리꽃파리나 산먹파리는 매우 희귀한 파리였는데, 데쓰조는 그것을 생선조림 가게에 가서 잡아 왔다. 지금은 애지중지 기르고 있다.

"자, 이번에는 쓰기 공부를 할까? 오늘은 파리 이름표를 몇 개나 바꿔 붙일 수 있을까?"

처음에는 파리 이름표의 글씨를 모두 고다니 선생님이 써 주었다. 데쓰조 글씨는 아무도 알아볼 수가 없었기 때문이다. 얼마 동안 연습하다가 글씨를 제대로 쓸 수 있게 되면 데쓰조가 쓴 것으로 이름표를 바꾸어 붙였다. 언제쯤이면 데쓰조가 이름표를 모두 바꾸어 붙일 수 있을까, 고다니 선생님은 즐거운 마음으로 기다리고 있다.

고다니 선생님은 새삼 인간의 재능이 신비로웠다. 데쓰조는 파리 그림을 그렇게 정확하게 그리면서도, 글씨는 보통 아이들처럼 연습한 만큼만 늘었다. 열정을 쏟은 것에는 사람의 재능이 한없이 뻗어 나가는 모양이다.

전에 아다치 선생님이 데쓰조 안에 보물이 감추어져 있을지도 모른다고 했는데, 고다니 선생님은 이제야 그 말의 참뜻을 알 것 같았다.

'또 어떤 보물을 숨겨 두고 있는 거니, 데쓰조?' 하고, 데쓰조의 옆모습을 보면서 고다니 선생님은 마음속으로 말을 걸었다.

놀다 지친 아이들이 데쓰조를 찾아왔다.

"안녕?" 시로가 고다니 선생님에게 인사를 했다.

"안녕" 하고 고다니 선생님도 천진스레 인사를 받았다.

아이들은 왁자그르르 집 안으로 들어오더니, 데쓰조와 고다니 선생님 곁에 바짝 붙어 앉았다.

"넌 공짜로 과외 공부하고, 좋겠다."

이사오가 데쓰조의 머리를 콩 쥐어박으며 말했다.

"쉿! 공부 중이니까, 방해하면 못써요."

고다니 선생님이 짐짓 무서운 얼굴로 말했다. 데쓰조는 아랑곳하지 않고 글씨를 썼다. 옆에서 아무리 떠들어도 꿈쩍 않는다.

"선생님."

"응."

"데쓰가 빨리 글자 배워서 파리 연구 논문을 썼으면 좋겠다."

"그러게. 그렇게 되면 데쓰조는 박사님이시니까, 너는 박사님 가방이나 들고 다니는 조수 하면 되겠네."

"내가 가방을 들어 준다고? 야, 꿈도 꾸지 마, 데쓰."

이사오는 데쓰조의 엉덩이를 철썩 때리고는 배를 잡고 웃었다.

"준이 안 보이네, 웬일이지?"

"미사에가 열이 나서 간호하고 있어."

"어머, 미사에가 아프니?"

"응, 얼굴이 새빨개 갖고 헉헉거려."

"큰일 났구나. 선생님이 잠깐 가 봐야겠어."

고다니 선생님은 데쓰조에게 공부하고 있으라고 일러 놓고 미사에네 집으로 갔다. 아이들도 따라왔다. 처리장 사람들은 대개 맞벌이를 해서, 아이들은 낮에는 어느 집에나 스스럼없이 들어가곤 한다.

"미사에, 많이 아프니?"

"열이 39도나 돼."

이마에 찬 수건을 얹은 미사에는 힘없는 눈빛이었지만, 그래도 고다니 선생님이 문병하러 온 것이 반가운지 살짝 웃었다.

"준아, 기특하구나."

준은 세숫대야를 앞에 둔 채 무릎을 감싸안고 앉아 있었다.

"남 놀지도 못하게….."

준이 투덜댔다. 미사에의 베갯머리에는 갖가지 물건이 놓여 있었다. 껌, 유리구슬, 우표, 색종이….

"이게 다 문병 올 때 가지고 온 것들이니?" 고다니 선생님이 물었다.

"응, 이사오 오빠랑 다른 애들이 줬어."

병뚜껑, 고무 뱀, 망가진 시계 줄 따위도 있었다.

"이것들도?"

뒤에서 이사오 패거리가 멋쩍게 뒤통수를 긁고 있었다.

"선생님도 뭘 좀 선물하고 싶은데. 미사에, 뭐가 좋을까?"

"아이스크림."

"멍청이" 하고 준이 말했다.

"너, 아이스크림 너무 많이 먹어서 병났잖아."

"그래, 미사에. 아플 때는 아이스크림 안 먹는 거야. 선생님이 좋은 거 갖다줄게. 잠깐 기다려, 응?"

미사에는 고개를 끄덕였다.

고다니 선생님은 아이들과 함께 미사에한테 줄 선물을 사러 갔다.

"뭐가 좋을까?"

고다니 선생님은 상점가를 서성거렸다. 아이들은 오리 새끼처럼 고다니 선생님 꽁무니를 쫄쫄 따라다녔다.

"나도 열나는데, 선물 안 줘?"

다케오가 어리광을 부리다 아이들한테 핀잔을 들었다.

결국 고다니 선생님은 은방울꽃을 꼭 닮은 작은 꽃과 육각

형 종이 상자에 든 초콜릿을 선물로 샀다. 하지만 어쩐지 시시한 느낌이 들었다.

"너희들 선물이 진짜 근사한 것 같아. 선생님 건 왠지 초라해."

"왜요?" 하고, 아이들은 이상하다는 얼굴을 했다.

"선생님은 그저 돈 주고 샀을 뿐이니까. 하지만 너희들은 제일 아끼던 물건을 주었어. 거기엔 진심이 담겨 있잖아."

"진심보다는 초콜릿이 좋아."

호키치가 솔직하게 말했다.

이야기를 나누다 보니, 아이들에겐 저마다 소중하게 간직하고 있는 것들이 있었다.

"좀 보여 줄래?"

고다니 선생님이 말하자, 아이들은 저마다 눈을 빛내며,

"보여 줄게."

하고 외쳤다. 그리고 앞다투어 달려갔다.

고다니 선생님이 미사에한테 선물을 건네주고 있는데, 이사오가 커다란 상자를 안고 제일 먼저 달려왔다.

고다니 선생님은 잘 알 수 없었지만 이사오가 모으는 것은 부서진 기계 부품들인 듯했다. 라디오나 시계 같은 것은 알아볼 수 있었다.

"난 엔진을 조립할 수 있어."

이사오는 우쭐대며 말하고는 따로따로 떨어진 쇠붙이를 재빨리 조립했다. 고다니 선생님은 감탄하며 바라보고 있었다.

"이사오, 그거 크로키 할 때 쓰면 좋겠구나. 다음에 빌려줄래?"

"응, 빌려줄게."

아이들은 잇따라 여러 가지 물건을 가지고 왔다. 하나같이 잡동사니였지만 그중에는 갖가지 재미있는 것들이 있었다.

"게이코, 그건 뭐니?"

"맞혀 봐, 선생님."

이사오가 옆에서 말했다.

유리는 분명한데, 모양도 색깔도 가지각색이었다. 고운 분홍빛을 띤 것도 있고 도자기처럼 은은한 푸른색도 있다. 게이코는 그것을 많이 가지고 있었다.

"정말 예쁘다. 대체 이게 뭐니?"

"이건 말이야, 병이 녹은 거야. 쓰레기 속에 병이 섞여 있는 걸 모르고 병을 태우잖아? 한참 타다 보면 이런 게 생겨. 재 속에 섞여 있어."

"어머, 그러니?" 고다니 선생님은 이번에도 감탄했다.

"하나 줄까?"

"하지만 게이코가 아끼는 거잖아?"

"선생님이 갖고 싶으면 줄게."

"갖고 싶어."

"그럼 줄게."

고다니 선생님은 짙은 녹색 알을 받았다.

고지는 스티로폼을 모으고 있었는데, 그냥 모으기만 하는 것이 아니라 그것으로 로봇을 많이 만들고 있었다.

"고지, 이렇게 멋진 걸 왜 학교 전시회에 내지 않니?"

이 작품을 본다면 고지의 진가를 알 수 있을 텐데 하고, 고다니 선생님은 무라노 선생님을 떠올리며 무척이나 안타까워했다.

고다니 선생님은 잡동사니를 바라보면서 까마귀의 저금이라는 말을 떠올렸다. 까마귀는 쓸모없는 물건을 모으는 버릇이 있다. 찢어진 풍선이든 구두끈이든, 뭐든 둥지로 물고 와서 모아 놓는다.

뭔가를 모으는 점은 까마귀의 저금을 닮았지만, 처리장 아이들은 폐품을 이용해서 새로운 물건을 만드는 마음을 저금하고 있구나, 하고 고다니 선생님은 생각했다.

바쿠 할아버지

"미안, 미안."

말하면서 고다니 선생님은 데쓰조네 집으로 돌아왔다. 데쓰조는 어둠침침한 방에서 묵묵히 글씨를 쓰고 있었다.

"많이 썼구나. 쉬파리하고 애기집파리가 깨끗하네? 오늘은 두 장을 바꿔 붙여 볼까?"

고다니 선생님은 길쭉한 종이를 오려 데쓰조에게 주었다.

"깨끗이 써. 잘 보고 정성껏 쓰는 거야."

데쓰조는 열심히 썼다.

둘이서 완성된 이름표를 갈아붙이고 있는데, 바쿠 할아버지가 돌아왔다.

할아버지는 고다니 선생님을 보자마자 말했다.

"선생님, 부탁 하나 들어주시겠습니까?"

"뭐예요, 할아버지?"

"선생님 사정도 여쭤보지 않고 이런 말을 해서 죄송하지만, 오늘 저희와 같이 저녁을 드시지 않겠습니까?"

고다니 선생님 머릿속에 남편의 찡그린 얼굴이 떠올랐다. 하지만 고다니 선생님은 되도록 선선히 말했다.

"좋아요. 할아버지."

"선생님은 의사 선생님 댁 외동딸이라 이렇게 누추한 데서 드시기가 꺼려지시겠지만…."

"무슨 말씀이세요, 할아버지. 감사히 먹겠어요."

"데쓰조, 선생님이 우리랑 같이 저녁을 드시겠다는구나."

데쓰조는 딱히 반기는 기색도 없었다.

바쿠 할아버지가 저녁 준비를 시작하는 것을 보고 고다니 선생님이 말했다.

"할아버지, 거들어 드릴까요?"

"아서요, 이 누추한 곳에서…."

고다니 선생님은 개의치 않고 부엌으로 갔다.

"이 생선 구울 거면 제가 구울게요."

"그건 서대기니까 뫼니에르로 할까요?"

고다니 선생님은 깜짝 놀랐다. 바쿠 할아버지가 뫼니에르라는 말을 알고 있는 것만도 놀라운데 서대기 뫼니에르라니…. 서대기 뫼니에르는 고급 프랑스 요리에 속한다. 바쿠 할아버지 주변을 살펴보니 양배추며 버섯 따위가 놓여 있었다.

"그 고기는 어쩌시려고요?"

바쿠 할아버지는 쇠고기에 다진 마늘을 넣고 있었다.

"이건 스트로가노프라는 요리에 쓰는 건데, 이름은 좀 어렵지만 뭐, 쉽게 말하면 러시아식 쇠고기 케첩 조림이라고 할까요?"

고다니 선생님은 점점 더 놀랐다. 그런 요리 이름은 들어본 적도 없다. 일을 거들기는커녕 정식으로 요리를 배우고 싶을 정도였다.

"어떻게 이런 어려운 요리를 많이 알고 계세요?"

"뭘요, 별것 아닙니다. 오랫동안 배 위에서 살다 보면 바보 천치라도 자연히 배우게 되지요."

"전에 배를 타셨나 보죠?"

"그렇습니다. 외국 배도 탔고 일본 배도 탔고…."

그렇게 말하고 바쿠 할아버지는 먼 곳을 바라보았다.

얼마 뒤에 만들어진 요리는 호화찬란했다. 서대기 뫼니에르, 비섯을 넣은 스트로가노프, 러시아식 당근 수프, 새우 샐러드 같은 요리 들이 나와서, 마치 어느 레스토랑에서 식사하는 것 같았다.

"데쓰조, 넌 언제나 이런 요리를 먹니?"

눈을 휘둥그레 뜨고 고다니 선생님이 물었다.

"늘 이렇게 먹을 수야 없지요. 하지만 대체로 먹을 만한 것을 만들어 주고 있습니다."

그 때문인지 데쓰조는 급식 시간 때 예의가 발랐다. 음식을 남기지도 않을뿐더러 게걸스레 더 먹으려 들지도 않았다. 요즘 아이들은 좀체 그러기가 쉽지 않기 때문에 고다니 선생님에게는 식사 예절이 바른 데쓰조가 특히 인상에 남아 있었다. 데쓰조는 포크와 나이프를 능숙하게 쓰며 밥을 먹었다.

"데쓰조는 외국에 나가도 불편하지 않겠네" 고다니 선생님이 말했다.

바쿠 할아버지의 권유로, 고다니 선생님도 젓가락을 들었다.

"어머, 정말 맛있어요."

고다니 선생님의 말은 딱히 겉치레 인사만도 아닌 눈치였다.

"선생님, 한잔하시겠습니까?"

바쿠 할아버지가 고다니 선생님에게 맥주를 권했다.

"네" 하고 고다니 선생님은 대뜸 잔을 받았다.

"요즘 젊은이들은 맥주 한 잔쯤 아무것도 아니지요?"

"큰 잔으로 두 잔이나 마신 적도 있는걸요."

고다니 선생님은 불량소녀 같은 소리를 했다.

"이야, 그거 대단한데요? 오늘 저녁 저하고 술 내기 한번 하실까요?"

바쿠 할아버지는 즐거운 듯 말했다.

"미인하고 대작할라치면 내가 먼저 나가떨어지고 말 거예요."

"할아버지는 요리만 잘하시는 줄 알았더니 아부도 잘하시네요."

"하하하하…."

바쿠 할아버지는 정말로 즐거워 보였다.

그런 바쿠 할아버지를 찬찬히 뜯어 보니 썩 잘생긴 얼굴이었다. 주름살 하나하나가 마치 아름다운 그림 같았다. 눈매가 무척 부드럽다. 사이다이 절의 선재동자가 나이를 먹으면 이런 얼굴이 될까? 하고 고다니 선생님은 생각했다.

"할아버지는 젊었을 때 미남이셨겠어요."

"하하하, 선생님도…. 아까 제 말에 대해 답례하시는군요."

"하지만 데쓰조도 참 잘생겼어요."

"그래요?"

바쿠 할아버지는 한층 더 기쁜 얼굴로 말했다.

데쓰조는 밥을 다 먹자마자 파리 그림을 그리고 있었다.

"선생님한테 그 책을 받은 뒤로는 늘 저런답니다. 하지만 저는 기뻐요. 파리를 기르거나 기치의 털에서 벼룩이나 잡던 애가 그림을 그리고 글씨를 쓰게 되었으니 말이지요."

벽에는 데쓰조가 그린 파리 그림이 빽빽이 붙어 있다.

"데쓰조, 몇 장쯤 그렸을까?"

데쓰조가 눈을 들어 벽에 붙인 그림을 보았다. 그것이 고다니 선생님의 물음에 대한 대답이었다.

"선생님은 올해 나이가 어떻게 되십니까?"

바쿠 할아버지는 갑자기 고다니 선생님의 나이를 물었다.

"스물두 살인데…, 그건 왜요?"

"스물둘이라. 그렇군요. 스물두 살이시군요."

바쿠 할아버지는 또다시 먼 곳을 바라보는 듯한 눈으로 잠시 생각에 잠겼다.

"스물두 살 때, 저는 조선에 있었지요."

"젊었을 때 한국에 계셨어요?"

그 물음에는 대답하지 않고 할아버지는 잠시 멍하니 있었다.

"선생님은 친구를 배신한 적이 있습니까?"

바쿠 할아버지가 불쑥 말했다.

"글쎄요, 사소한 일로는 어땠을지 모르지만, 기억이 나지 않는데요."

"그렇습니까?"

어느새 바쿠 할아버지의 얼굴에서 즐거운 표정이 사라지고 없었다.

"저는 젊은 시절 도쿄의 W대학에 다녔지요."

고다니 선생님은 또 한번 깜짝 놀랐다.

"친구가 있었어요. 좋은 놈이었죠. 김용생이라는 조선 사람이었습니다. 내 평생 그렇게 훌륭한 사내는 본 적이 없답니다."

바쿠 할아버지는 지난 옛일을 떠올리며 눈을 끔뻑거렸다.

"그 무렵 조선은 일본의 식민지였습니다. 용생이는 불행한 조국의 역사를 공부하고 있었지요. 마침 그런 모임이 있어서, 거기서 조국의 역사를 공부하고 있었던 거예요. 폭탄을 던진 것도, 사람을 죽인 것도 아니고, 자기 나라 역사를 공부했다는 이유로 감옥에 갇혀야 하는 이런 어처구니없는 얘기가 어디 있겠습니까, 선생님."

바쿠 할아버지의 얼굴은 고통스레 일그러졌다.

"김용생은 감옥에 갔혔습니다. 용생이 친구라는 이유만으로 나까지 끌려갔지요."

고나니 선생님은 가슴이 아파 왔다.

"고문이라는 걸 아십니까, 선생님? 인간은 못 하는 짓이 없어요. 악마가 되라고 하면 당장에 악마가 될 수도 있더군요. 그들은 용생이가 공부하던 모임의 회원 이름을 대라며 나를 고문했어요. 천장에 매달고는 대나무 칼로 때리더군요. 그런 짓은 사무라이 시대에나 있던 일인 줄 알았는데, 웬걸요. 나도 한창 젊은 나이라 말대답을 한 탓에 초주검이 되고 말았지요. 저항할 수 있었던 것은 잠깐이었고, 손톱 밑을 송곳으로 찔리고 뜨거운 물세례를 받는 사이에 몸도 마음도 녹초가 돼 버렸습니다."

고나니 선생님은 몸이 떨리는 것을 참느라고 애를 먹었다.

"일본 사람이니까 그 정도로 끝났지, 조선 사람한테는 더 심했다는 소리를 들으니 용생이 생각이 나서 가슴이 아팠어요. 애써 견디고 있자니, 용생이 어머니가 면회를 와서 더 이상 고문받다가는 목숨을 잃을지도 모르니까 나더러 자백하라며 우시는 겁니다. 용생이는 죽어도 입을 열 것 같지 않으니 대신 자백해 달라고, 그리고 한두 해만 감옥살이하고 나면 다시 자유의 몸이 될 수 있지 않겠냐면서, 우시는 거였어요. 옳은 말이다, 여기서 죽는다면 무슨 소용인가? 내가 받은 고문을 생각해 보면 고문받다가 충분히 죽을 수 있다, 그렇게 생각하고 나는 자백하고 말았지요."

"그래서 친구분은 살아났어요?"

126

고다니 선생님은 숨 가쁘게 물었다.

"아닙니다" 하고 바쿠 할아버지는 마른침을 꿀꺽 삼켰다.

"그는 붉은 물감을 뒤집어쓴 감자 같은 얼굴로, 말도 못 하게 된 채 집으로 돌아왔습니다. 다시는 함께 얘기할 수도 없고, 함께 술도 마실 수 없고, 함께 첼로도 켤 수 없는 몸이 되어 돌아온 거예요. 용생이 어머니도 훌륭한 분이었어요. 그때는 눈물 한 방울 보이지 않으셨습니다. 나를 원망하지 않는다고, 그 대신 용생이 몫까지 살아 달라고 하며 나를 용서해 주셨습니다. 나는 조선과 조선 사람들을 마음 깊이 존경하고 있습니다. 김용생과 그 어머니를 낳은 나라니까요. 그 무렵 일본은 조선 사람들을 벌레만도 못하게 여기고 있었지만, 나는 그런 일본인들을 보며 마음속으로 멍청이들, 머지않아 호되게 당할걸? 하고 마음속으로 생각하고 있었어요. 김용생이 죽자, 나는 공부 생각이 눈곱만큼도 없어지더군요. 김용생의 혼에 이끌렸는지 나는 조선으로 건너갔습니다. 동양척식주식회사라는 곳에서 사원을 모집하기에 무슨 회사인지 알아보지도 않고 그저 조선에 갈 수 있다, 조선에서 일할 수 있다는 생각만으로 지원했지 뭡니까. 그때 나는 조금이라도 속죄를 해야겠다고 생각했던가 봐요."

고다니 선생님은 몸을 굳힌 채 듣고 있었다. 몸을 살짝 움직이는 것도 죄스럽게 여겨졌다.

"나는 그 회사에서 측량과에 배치되었어요. 얼마 뒤 그 과가 무엇을 하는 곳인지 알게 되었지요. 나는 일본 사람의 교활함에 놀랐다니까요. 그게 조선 사람을 속여서 그들의 땅을 가로채는 곳이지 뭡니까. 그 당시 조선 농사꾼 중에는 글을 모르는 사람이 많았는데, 그런 사람한테 터무니없이 어려운 신고서를 쓰게 했다 이 말씀이에요. 당연한 일이지만, 농사꾼 들은 거의 아무것도 쓰지 못했죠. 그러면 소유자 불명 토지라 고 해서 몰수해 버리는 거예요. 그런 땅을 거의 공짜나 다름 없는 헐값으로 불하받아서 일본 이민자들한테 파는 일을 그 회사가 맡아서 했는데, 나중에는 아예 조선 사람들을 속이는 일까지 도맡아서 했지요. 나는 그런 속임수를 알아차리자 오 히려 그 회사에 들어가길 잘했다 싶었습니다."

바쿠 할아버지는 거기에서 입을 다물었다.

"왜요?" 고다니 선생님이 물었다.

"저는 조선 사람 편에 서서, 몰수당하는 땅을 조금이라도 줄여 주고 싶었어요. 하지만 그건 안이한 생각이었죠. 석 달 쯤 뒤에 저는 헌병대에 끌려갔습니다. 그때는 정말로 신을 저 주했습니다. 겨우 석 달이었지만 조선 사람 편에서 일하다 보 니, 자연스레 조선의 독립운동가 두세 명을 알게 됐어요. 헌 병대에서는 경찰보다 몇 곱절이나 심한 고문을 했어요. 선생 님 같은 젊은 여자분은 말만 들어도 까무러칠 겁니다. 저는 끔찍할 뿐 아니라 남한테 말 못 할 수치스러운 고문도 받았습 니다. 몸보다 마음이 먼저 갈가리 찢기고 말았지요."

바쿠 할아버지는 그때의 고통이 되살아나는지 눈을 지그 시 감았다. 고다니 선생님은 마음속으로 비명을 질렀다.

"인간은 너무나 나약한 존재예요. 저는 겨우 사흘 만에 낱낱이 불어 버렸죠. 이틀쯤 뒤에 헌병이 저한테 그 결과를 보여 주었어요. 글쎄, 열두세 채쯤 되었을까요? 집은 흔적도 없이 타 버리고, 시커멓게 탄 시체가 여기저기 나뒹굴고 있더군요. 작은 시체도 있었으니까, 여자와 아이들까지 가차 없이 죽여 버린 모양이었어요. 아까 인간이란 쉽게 악마가 될 수 있다고 했는데, 그건 저 자신을 두고 한 말이었습니다. 그 시체를 보고 큰일을 저질렀다는 생각보다는 이젠 살았구나, 하고 기쁨이 솟구치더란 말입니다. 난 용생이한테 어떻게 용서를 빌어야 할까요. 용생이 어머님한테 뭐라고 사죄해야 할까요."

바쿠 할아버지는 눈물을 참고 있는 것 같았다.

"인간은 한번 못쓰게 되면 걷잡을 수 없이 나락으로 떨어지지요. 입 다물고 있으면 누가 알겠냐 싶더군요. 그 뒤로는 흔히들 그렇듯이 술과 여자에 빠져 버렸습니다. 이 배, 저 배를 타고 다니며 유랑자가 되고 말았지요."

할아버지, 그렇게 자학하지 마세요. 누구라도 그런 경우에는 할아버지와 똑같을 거예요, 하고 고다니 선생님은 마음속으로 중얼거렸다.

"그렇게 못돼 먹은 제게도 하느님은 공평하게 행복을 주셨습니다. 늦게 결혼한 저는 딸을 얻었지요. 그 무렵에는 크지는 않아도 번듯한 배 한 척을 가지고 쇼도섬에서 캐낸 돌을 고베로 실어 나르는 일을 하고 있었습니다. 부자는 아니었지만 무엇 하나 아쉬울 게 없는 생활이었지요. 딸이 자라서 시집을 갔습니다. 다행히 사위가 내 일을 거들어 주는 덕분에, 그때까지 부리고 있던 뱃사람을 독립시키고 가족끼리 뱃일을 하게 되지 않았겠습니까. 그렇게 되자 우리 할멈은 갓 태어난 외손자를 돌보게 되었고 대신에 딸 내외가 배를 탔지요. 그런데 하필 그날은 할멈이 고베에 볼일이 있어서 갓난아이를 옆집에 맡기고 네 식구가 몽땅 출항했습니다.

떠날 때는 멀쩡하던 날씨가 아와지섬에 가까워질 무렵부터 갑자기 사나워지지 뭡니까. 뱃놈이란 날씨에 민감해서 그런 실수는 좀체 하지 않는 법인데, 그날따라 예감이 들어맞지 않았던 거죠. 배는 바다에 쑥 가라앉고 말았습니다. 돌을 싣고 있어서 꼭 그런 것 같았지요. 눈 깜빡할 사이였어요. 손쓸 틈도 없더군요. 사위는 헤엄을 칠 줄 알았는데도 바다에 빠질 때 머리를 부딪친 모양이었어요."

고다니 선생님은 데쓰조를 살짝 보았다. 데쓰조는 무심히 그림을 그리고 있었다.

"과거의 죗값이 그렇게 돌아왔다고 생각하실 테지만, 선생님, 그건 달라요. 그렇게 생각한다면 용생이나 용생이 어머니 그리고 조선 사람들에게 너무 죄송스러워요. 원한으로 따진다면, 저는 조선 사람의 원한을 사서 온몸이 구멍투성이가 되었을 겁니다. 용생이 어머님은 내 죄를 용서하는 대신 아들 몫까지 살아 달라고 말씀하셨습니다. 지금 여기서 살아나지 못한다면 김용생을 세 번씩이나 배신하는 꼴이다. 저는 그렇

130

게 생각하고 이를 악물었답니다."

고다니 선생님은 뜨거운 것이 치밀어 오르는 것을 느꼈다.

"선생님을 울려서 죄송합니다. 술 내기를 하겠다가 그만, 죄송합니다…."

"아뇨" 고다니 선생님은 말했다.

"할아버지 얼굴이 고우신 까닭을 알았어요. 눈이 부드러우신 이유도 알았고요."

바쿠 할아버지는 벽장에서 커다란 꾸러미를 꺼내 왔다. 종이로 꼼꼼하게 싼 꾸러미였다. 속에서 첼로가 나왔다.

"김용생의 첼로입니다. 용생이와 나는 첼로 연주를 아주 좋아했지요."

그러면서 바쿠 할아버지는 첼로를 다정하게 어루만졌다.

"할아버진 지금도 첼로를 켜시나요?"

"아니요, 켜지 않습니다. 이제 곧 용생이하고 같이 켜야지요. 그때까지 이 첼로를 잘 보관해 둬야겠지요."

고다니 선생님은 조용히 고개를 끄덕였다.

해파리 녀석

10월로 접어들면서 고다니 선생님 반에 별난 아이가 전학을 왔다. 이름은 이토 미나코라고 했다. 달리기를 매우 좋아하는 아이였지만, 좋아하는 것과 빠른 것을 연결해서 생각하면 안 된다. 미나코는 뭔가 기쁜 일이 생기면 달린다. 자기가 즐거우면 달린다.

미나코는 달릴 때 웃는다. 하늘을 우러러보고 웃는다. 손발을 마구 휘저으며 달린다. 해파리가 헤엄치는 모습을 흉내 내면 미나코가 달리는 모습과 비슷하지 않을까? 따라서 미나코는 아무리 달려도 속력이 붙지 않는다. 속력이 안 붙을 뿐 아니라 곧잘 넘어진다.

미나코가 달리는 것을 보면, 반 아이들은 '아하, 오늘은 미나코의 기분이 좋구나' 하고 생각한다.

미나코는 아침마다 할머니와 함께 학교에 온다. 할머니가 자기 자리를 가르쳐 주면, 일단은 얌전히 앉아 있지만 3분을 채 못 넘긴다. 자리에서 일어나 여기저기 돌아다닌다. 친구들의 물건을 만지작거리고 때로는 지우개를 입에 넣고 밥 먹는 시늉을 한다. "안 돼, 미나코" 하고 친구들이 나무라면, 기분이 좋을 때는 킥킥 웃으면서 지우개를 돌려준다. 기분이 나쁠 때는 홀렁 내던진다. 그러고는 다시 어정버정 걸어 다닌다. 어정버정 뛰어다닐 때도 있다. 미나코는 끊임없이 뭔가를 하고 싶어 한다. 하지만 미나코가 뭔가 할 때마다 대개는 남한테 피해를 준다.

고다니 선생님이 교실에 들어온다. 아이들은 자기 자리에 앉는다. 단 한 자리만 비어 있다. 물론 미나코의 자리다. 하지만 미나코는 자기 자리가 어딘지 모른다.

"미나코, 네 자리는 여기야."

고다니 선생님은 미나코의 손을 끌어다 의자에 앉히고 수업을 시작한다. 얼마 지나면 미나코가 일어나 고다니 선생님에게 간다. 미나코는 고다니 선생님의 손을 잡고 배시시 웃는다. 매달려서 큰 소리로 웃을 때도 있다.

고다니 선생님은 아이들에게 할 일을 내주고는 미나코를 자리에 앉힌다. 도화지를 가져와서 크레파스로 동그라미나 삼각형을 그려 보이고 색칠하는 법도 가르쳤다.

간신히 미나코가 크레파스로 그리기 시작하면 얼른 앞으로 나가 수업을 시작한다. 그런 일이 한 시간에 몇 번이나 벌어진다. 그래서 미나코가 온 다음부터 고다니 선생님은 마치

둔갑술이라도 익힌 듯 날쌔게 몸을 움직여야 하니 여간 중노동이 아니다.

난처한 일은 그 밖에도 아주 많다.

그중 하나는 미나코가 "쉬, 오줌" 할 때다. 미나코는 재잘재잘 수다를 떤다. 노래를 부를 때도 있다. 하지만 고다니 선생님이나 반 아이들은 무슨 말인지 알아듣지 못한다. 어린 꼬마가 빠르게 아무렇게나 노래하는 것과 똑같다.

딱 하나 알아들을 수 있는 말이 있다. 그것이 바로 쉬 오줌이다. 하지만 큰일은 그다음이다. 그 말이 나오자마자 고다니 선생님은 잽싸게 미나코를 화장실로 데려가야 한다. 그래도 성공하는 경우는 극히 드물다. 대개는 가는 도중에 싸 버린다. 쉬 오줌, 하는 말보다 먼저 싸 버리는 경우도 있다.

"쌌다아" 하고 아이들은 일제히 소리친다. 아이들한테는 재미있는 구경거리지만, 정작 큰일을 치를 사람은 고다니 선생님이다. 뒤치다꺼리를 끝내려면 아무래도 5, 6분쯤 걸리게 마련이다. 그동안 수업이 끊어질 수밖에 없으니 고다니 선생님은 안절부절못한다.

미나코 할머니는 아침마다 여벌 팬티 석 장씩을 고다니 선생님에게 건네준다. 석 장 다 사용하는 경우는 드물지만, 그쯤 받아 놓지 않으면 안심할 수가 없다.

"정말 죄송합니다."

할머니는 가엾으리만큼 몸을 움츠린 채 고다니 선생님에게 사죄한다.

"아녜요, 전혀."

고다니 선생님은 밝게 웃으며 말한다. 아이들도 그런 고다니 선생님 얼굴이 참 보기 좋다고 생각하는지, 고개를 숙이고 고다니 선생님처럼 웃는 아이도 있다. 하지만 고다니 선생님도 인간이다. 급식하기 전 한창 바쁜 시간에 쉬 오줌이라는 소리가 나올라치면 절로 거칠게 소리치고 싶을 때가 있다.

"이 오줌싸개 해파리 녀석아."

그래도 고다니 선생님은 나무라지 않는다. 웃음도 거두지 않는다. 고다니 선생님은 미나코를 맡을 때 스스로 맹세한 것이 있었다. 반드시 끝까지 보살펴 주기, 아무한테도 절대 불평하지 않기, 두 가지였다. '울지 않기'도 그 속에 넣고 싶었지만, 울보인 고다니 선생님한테는 무리일 것 같아서 그만두었다.

'발원한다'는 옛말이 있다. 자신의 소원이 이루어질 때까지 어떤 괴로움이라도 참겠다고 신께 맹세한다는 뜻이다. 그 표시로 고기를 입에 대지 않겠다거나 차를 마시지 않겠다고 자기와 약속한다. 물론 고다니 선생님은 젊어서 옛날 사람처럼 그런 케케묵은 짓은 하지 않지만, 자기에게 맹세했다는 점에서는 옛날 사람을 닮았다고 볼 수 있다.

고다니 선생님이 미나코를 맡기로 결심한 것은 바쿠 할아버지의 섬뜩한 이야기를 듣고 나서였다. 고다니 선생님은 사이다이 절에 있는 선재동자의 아름다움, 바쿠 할아버지의 상냥함을 몸에 지니고 싶었다. 그것을 인생의 목표로 삼아도 좋다고 생각했다.

과장해서 말하자면, 고다니 선생님은 자신의 인생을 바꿀 작정으로 미나코를 떠맡은 것이다. 그래서 다소 괴로운 일이 있더라도 우는소리를 할 수가 없다. 오줌 한 번 쌌다고 웃는 낯을 잃는대서야 앞날이 뻔하다.

미나코를 돌보면서 가장 힘들 때가 급식 때다. 미나코는 숟가락을 제대로 쓰지 못한다. 처음에는 숟가락으로 떠먹으려 하다가도 마음대로 되지 않으면 당장에 손으로 집어 먹는다. 그것이 뜨거운 음식이라면 큰일이다. 손에 든 것을 집어 던진다. 손에 국물이 묻으면 손을 탈탈 털어 댄다. 당연히 옆에 있는 아이들은 피하려 한다. 그러다가 우유를 엎지르거나 꺅하고 과장스레 고함을 치거나 왁자지껄 요란한 소동이 벌어진다.

게다가 미나코는 자기 것과 남의 것을 구별하지 못하기 때문에 가끔 옆자리 아이 것까지 집어 먹는다.

"준이치, 용서해 주렴, 응?"

고다니 선생님은 옆에 앉은 준이치에게 말하고 미나코가 빼앗아 간 양만큼 식판에 도로 담아 주었다. 준이치는 얼굴을 찌푸렸다. 그도 그럴 것이, 남이 손으로 집었던 음식을 먹으려면 누구라도 꽤 용기가 필요하다.

고다니 선생님은 허겁지겁 자기 식판과 통째로 바꿔 줄 때도 있다.

무엇보다 곤란한 일은 미나코가 교실 밖으로 나가 어디론가 사라져 버릴 때다. 잠깐만 눈을 떼면 어느새 미나코는 바람처럼 달아나 버린다.

미나코는 교실보다 바깥을 더 좋아한다. 즐거운 듯 웃으며 해파리처럼 휘적휘적 달려간다. 고다니 선생님은 허둥지둥 찾아 나선다. 그런 아이가 자전거를 무서워할 리 없고 하수도 구멍이 두려울 까닭도 없다. 곳곳에 위험이 가득하다.

고다니 선생님이 새파랗게 질린 채 찾아다니다 보면, 미나코는 학교에서 기르는 염소랑 한가하게 놀고 있곤 한다. 허리까지 차오르는 학교 연못에서 금붕어를 잡을 때도 있다. 그럴 때면 고다니 선생님은 어쩔 줄을 모르지만, 미나코는 더없이 행복해 보인다. 미나코의 웃는 얼굴을 보노라면 고다니 선생님은 도저히 야단칠 수가 없다.

미나코가 온 지 일주일이 지났다.

고다니 선생님은 생각한 바가 있어서, 미나코가 어떤 아이며 왜 우리 반에 들어왔는지 아이들에게 전혀 설명하지 않았다. 일주일이 지난 뒤에 비로소 미나코 이야기를 꺼냈다.

마침 미나코가 감기에 걸려 결석한 날이었다. 이야기를 꺼내기 좋은 기회였다.

미나코 때문에 어떤 피해를 보는지 이야기한 다음, 하루코라는 아이가 말했다.

"미나코는 멍텅구리죠, 선생님?"

"미나코는 바보 왕초."

개구쟁이 가쓰이치가 말해서 모두 웃었다.

"멍텅구리가 뭐지?"

고다니 선생님이 물었다.

"머리 나쁜 애."

"공부 못하는 애."

아이들이 대답했다.

"너희가 엄마한테 만날 듣는 소리네?"

아이들이 멍한 얼굴로 쳐다보았다.

"옛날에는 멍텅구리가 태어나면 모두 죽이거나 내다 버렸답니다."

고다니 선생님은 동화책이라도 읽는 투로 무시무시한 말을 했다.

"거짓말" 하며 아이들이 수런거렸다.

"거짓말이 아냐. 그리스라는 나라에는 그런 아이를 갖다 버리는 쿠에게스트라는 산이 진짜로 있었어. 일본에서도 할머니 할아버지를 내다 버리는 우바스테산이 있었고, 어린아이를 버릴 때는 갈대로 만든 배에 태워서 강에 띄워 보냈대."

여자아이들은 겁을 먹은 듯 서로 얼싸안은 채 고다니 선생님의 이야기를 들었다.

"자, 그런데 아이들을 왜 죽였을까요?"

"남을 귀찮게 하니까요."

다케시라는 아이가 대답했다.

"미나코도 무지무지 귀찮지, 그렇지?"

138

고다니 선생님이 말했다. 아이들은 이 선생님이 대체 무슨 소리를 하려나 하는 얼굴로 조용히 듣고 있었다.

"우리도 부모님을 귀찮게 하는걸요."

다케시는 자기가 한 말을 취소하듯 재빨리 말했다.

"선생님, 미나코가 내일은 학교에 오나요?"

미나코를 깔보던 가쓰이치가 이렇게 물었다.

"글쎄" 하고 고다니 선생님은 심술궂게 말했다.

"오죠, 네? 선생님!"

두세 명의 아이들이 도저히 못 기다리겠다는 듯이 말했다.

"왔으면 좋겠니?"

"네, 왔으면 좋겠어요."

아이들은 일제히 입을 모아 소리쳤다.

"미나코가 귀찮지 않아?"

"안 귀찮아요."

다케시가 유난히 큰 소리로 말했고, 다른 아이들도 다 같이 고개를 끄덕였다.

미나코가 사람을 갖다 버리는 쿠에게스트라는 산에 끌려 가기라도 한다면 큰일이다 싶었는지도 모른다.

첫 번째 시련이 고다니 선생님에게 닥쳐왔다. 교무실에서 아이들이 쓴 글을 읽고 있는데 교감 선생님이 잠깐 보자고 했다.

"교장실로 좀 오세요."

교감 선생님은 기분이 별로 좋아 보이지 않았다.

교장실에 들어가니, 고다니 선생님네 반 학부모 열네댓 명이 와 있었다.

"학부모님들이 담임선생님과 얘기를 좀 하자고 오셨는데…."

교장 선생님은 난처한 얼굴이었다.

"무슨 일로…?"

"이토 미나코의 일로 선생님 의견을 듣고 싶으시다는 거요. 내가 여러 가지로 설명드렸지만…."

교장 선생님이 이마의 땀을 훔치고 있는 것이 반드시 더위 탓만은 아니니라.

"우선 고다니 선생님이 어떤 생각으로 이토 미나코라는 아이의 교육을 맡게 되셨는지 알고 싶습니다."

철공소를 경영하는 준이치 어머니가 딱딱하게 말했다.

"딱히 미나코라고 해서 특별히 생각하고 가르치고 있지는 않습니다. 여러분의 아이들과 똑같다고 생각해요."

"그렇다면 한마디 묻겠는데, 선생님은 교장 선생님께 특별히 부탁해서 미나코를 맡으셨다면서요? 좀 전에 들으니까 미나코는 11월이면 특수학교로 가게 된다고요. 한 달 동안 공백이 생기니까 그동안만 이 학교 신세 좀 지자고 이토 씨가 부탁하는 것을 학교에서 거절했는데, 그걸 굳이 고다니 선생님께서 맡자고 우기셨다면서요? 그러니 선생님께 특별한 생각이 없었다는 말은 이상하지 않습니까?"

"고다니 선생님의 의욕을 충분히 설명했지만…."

교장 선생님은 우물우물 말끝을 흐렸다. 교감 선생님은 씁쓰레한 표정을 짓고 있었다. 처음부터 미나코를 맡는 일에 반대했기 때문이다.

고다니 선생님은 생각했다. 물론 대답할 수는 있다. 하지만 내 생각을 오해 없이 전달하려면 한두 시간 가지고는 모자란다. 설령 그렇게 할 수 있다고 해도 이해하게 할 수 있을지 의문이다. 결국 고다니 선생님은 간단한 대답밖에 할 수 없었다.

"미나코를 맡은 것은 그 아이를 받아들임으로써 우리 반이 좋아진다고 생각했기 때문입니다."

"농담하지 마세요, 선생님. 지금 제정신이세요? 우리 아이 말로는 하루 종일 공부고 뭐고 아무것도 못 한다던데요!"

뒤쪽에서 한 학부모가 신경질적으로 소리쳤다. 고다니 선생님은 너무 지나친 말이라고 생각했지만, 잠자코 있었다.

"선생님의 취미대로 무슨 일을 하시든 상관없지만, 그 때문에 아이들이 피해를 본다면 사태는 심각합니다. 안 그렇습니까? 여러분?"

고다니 선생님도 젊다. 차츰 분한 마음이 치밀어 올랐다.

"취미가 아닙니다. 저는 나름대로 최선을 다하고 있습니다."

또 다른 학부모가 조용조용 말했다.

"선생님의 열정을 모르는 건 아니에요. 미나코의 엄마가 미나코를 소중히 여기는 것처럼 우리도 누구보다 자식이 소중한 거예요. 지금 같은 상태로 나가다가 혹시라도 애들 공부가 뒤처질까 걱정되어 부탁드리러 온 거랍니다."

또 다른 부모가 말했다.

"선생님은 편애하시는군요."

그 말에는 고다니 선생님도 발끈 화가 났다.

"선생님은 우리네 집을 방문하실 때는 규칙이라면서 아무리 권해도 차 한 잔 드시지 않았어요. 그런데 어떤 집에 가서는 차뿐 아니라 저녁까지 대접받으셨다고요?"

고다니 선생님은 머리가 지끈거렸다.

"그런 일 때문에 선생님한테 화가 난 엄마들도 있어요."

어쩐지 점점 고다니 선생님을 규탄하는 모임이 되어 가는 느낌이었다.

참다못한 교감 선생님이 말했다.

"어떻겠소, 고다니 선생. 이 문제를 다시 한번 생각해 보는 게….

고다니 선생님은 고개를 똑바로 늘고 교감 선생님을 보았다.

"저는 미나코를 버리지 않겠어요."

준이치의 어머니가 물었다.

"도대체, 선생님은 누구를 위해서 그토록 미나코에게 연연하시는 거죠?"

"저를 위해서요."

고다니 선생님은 단호하게 말했다. 어머니들이 웅성거리기 시작했다.

"놀랍군요. 선생님은 아이들을 위해서 일하는 사람이 아니었던가요?"

"저는 저 자신을 위해서 합니다. 다른 선생님들은 어떠실지 모르지만요."

학부모들은 말도 안 돼, 하고 저마다 한마디씩 했다.

'바쿠 할아버지, 도와주세요. 저는 정직하게 말했어요. 할아버지의 잘못을 거울삼는다면 그렇게밖에 말할 수가 없었어요. 할아버지, 제가 잘못했을까요? 할아버지, 가르쳐 주세요….' 고다니 선생님은 눈을 꼭 감았다.

그날은 도저히 아이들의 집을 찾아갈 마음이 생기지 않았다. '데쓰조, 미안해. 선생님, 오늘 하루만 쉴게.'

흐린 뒤 맑음

다음 날, 고다니 선생님은 끙끙 앓으면서 학교에 왔다. 1학기 때는 그런 일이 있으면 당장 학교를 쉬었지만, 지금은 그럴 수가 없다. 고다니 선생님은 자기 등을 뒤에서 떠밀 듯이 해서 겨우겨우 학교에 왔다.

교문 앞에서 미나코가 기다리고 있었다. 고다니 선생님은 무슨 일일까 싶었다. 미나코의 부모님과 할머니도 서 있었다.

"미나코, 어떠니? 감기는 다 나았어? 너무 무리하지 마."

미나코는 고다니 선생님의 얼굴을 보자 기쁜 듯이 웃었다. 고다니 선생님은 미나코의 코를 풀어 주었다.

잘했어. 학교에 오길 잘했어. 미나코가 웃고 있어. 고다니 선생님은 막혔던 가슴이 시원하게 뚫리는 것을 느꼈다.

"선생님."

미나코 어머니가 불렀다. 손수건으로 눈가를 누르고 있다.

"무슨 일이세요?"

고다니 선생님이 놀라서 물었다.

"선생님… 어제… 미나코 때문에….''

뒷말을 잇지 못했다. 미나코 아버지가 뒤를 이었다.

"어젯밤, 교감 선생님이 저희 집에 다녀가셨어요. 어제 일,
다 들었습니다. 더 이상 고다니 선생님께 폐를 끼쳐 드리지
말라고, 그러니까 우리 쪽에서 먼저 자퇴시키라고….''

"뭐라고요?"

얼마나 비겁한 사람인가. 남의 약점을 이용한다는 것은 이
런 일을 두고 하는 말일 것이다. 고다니 선생님은 화가 치밀
어 얼굴이 붉어졌다.

"선생님, 어제도 미나코는 가방을 들고… 할머니 손을 끌
고….''

미나코 어머니가 또 눈물을 보였다.

"미나코는 제가 끝까지 맡을 거예요. 걱정하지 마세요.''

"하지만 교감 선생님이….''

"제가 말씀드리겠어요. 자, 미나코, 가자.''

고다니 선생님은 애써 밝게 말했다.

미나코가 얼굴을 보이자, 반 아이들은 안심한 것 같았다.
쉬는 시간에 미나코와 놀아 주는 아이가 늘었다.

물론 미나코가 하는 행동이 대부분 고다니 선생님이나 아
이들한테 폐를 끼치는 건 여전했다. 하지만 고다니 선생님은
웃음을 잃지 않고 미나코를 계속 돌보았다.

미나코가 온 뒤로 제일 피해를 보고 있는 사람은 뭐니 뭐니
해도 짝꿍인 준이치였다. 준이치는 얌전한 아이였다. 준이치
는 미나코에게 곧잘 공책을 찢겼다. 교과서까지 찢겨 울상을
짓기도 했다.

처음에는 급식 시간에 음식을 빼앗겨 불끈하기도 하고 연
필을 빼앗겼다가 허둥지둥 도로 빼앗기도 했지만, 어느덧 미
나코를 대하는 태도가 조금씩 변해 갔다.

그런 변화는 고다니 선생님네 반 모든 아이의 변화와 닮은
데가 있었다.

공책을 찢길 것 같을 때, 준이치는 당황하지 않고 조용히
말한다.

"미나코, 공책 돌려줘."

미나코는 공책을 찢을 때나 찢지 않을 때나 대개는 웃고 있
다. 공책을 되돌려 받으면 준이치도 싱긋 웃는다. 옆에서 보
면 둘이서 재미있는 놀이를 하며 웃고 있는 것 같다. 그리고
준이치는 다 쓴 공책을 미나코에게 주면서,

"이거 찢어도 돼" 하고 말한다.

멀쩡한 공책이 찢겼을 때는 아아, 하고 한숨을 쉬고는,

"미나코, 이 공책은 찢으면 안 되는 건데" 하고 말한다.

화내지 않고 말하면 미나코도 대개는 웃는다. 그러면 준
이치도 웃는다. 둘은 즐거운 놀이를 하며 웃고 있는 듯이 보
인다.

급식 시간에는 아예 자기 식판을 미나코 손이 닿지 않는 곳

에 놓는다. 미나코가 밥을 다 먹으면 준이치는 이렇게 묻는다.

"미나코, 너 더 먹고 싶어?"

미나코가 눈을 되룩되룩 굴리면 준이치는 자기 것을 조금 나누어 준다. 미나코가 웃으면 빼앗길 염려가 없다.

미나코 때문에 두 번째 학급 회의를 할 때 준이치가 말했다.

"선생님은 미나코가 귀찮아요?"

"그래요, 귀찮아요."

고다니 선생님은 정직하게 대답했다.

"하지만 선생님은 미나코를 귀여워하죠? 미나코를 좋아하죠?"

"그래요."

고다니 선생님은 생글생글 웃었다. 준이치의 느긋한 말투에 자기도 모르게 미소가 떠올랐다.

"귀찮지만 미나코가 귀여우니까 괴로운 거죠, 선생님? 그래서 우리가 의논하는 거고요."

"맞아요."

고다니 선생님은 이렇게 말하는 준이치가 무척 사랑스러웠다.

"나, 좋은 생각이 떠올랐어요."

"좋은 생각?"

"미나코 당번을 만들면 어떨까요?"

"미나코 당번?"

"네, 청소 당번은 청소하고, 하루 당번은 창문을 열거나 출석을 부르잖아요. 미나코 당번은 미나코를 돌봐 주는 당번이에요. 미나코와 놀아 주기도 하고 함께 공부도 하고, 당번이 된 사람은 미나코 옆을 떠나면 안 되는 거예요."

"좋은 생각이에요. 하지만 미나코를 돌보는 일이 아주 힘들다는 건 선생님만 봐도 잘 알 수 있잖아요?"

그러자 다시 준이치가 손을 들었다.

"어떻게 내가 그런 생각을 하게 되었는지 가르쳐 줄까요? 난 미나코가 공책을 찢어도 화 안 내요. 책을 찢어도 화 안 내고요. 필통이랑 지우개를 빼앗아도 화 안 내고 기차놀이를 하고 놀았어요. 화 안 내니까 미나코가 좋아졌어요. 미나코가 좋아지니까 귀찮게 해도 귀엽기만 해요."

고다니 선생님은 끄응 하고 신음을 내고 말았다. 미나코가 귀찮으냐고 준이치가 물었을 때 솔직하게 그렇다고 대답했는데, 이렇게 되면 준이치한테 시험을 당한 꼴이다. 미나코를 귀찮게 여기면 안 돼요, 하고 준이치한테 가르침을 받은 꼴이다. 게다가 준이치는 그런 기회를 모두에게 나누어 주려 하고 있다.

'준이치, 넌 참 똑똑한 아이구나.'

고다니 선생님은 마음속으로 이렇게 말했다.

미나코 당번은 반 아이들이 너나없이 찬성했다. 당장 다음 날부터 시작하기로 했다. 남학생 한 사람과 여학생 한 사람이 짝을 지어 돌봐 주기로 했다. 차례는 제비뽑기로 정했다.

앞번호를 뽑은 아이는 기뻐했다. 뒷번호를 뽑은 아이는 풀죽은 얼굴이었다.

그날 수업을 마치고, 고다니 선생님은 가쓰이치네 집에 들렀다. 가쓰이치 집은 푸줏간을 한다. 가쓰이치 아버지는 고다니 선생님의 얼굴을 보자 흥분한 얼굴로 말했다.

"선생님, 잠깐 2층으로 올라오세요."

2층에 올라가 보고 고다니 선생님은 놀랐다. 어제 교장실에 모였던 수만큼이나 학부모들이 모여 있었다. 하지만 얼굴은 모두 달랐다. 주로 상가나 서민층 부모들이었다.

"선생님, 어제 일, 다 들었습니다. 여기 모인 사람들은 모두가 선생님 편이지요. 우리 말고도 선생님 편은 많습니다."

일이 엉뚱하게 되어 간다고 고다니 선생님은 생각했다.

"너무 어처구니없는 얘기예요. 불쌍한 아이를 위해서 온 정성을 쏟고 계시는 선생님께 트집을 잡아서 대체 어쩌자는 건지. 고다니 선생님은 학교가 끝난 뒤에도 이렇게 아이들 집을 찾아 주시는데 말이야. 공부를 못하는 아이가 있으면 하다못해 5분 동안이라도 봐주시고. 이런 선생님이 또 어디 계시다고."

"아니, 그게 아네요."

고다니 선생님이 괴로워하며 말했다.

"제가 미숙한 탓이에요. 미나코를 맡고 나서부터 학습 진도도 잘 안 나가고. 어머님들이 걱정하시는 것도 무리가 아니죠."

"선생님, 정말 그렇게 생각하신다면 그건 틀린 생각입니다."

아직 젊은 가쓰이치 아버지가 말했다.

"그게 눈앞의 욕심이 아니고 뭡니까. 우린 교육이 뭔지는 모르지만 자기 아이만 잘되면 그만이라는 생각에는 찬성할 수 없습니다. 물론 이처럼 입바른 소리만 하면서 세상을 살아갈 수는 없겠죠. 그 사실을 잘 알고 있으면서도 감히 말씀드리는 겁니다. 세상이 이러니까, 학교에서는 더욱더 서로 돕는 마음을 가르쳐야 한다고 봅니다. 서로 돕는 마음은 시대에 뒤떨어진 생각처럼 들립니다만, 우리 장사치들은 그런 것으로 신용을 얻기도 하죠. 그러면 사는 보람 같은 걸 느끼기도 합니다. 안 그렇습니까, 선생님?"

옳은 말이라고 고다니 선생님은 생각했다.

"잠자코 있으면 고다니 선생님을 지지하는 학부모가 없는 줄 알 거 아닙니까. 그렇게 억울한 일을 당할 순 없잖아요. 그래서 지금부터 교장 선생님한테 가서 한 방 먹이고 오려고요."

기쁘긴 하지만 제발 그만두라고 고다니 선생님은 말했다. 그리고 어제 교실에서 있었던 일을 얘기했다.

"내일부터 미나코와 함께 새롭게 출발할 거예요. 아이들도 저도 의욕이 넘치고 있어요. 그냥 조용히 지켜봐 주시면 고맙겠습니다."

"잘 알았습니다."

가쓰이치의 아버지가 남자답게 말했다.

"여러분, 어떻습니까? 선생님께 맡겨 드릴까요?"

반대하는 사람은 없었다.

"선생님, 우리는 선생님 편이에요. 곤란한 일이 있거들랑 언제든 말씀하세요."

어머니들은 고다니 선생님을 격려하듯 말했다.

"고다니 선생님, 아이들한테 신경 쓴다고 남편분한테 소홀하면 안 돼요."

하고 생선 가게 주인이 말했다.

"그러다가 두 분 사이가 틀어지면 우리가 난처해집니다."

"그땐 뭐, 저한테 시집오세요, 선생님."

가쓰이치 아버지가 농담해서 다들 한바탕 웃었다.

얼마나 착한 사람들인가. 어제는 울었지만, 오늘은 웃는다. 흐린 뒤 맑음이구나. 고다니 선생님은 마음이 밝아졌다.

가쓰이치 집에서 나와 데쓰조 집에 들렀다.

"데쓰조, 어제는 미안했어. 선생님이 게으름을 피웠어."

"응."

요즘 데쓰조의 대답은 '으'에서 '응'으로 바뀌었다. 고다니 선생님은 '으'보다는 '응' 쪽이 더 마음이 담겨 있는 것처럼 느껴졌다.

"박사님, 실험 결과는 어떻습니까?"

기분이 좋은 고다니 선생님이 장난스레 말했다.

데쓰조가 공책을 가지고 와서 고다니 선생님한테 보여 주었다.

"내일로 일주일째구나. 결과가 대충 나온 것 같은데."

공책을 보면서 고다니 선생님이 말했다.

'실험 중'이라고 쓰여 있는 병이 다섯 개다. 집파리, 대모파리, 연두금파리, 쉬파리가 각각 열 마리씩 따로따로 병 속에 들어 있다. 또 다른 병 하나에는 네 종류의 파리가 다섯 마리씩 함께 들어 있다.

이것으로 데쓰조는 '파리 먹이'를 연구하고 있다. 하루에 세 번, 어느 파리가 어느 먹이에 앉았는지 기록한다. 물론 엄밀하게 따지면 먹이에 앉았다는 것과 먹이를 먹었다는 것은 다른 얘기지만, 초등학생의 실험이니까 그렇게 세밀하게 조사할 필요는 없을 것이라고 고다니 선생님은 생각했다.

실험에 사용한 파리는 가장 흔하고 인간의 생활과 관계가 깊은 것 네 종류를 골랐다. 데쓰조는 원래 집파리를 기르지 않지만, 집파리를 빼면 파리 연구로서 별 의미가 없기 때문에 고다니 선생님이 데쓰조에게 말해서 기르도록 했다.

문제는 먹이였다.

파리의 먹이는 숱하게 많다. 고다니 선생님은 동물성 식품과 식물성 식품 그리고 영양학에서 말하는 지방, 단백질, 당류 따위를 생각하고 있었다. 하지만 데쓰조한테 그렇게 어려운 것을 가르칠 수도 없어서, 고다니 선생님은 데쓰조와 함께 쓰레기처리장을 다니며 데쓰조한테 파리의 먹이에 대해서 배웠다. 데쓰조가 가르쳐 준 파리의 먹이는 어패류, 동물 사체, 동물 가죽, 과일, 채소 찌꺼기, 된장, 술 찌꺼기, 과자류, 나무즙, 풀이나 나무의 꽃 들이었다.

그래서 데쓰조와 의논해서(물론 데쓰조는 그저 '응' 하고 대답했을 뿐이지만) 살점이 붙은 생선 뼈, 쇠고기, 돼지기름 덩어리, 과일, 채소 찌꺼기, 눈깔사탕 이렇게 여섯 종류를 골랐다.

데쓰조는 어느 파리가 어느 먹이를 좋아하는지 대충 알고 있었기 때문에, 딱히 흥미로운 실험은 아니었다. 그 점은 고다니 선생님도 잘 알고 있었다.

하지만 데쓰조는 조금도 싫은 기색을 보이지 않았다. 학교에 오기 전과 집으로 돌아간 뒤 그리고 저녁, 이렇게 하루에 세 번씩 꼬박꼬박 기록하고 있었다. 하루도 거른 일이 없다.

"데쓰조, 이걸 보니 금파리와 대모파리, 쉬파리는 생선과 쇠고기를 좋아한다는 것이 확실해졌어."

"응."

"집파리는 과일이나 사탕을 좋아하는 것 같지만, 이 기록을 보니 아무 데나 다 꾀는 것 같아. 전에 데쓰조가 집파리는 사람 똥을 먹는다고 말했으니까, 파리 중에서도 제일 먹보라고 해야겠지?"

"응."

"파리는 모두 기름을 싫어하는구나. 돼지기름 덩어리에는 거의 꾀지 않았어."

"응."

"이 기록을 보고 선생님이 재미있는 것을 발견했는데, 눈깔사탕에는 매일 같은 수가 꾀지만 생선 뼈나 쇠고기, 과일처럼 썩는 것에는 그날그날 파리의 수가 다르잖아. 봐, 생선 뼈

엔 셋째 날이 제일 많고 과일에는 다섯째 날, 그렇지?"

고다니 선생님은 조금 흥분한 것 같았다.

"데쓰조, 이건 큰 발견이야. 생선의 경우, 너무 싱싱한 것이나 또 오래된 것에는 파리가 꾀지 않아. 이것으로 생선의 신선도를 알 수 있겠어. 앞으로는 파리가 꾀는 생선은 사지 말아야겠네."

고다니 선생님은 엉뚱한 데서 주부티를 냈다.

데쓰조는 '별것도 아닌 것을' 하는 얼굴을 하고 있었다.

미나코 당번

 첫 당번은 유지와 데루에였다. 아침에 미나코는 자리를 옮겼다. 유지와 데루에 사이에 앉았다.

 준이치가 안녕하고 손을 흔들자, 미나코도 웃으며 손을 흔들었지만, 첫째 시간 수업이 시작되자 곧 자리에서 일어나 준이치한테 왔다.

 "미나코, 너 이제 나한테 오면 안 되는 거야."

 준이치는 미나코의 손을 잡고 유지한테 데리고 갔다.

 "미나코를 잘 돌봐 줘야지."

 고다니 선생님은 빙그레 웃으며 잠자코 보고 있었다. 일단 아이들한테 맡겼으니 되도록 참견하지 않겠다고 마음을 정한 듯했다.

 첫째 시간 중간에, 준이치한테 가기를 단념한 미나코가 홀쩍 밖으로 나갔다. 옳다구나 싶어서 유지와 데루에도 미나코를 쫓아 나갔다. 공부를 좋아하지 않는 유지는 보아하니 이런 기회를 기다리고 있었던 눈치다.

고다니 선생님은 쿡쿡 웃었다.

"미나코, 나비야."

신이 난 유지가 갑자기 나비가 나는 시늉을 했다. 미나코는 깔깔 웃으면서 나비가 되었다.

세 마리의 나비는 운동장으로 나왔다. 미나코 나비가 달렸다. 유지와 데루에 나비는 열심히 뒤쫓느라 콧등에 땀방울이 맺혔다.

"뭐 하고 있는 거야, 저 녀석들."

체육을 하고 있던 6학년들이 의아한 표정으로 세 아이를 보았다.

마음껏 넓은 곳을 뛰어다닌 세 아이는 미끄럼틀에서 놀기로 했다. 미나코는 높은 데 올라가기를 좋아한다.

미나코는 손발이 튼튼하지 못하다. 높은 곳에 올라가면 반드시 함께 올라가서 꼭 잡아 주라고 고다니 선생님이 신신당부했다. 유지도 데루에도 함께 미끄럼틀에 올라갔다.

요즘 초등학교에서는 미끄럼틀 같은 것은 별 인기가 없다. 1학년이나 처음에 잠시 타 볼 뿐, 나중에는 붉게 녹이 슨 채 버려져 있다.

그곳을 미나코는 단숨에 미끄러져 내려왔다. 당황해서 유지와 데루에도 미끄러져 내려왔다.

"엉덩이가 새빨개졌어."

데루에가 어이없다는 얼굴로 말했다.

"정말이다" 하고 유지가 말했다.

미나코는 웃었다. 또 올라간다. 뒤쫓는 두 사람. 미나코가 미끄러져 내려온다. 두 사람도 미끄러져 내려온다.

"미나코, 엉덩이 새빨개져. 미끄럼 그만 타고 철봉 하자. 응, 미나코?"

데루에가 열심히 미나코를 달래고 있다.

"미나코는 똑똑해. 자, 착하지. 저쪽으로 가자."

데루에는 미나코의 머리를 쓰다듬으며 열심히 꾀었다.

"왜 똑같은 것만 하려 하니?"

유지도 쩔쩔매고 있다.

데루에의 손을 탁 뿌리치고 미나코가 달렸다. 다시 미끄럼틀에 올라갔다.

"팬티, 구멍 나겠어." 데루에가 우는소리를 했다.

둘째 시간이 끝날 무렵, 유지는 울고 있는 데루에와 웃고 있는 미나코를 이끌고 교실로 돌아왔다.

세 아이의 엉덩이를 보고 아이들은 너나없이 배를 움켜잡고 웃었다. 커다란 구멍이 뻥 뚫려 있다. 물론 팬티는 엉망진창이다.

미나코 당번의 첫날은 대단했다. 맡은 일을 끝낸 두 사람한테 모두 박수를 보냈다. 미나코를 데리러 온 할머니한테 고맙다는 인사말을 듣자, 둘은 얼굴이 흐물흐물해졌다.

유지도 데루에도 오늘 밤은 푹 잠들 수 있으리라.

아직 자기 차례가 돌아오지 않은 아이들도 이 일이 얼마나 어려운지 잘 알고 있는 것 같았다.

당번 이삼일 전이 되면 당번을 끝낸 아이한테 가서 미나코에 대해 이것저것 묻곤 했다. 준이치는 과연 미나코 전문가였다. 누가 물으러 와도 준이치는 자세하게 가르쳐 주었다.

고다니 선생님은 당번이 시작된 날부터 연락장을 쓰기 시작했다. 미나코 당번이 한 일을 중심으로 그날 교실에서 일어난 일을 가정에 알리는 것이었다. 고다니 선생님은 첫 번째 연락장에 지난번 준이치가 했던 말을 큼직한 글씨로 실었다.

나는
미나코가 공책을 찢어도
화 안 내요.
책을 찢어도 화 안 내고요.
필통이랑 지우개를 빼앗아도
화 안 내요.
화 안 내고
기차놀이를 하고 놀았어요.
화 안 내니까
미나코가 좋아졌어요.
미나코가 좋아지니까
귀찮게 해도
귀엽기만 해요.

닷새째에 사소한 사건이 있었다.

기요시와 미치코가 당번이었는데, 둘째 시간에 미나코를 뒤쫓아 운동장으로 나갔다. 한참 같이 놀고 있는데, 오줌이라고 해서 기요시와 미치코가 얼른 미나코를 화장실에 데려가려 했다.

뛰기 시작했지만, 미나코는 그 자리에서 그만 쉬를 하고 말았다.

"쌌네." 기요시는 태연하게 말했다.

"선생님한테 가서, 팬티 달라고 해."

억척스러운 미치코는 직접 처리할 작정인 것 같았다. 기요시 말을 듣고 고다니 선생님이 급히 그리로 달려갔다.

"어머, 저런."

고다니 선생님이 미나코의 젖은 팬티를 벗기려 했다.

"선생님, 우리가 미나코 당번이니까 우리가 할게요."

미치코가 야무진 목소리로 말했다. 고다니 선생님은 찔끔해서 자기도 모르게 "미안해, 미치코" 하고 말했다.

"그럼 부탁한다. 선생님은 교실로 돌아갈게."

"네."

미치코는 여전히 새침해 있었다.

사건은 바로 그 뒤에 일어났다.

팬티를 벗은 미나코는 기분이 좋아졌는지 곧장 옆에 있던 연못에 들어가려고 했다. 이끼가 자라고 있어서 주변이 미끌미끌했다.

미나코는 한쪽 발을 집어넣기가 무섭게 자빠지며 앗 하는 사이에 머리부터 물에 빠지고 말았다. 그것을 보고 미치코가 서슴없이 연못으로 들어갔다. 미나코를 구하려고 팔을 뻗었다. 미나코의 손이 미치코 손에 닿았다. 그 순간 미치코도 물 안으로 엎어졌다.

그러고 나서 둘은 물에 빠진 잠자리가 되었다. 기요시가 목청껏 소리쳤다. 체육을 하고 있던 사야마 선생님이 황급히 달려와서 두 사람을 구했다. 사야마 선생님도 연못에서 한 번 엉덩방아를 찧었을 정도니까 꽤 미끄러웠던 모양이다.

고다니 선생님은 크게 꾸중을 들었다. 특히 교감 선생님한테 된통 야단을 맞았다. 고다니 선생님은 그저 죄송하다고만 할 뿐 한마디 변명도 하지 않았다. 어줍게 변명했다가 당번 금지령이라도 떨어지면 큰일이기 때문이다.

미나코 당번을 시작할 때, 고다니 선생님은 이런 일이 있으리라고 미리 각오하고 있었다.

고다니 선생님은 학교 구석구석을 둘러보며 여기서는 이런 사고가 날 수 있겠구나, 하고 하나하나 점검했다. 옥상이나 쓰레기 소각장, 큰 위험이 있을 만한 곳은 미나코를 데려가지 말 것, 미나코가 가려고 하면 끝까지 막을 것 따위를 아이들에게 얘기해 두었다.

얘기뿐 아니라 실제로 아이들을 데리고 다니면서 여기서는 이렇게 해라, 저렇게 해라, 하고 일일이 일러두기까지 했다.

그래도 작은 사고는 일어나겠지. 하지만 그걸 두려워하면

160

아무 일도 못 해, 하고 고다니 선생님은 생각했다. 아이들이
란 그저 다치지 않게 잘 지키기만 하면 된다고 대놓고 말하는
교사도 있었지만, 고다니 선생님은 그런 사람을 경멸했다.

아무리 그래도 어지간히 야단맞는다 생각하며 고다니 선
생님은 교장실을 나왔다. 어떻게 됐냐는 오리하시 선생님 말
에 그만 눈물이 주룩 흘렀다.

아다치 선생님이 어깨를 툭 쳤다.

끙끙대지 말자고 고다니 선생님은 자신을 타일렀다. 내일
당번은 데쓰조인데, 데쓰조가 잘할 수 있을까? 하고 고다니
선생님은 생각했다. 데쓰조와 짝이 된 여자아이는 야요이로,
별로 두드러지는 아이는 아니었다. 미치코처럼 억척스러운
아이와 짝을 지어 주었다면 안심하겠는데 데쓰조와 야요이
는 좀 불안했다. 고다니 선생님은 데쓰조에게 힘내라며 응원
하고 싶었다.

다음 날, 데쓰조는 여느 때와 다름없는 얼굴로 학교에 왔
다. 야요이는 아침부터 걱정스러운 눈치다.

첫째 시간, 미나코는 셈 막대기와 공깃돌을 꺼내 비교적 얌
전하게 놀고 있었다.

데쓰조는 모른 척하고 있었다. 고다니 선생님은 걱정이었
다. 데쓰조 얼굴을 보니, 남의 일은 나 몰라라 할 듯한 느낌이
들었기 때문이다.

둘째 시간, 미나코가 밖으로 나갈 낌새를 보였다. 그러자
데쓰조가 먼저 일어났다. 데쓰조가 걷기 시작했다. 미나코가

후다닥 뒤따랐다. 야요이도 허겁지겁 뛰었다.

고다니 선생님은 힐끗힐끗 유리창으로 아이들을 보고 있었다.

데쓰조가 앞에서 걷고 미나코와 야요이가 뒤따르고 있다. 이런 모습은 오늘이 처음이다. 언제나 당번 아이들이 미나코를 뒤쫓았다. 흠, 재미있는걸, 하고 고다니 선생님은 생각했다.

아이들은 교문 옆의 벚나무 앞까지 갔다. 고개를 들고 벚나무 잎을 보고 있다. 셋 다 입을 딱 벌리고 쳐다보고 있긴 했지만, 미나코와 야요이는 데쓰조 흉내를 내고 있을 뿐이다.

이윽고 데쓰조가 벚나무를 흔들었다. 후드득후드득 뭔가가 떨어졌다. 데쓰조는 그것을 소중히 주워 모았다.

미나코와 야요이가 들여다보고 있었다. 4센티쯤 되는 애벌레였다. 야요이는 질겁하는 듯했지만, 미나코는 그것을 손가락으로 찌르고는 칵칵거리며 좋아했다.

아이들이 애벌레를 가지고 모래밭으로 갔다. 구멍을 파고 애벌레를 그 속에 넣었다. 데쓰조가 모래를 평평하게 골랐다. 그 위에 깨라도 뿌리듯 애벌레를 훌훌 뿌렸다. 그러고는 재빨리 3센티 정도 두께로 모래를 덮었다.

세 아이는 엉덩이를 쳐들고 들여다보고 있었다. 30초쯤 지나자 여기저기서 꿈틀거리며 애벌레들이 고개를 내밀었다. 참으로 기묘한 광경이다.

미나코는 애벌레를 보고 웃고는, 데쓰조의 얼굴을 들여다

보고 웃는다. 꽤 마음에 드는 모양이다. 두어 번 똑같이 되풀이하자, 이번에는 미나코가 직접 나서기 시작했다. 누가 해도 애벌레는 고개를 내밀었다. 미나코는 전보다 더 큰 소리로 웃었다.

미나코는 기분이 썩 좋다.

창 너머로 보는 것만으로는 걱정이 되는지, 가끔 고다니 선생님은 아이들을 살피러 갔다. 그러고는 안심하고 교실로 돌아왔다. 데쓰조는 미나코와 놀아 주는 것이 아니라 제가 하고 싶은 걸 할 뿐이었지만, 미나코는 즐거워하고 있었다.

고다니 선생님은 감탄했다. 지금까지 당번들은 그저 미나코한테 질질 끌려다니기만 했다. 미나코가 그네를 타면 그네 타기, 타이어 뛰기를 하면 타이어 뛰기를 했다. 하긴 그렇게 하지 않으면 미나코가 외면해 버리니까 어쩔 수 없었다. 데쓰조는 달랐다. 데쓰조는 전혀 미나코의 비위를 맞추지 않았다.

셋째 시간, 세 아이는 고다니 선생님의 눈이 닿지 않는 곳으로 가 버렸다. 고다니 선생님은 걱정이 되어 찾아 나섰다.

아이들은 서쪽 건물 뒤편에 있었다. 미나코의 카랑카랑한 웃음소리가 울려 와서 미나코가 무척 기분이 좋다는 것을 알 수 있었다.

세 아이는 뭔가를 만들고 있었다. 가까이 다가가 보니, 희한한 모양의 진흙 공작물이 눈에 들어왔다. 공사 때 쓰고 버려둔 진흙을 물에 개서 만든 것 같았다.

데쓰조의 작품은 소용돌이 모양의 줄이 그어진 달팽이 껍

데기 같았는데, 그것을 중심으로 굵은 향나무로 만든 다리가
열 개쯤 사방으로 뻗어 있었다. 이쑤시개만 하게 부러뜨린
가느다란 나뭇가지도 작품에 꽂혀 있었다. 마치 추상 조각
같았다.

미나코는 경단처럼 둥근 것을 아무렇게나 쌓아 올리고 역
시 나뭇가지를 꽂아 놓았다. 단순한 만큼 오히려 더 힘찬 느낌
이 들었다. 야요이는 두 사람을 거든 듯 자기 작품은 없었다.

"대단한 것을 만들었구나. 피카소 아저씨가 보면 너무 기
뻐서 울겠다."

고다니 선생님은 자기가 선생님이라는 사실이 부끄러웠다.

넷째 시간에 큰일이 벌어졌다.

세 아이는 진흙 놀이를 그만두고 서쪽 건물에서 운동장을
가로질러 교실로 돌아오는 길이었던 모양이다. 운동장에서
는 학년 주임인 야마우치 선생님네 반과 오다 선생님네 반이
미니 축구를 하고 있었다. 양쪽 다 5학년이있다. 아이들이 찬
공을 미나코가 웃으면서 쫓아가며 선 안으로 들어갔다. 삑 호
루라기가 울리고, 심판을 맡은 야마우치 선생님이 "인마!" 하
고 소리쳤다. 그래도 여전히 미나코가 웃으며 공을 쫓아갔기
때문에, 야마우치 선생님은 미나코의 목덜미를 잡아 선 밖으
로 끌어내려고 했다.

그때였다. 데쓰조가 다짜고짜 달려들었다. 야마우치 선생
님은 오른팔에 날카로운 통증을 느꼈다. 욱, 하고 소리치고
뿌리치려 했지만 데쓰조가 딱 달라붙어 떨어지지 않는 통에,

야마우치 선생님이 데쓰조의 얼굴을 두어 대 갈겼다. 오다 선생님이 뛰어가서 겨우겨우 데쓰조를 떼어 놓았는데, 처음부터 보고 있던 오다 선생님은 데쓰조를 떼어 놓을 때 무심코, "선생님이 잘못했어요" 하고 말해 버렸다.

"뭐야!"

야마우치 선생님이 되받으면서 격렬한 말다툼으로 번졌다. 오다 선생님은 고다니 선생님처럼 올해 교사가 된 젊은 선생님이기 때문에 일단 불이 붙으면 좀처럼 사그라지지 않는다. 아이들 앞이라 조심스러웠는지, 두 사람은 일단 교무실로 돌아왔지만 여기서 엄청난 싸움이 일어나고 말았다.

야마우치 선생님은 눈에 핏발이 서고, 오다 선생님은 얼굴이 새파래졌다. 점심시간 종이 울려 많은 선생님이 교무실로 내려왔다.

"버릇없이, 그만둬!" 하고 야마우치 선생님이 호통쳤다.

그만두라니 무슨 소리냐고, 그만둬야 하는 건 당신이라고, 아이들을 전쟁터로 내몰고도 잘도 뻔뻔스럽게 선생질을 하고 있다며 오다 선생님이 받아쳤다. 야마우치 선생님 세대는 이런 말에 가장 신경질적으로 반응한다. 야마우치 선생님이 무심결에 오다 선생님의 멱살을 잡았다.

"누가 좀 말려요!"

여선생님이 비명을 질렀다.

"말리지 마. 이럴 때 오다도 말 좀 하게 내버려둬."

아다치 선생님이 오다 선생님의 편을 들었기 때문에, 이번에는 교감 선생님이 고함을 쳤다. 아다치 선생님도 되받아 고함쳤다.

결국 두 패로 갈라져 싸우기 시작했다.

얘기를 듣고 뛰어온 고다니 선생님은 그만 울어 버리고 말았다.

"아다치, 지지 마."

"오다, 잘한다."

어느 틈에 이사오와 준, 처리장 아이들이 창으로 머리를 들이밀고 아다치 선생님 편을 응원했다.

울지 말아요, 고다니 선생님

고다니 선생님은 훌쩍훌쩍 울고 있다.

"빌어먹을!" 오다 선생님은 아직 새파란 얼굴로 말했다.

"너무 흥분하지 마."

그렇게 말하는 아다치 선생님 눈에는 큼직한 멍 자국이 있었다.

"고다니 선생님, 울긴 왜 울어요."

오리하시 선생님은 난처한 얼굴로 말했다.

"맞아, 울긴 왜 울어요" 하고 오다 선생님도 거들었다.

싸움이 쉽게 가라앉을 것 같지 않자, 아다치 선생님이 세 사람을 이 술집으로 데리고 나온 것이다. 오리하시 선생님과 오다 선생님은 특히 사이가 좋다.

"정신없는 틈에 마구 갈겨 줬지만, 이런 데 멍이 들었으니 내가 영 손해네."

아다치 선생님은 점잖지 못한 소리를 했다.

"아니, 애들도 아니고, 어쩌자고 교장이랑 교감 선생님을 때렸어요? 교장 선생님을 때리면 이거 아냐?"

술집 아주머니가 목을 자르는 시늉을 했다.

"선생님들은 히메마쓰초등학교에 오래오래 계시면서 애써 주셔야죠. 요즘 세상에 좋은 선생님은 흔치 않으니까, 자중 좀 하세요."

"알아요, 알아. 자, 술이나 한잔 주쇼."

아다치 선생님이 얼굴을 찡그렸다. 이제야 슬슬 어딘가가 쑤시는 모양이다.

고다니 선생님은 데쓰조가 가엾어 견딜 수 없었다. 훌륭하게 자기 책임을 다했는데도 터무니없는 꼴을 당했다. 야마우치 선생님은 미나코를 선 밖으로 내보낼 때 왜 안아 주지 않았을까? 적어도 손을 잡고 밖으로 내보냈더라면 데쓰조도 덤벼들지는 않았을 텐데.

모처럼 데쓰조가 좋은 일을 하고 친구를 자각한 날에 이런 사건이 일어나다니. 미나코를 지키려고 야마우치 선생님한테 덤벼든 데쓰조가 어떤 마음이었을까, 생각하니 고다니 선생님은 가슴이 아팠다. 데쓰조가 말할 수 없이 측은했다.

데쓰조를 집으로 데리고 가서 바쿠 할아버지에게 사정을 얘기하는 동안 고다니 선생님은 내내 울고 있었다. 바쿠 할아버지는 그런 고다니 선생님을 따뜻한 눈길로 바라보았다. 그리고 커다란 손으로 데쓰조의 머리를 쓰다듬어 주었다.

"우리 데쓰조는 진짜 좋은 아이구나. 그러니까 할아버지 손자지. 미나코는 언제까지나, 언제까지나 데쓰조를 잊지 않을 게다."

세 선생님은 벌컥벌컥 술을 들이켰다. 속상해서인지, 화가 나서인지 평소보다 많이 마시고 있다.

"오늘 싸움만으로 말한다면, 내가 너무 경솔했을지도 몰라. 상대가 먼저 때렸다곤 해도 선배한테 손찌검했으니까. 하지만 난 지금까지 꾹 참았다고. 학급 문집을 만들면 트집을 잡지, 가정방문을 하면 인기에 집착하지 말라고 하지. 저런 파충류 같은 인간은 또 없을 거야. 문집을 만들고 싶어도 못 만드는 선생님 생각도 해 달라고? 쳇, 내가 알 게 뭐야."

"이봐, 어느 학년이나 다 마찬가지야. 그런 놈한테 화를 내느니, 조금이라도 생각 있는 선생님을 늘려 나가는 게 힘이 되지 않겠어?" 하고 오리하시 선생님이 어눌하게 말했다.

"난 당신 같은 사람이 못 돼서, 그런 생각 하기 전에 나쁜 놈을 먼저 해치우고 싶어진다고."

오다 선생님은 엉뚱한 데다 분풀이를 하고 있었다.

"이봐, 도깨비장난을 한다면 또 모를까, 진짜 나쁜 놈들은 좀처럼 우리 앞에 모습을 나타내지 않는단 말이야."

옆에서 듣던 아다치 선생님은 웃음을 터뜨리고 말았다.

"둘 다 학교 선생님 때려치우고 만담이나 하시지."

"이런 상황에서 농담이 나옵니까?"

오리하시 선생님은 원망스럽다는 눈치다.

"고다니 선생님, 좀 마시겠어요?"

오리하시 선생님이 따라 준 술을 고다니 선생님은 단숨에 비워 버렸다. 오리하시 선생님과 오다 선생님이 서로 얼굴을 마주 보았다.

"폐를 끼쳐서 미안해요" 하고 고다니 선생님이 말했다.

"기운 내요" 하고 오다 선생님이 위로했다.

"아다치 선생님, 눈은 괜찮으세요?"

"남 걱정하기 전에 자기 눈부터 보시지."

아다치 선생님 말을 듣고 고다니 선생님은 콤팩트를 꺼냈다. 빨갛게 부어 있었다.

"고다니 선생님은 사람은 좋은데 말이야, 찔찔 우는 것 좀 어떻게 안 되나? 아주 감당을 못 하겠어."

"죄송해요" 고다니 선생님은 또 눈물이 나올 것 같았다.

"저것 봐, 저것 봐. 꼭 여학생 같다니까. 고다니 선생님이 학교에 오고 나서, 난 가슴이 조마조마해서 3킬로나 빠졌다고."

"아다치 선생님이 말입니까?"

오리하시 선생님이 놀리듯이 말했다.

다음 날, 임시 직원회의가 열렸다.

맨 먼저 교장 선생님이 말했다.

"어제 사건은 대단히 유감입니다. 어차피 저는 교육위원회로부터 문책을 받겠지만…."

"잠자코 있으면 모를 텐데, 바보같이."

들으라는 듯이 아다치 선생님이 말했다.

"저는 이 학교를 되도록 민주적으로 운영하고자 노력해 왔습니다. 여러분의 뜻을 존중하고 가능하다면 제 의견은 말하지 않으려고…."

"그러니까 안 되지."

다시 아다치 선생님이 야유했다.

"뭐랄까, 은혜를 원수로 보답받은 듯한 느낌입니다."

교장 선생님은 전에 없이 과격한 말을 했다. 교감 선생님과 야마우치 선생님은 기가 죽어 있었다.

"원인이 된 고다니 선생님 학급의 이토 미나코 학생 말인데, 저는 고다니 선생님의 열성에 못 이겨 선생님이 맡도록 허락했습니다. 하지만 이렇게 자주 사고가 생긴다면 다시 생각하지 않을 수 없습니다. 물론 고다니 선생님 말씀도 듣고, 다른 선생님의 의견도 들어서 결론을 내리고 싶습니다."

1학년 학년 주임인 구사시타 선생님이 손을 들었다.

"1학년 학급에서 일어난 문제이니 저도 책임을 느낍니다. 하지만 이번 경우는 교장 선생님께서도 반성하실 점이 있다고 생각합니다. 미나코를 맡을 때 절차가 옳지 않았다고 생각합니다."

"절차의 문제가 아냐."

아다치 선생님의 야유가 튀어나왔다. 구사시타 선생님이 아다치 선생님 쪽으로 휙 돌아섰다.

"아다치 선생님, 다른 사람이 말하고 있을 때 야유하는 일은 삼가세요. 저는 선생님의 실천적인 교육을 높이 평가하지만, 선생님의 그 불량스러운 태도는 전혀 좋아하지 않습니다. 선생님의 좋은 점까지도 오해받게 되니 그만두십시오."

박수가 터져 나온 것을 보아, 아다치 선생님은 다른 선생님한테도 상당히 반감을 사고 있는 모양이다.

아다치 선생님이 머리를 감싸 쥐었기 때문에 웃음소리가 일고 박수가 한층 커졌다. 오리하시 선생님과 오다 선생님까지 손뼉을 치며 아주 즐거워하고 있었다.

"이토 미나코를 우리 학교에서 맡게 되었을 때, 그 사실을 알고 있던 사람은 교장 선생님과 교감 선생님 그리고 고다니 선생님뿐이었습니다. 학년에서 의논한 것도 아니고 직원회의에서 의견을 물은 것도 아닙니다. 모두 까맣게 모르고 있었던 겁니다. 그것이 이번 사건을 일으킨 하나의 원인이라고 생각합니다. 모든 선생님이 미나코를 알고 미나코에 대한 일을 함께 의논했더라면 어제 같은 일은 없었을지도 모릅니다."

구사시타 신생님이 옳아. 내가 그 섬을 미처 생각하지 못했어, 하고 고다니 선생님은 생각했다.

"구사시타 선생님 말씀이 옳습니다. 저도 그렇게 생각합니다. 하지만 그러려면 우선 우리 학교 선생님 한 사람 한 사람이 장애아에 대해 어느 정도 이해하고 있어야 한다고 생각합니다. 이런 공식적인 자리에서는 누구나 지능이 뒤떨어진 아이의 교육을 중히 여겨야 한다고 말하지만, 실제로는 그렇지 않습니다. 그런 아이들을 짐이라고 표현하기도 하고, 자기 학급에 그런 아이가 있으면 올해는 운이 나쁘다고 태연하게 말들 하지요."

오리하시 선생님은 듣기 거북한 이야기를 꺼냈다.

"제가 아까 어느 정도 이해해야 한다고 말한 것은 장애아 문제를 잘 모르더라도 그 아이와 고통을 함께 나누겠다는 최소한의 마음이 있느냐를 얘기한 겁니다. 덮어놓고 짬짝 취급하는 교사가 있는 학교에서는 구사시타 선생님의 의견도 결국은 허울 좋은 말에 지나지 않습니다."

오늘 오리하시 선생님은 말이 술술 잘 나오고 있었다.

무라노 선생님이 발언했다.

"훌륭한 의견입니다만, 고다니 선생님과 여러 선생님은 이 일을 아이들 처지에서 생각하는 것 같지 않습니다."

고지 문제로 오리하시 선생님한테서 비난을 들었던 무라노 선생님이 한 말이었기 때문에 다들 한순간 멍했다.

"지능 장애는 하나의 병이기 때문에 되도록 그에 적합한 시설이 갖춰진 곳에서 효과적인 치료를 받아야 합니다. 그 때문에 특수학교가 있는 겁니다. 우리 학교 같은 보통 학교에서 정상아와 함께 학습해서 무엇을 배울 수 있겠습니까? 그 아이만 고통스러울 뿐이죠. 미나코 경우도 앞으로 한 달 남짓 지나면 다시 전학을 갈 겁니다. 모처럼 친해졌다 싶었는데 또 새로운 곳에서 고생해야 하는 아이가 불쌍한 거죠."

"잠깐."

큰 소리가 났다. 아다치 선생님이었다.

"아, 야유를 못 하게 하니 괴롭구먼."

다들 폭소를 터뜨렸다.

"무라노 선생님이 틀린 말을 하고 있으니 바로잡겠소."

아다치 선생님은 고압적으로 말했다. 이런 말투와 직선적인 성격 때문에 다들 거북스러워하는 것이리라.

"아까 치료라는 말을 썼는데, 위가 나빠서 치료한다는 의미의 치료였다면 무라노 선생님은 뭔가 잘못 알고 있거나 아니면 무식한 겁니다. 대뇌의 세포, 그러니까 신경세포가 재생되지 않는다는 것쯤은 중학생도 알고 있는 사실로, 지적장애아의 교육이 다른 교육과 다른 점이 바로 그것입니다. 무라노 선생님은 무엇을 배우겠느냐고 반문했지만, 그런 사고방식이 오늘날 지적장애아 교육의 가장 잘못된 생각이라는 것을 알고 계시는지? 독일 빌레펠트에 있는 의료 복지시설에서 지적장애인들과 평생을 지내 온 어느 수녀는 이렇게 말했습니다. '효과가 있으면 하고 효과가 없으면 안 한다는 생각을 합리주의라고 할 수는 있겠지만, 이것을 인간의 생활 방식에 적용하는 것은 잘못입니다. 아이들은 이곳에서 보내는 하루하루가 인생입니다. 그 인생을 이 아이들 나름대로 기쁜 마음으로 충실하게 살아가는 것이 중요합니다. 우리의 목표도 여기에 있습니다'라고요. 무라노 선생님, 우리 교사들은 이 말을 곰곰이 생각해 봐야 합니다. 고다니 선생님은 아마 이 얘기를 모를 겁니다. 그러나 이 말을 그대로 실천한 것이 바로 고다니 선생님 아닐까요?"

무라노 선생님은 할 말이 없었다.

"고다니 선생님은 어제부터 내내 울고만 있습니다. 왜 울어야 하죠? '울지 말아요, 고다니 선생님' 이렇게 우리 모두 얘기해 줘야 합니다. 좀 전에 얘기한 시설의 자원봉사자에는 실업자와 극빈자, 비행청소년까지 섞여 있다고 합니다. 우리는 지능이 낮은 사람들을 장애인이라고 하지만, 마음에 괴로움을 가지고 있는 것으로 따지면 우리도 역시 똑같은 장애인입니다. 고다니 선생님은 여러분도 잘 알고 계시는 우스이 데쓰조 때문에 몹시 괴로워했고, 피를 토하는 듯한 심정으로 한 발 한 발 데쓰조 마음에 다가가고 있습니다. 고다니 선생님에게는 문제아도, 장애아도, 선생님도 모두 고뇌하는 인간이었습니다. 여러분, 오늘 퇴근하는 길에 서쪽 교사 뒤편에 한번가 보시죠. 거기에는 두 개의 작품이 있습니다. 참으로 훌륭하고 신선한 작품입니다. 바로 문제아 데쓰조와 지적장애아 미나코가 함께 만든 감동적인 작품입니다. 여러분은 그 데쓰조가? 그 미나코가? 하고 생각하겠죠. 하지만 지적장애아라는 소리를 듣고, 문제아라고 손가락질받는 아이들을 고다니 선생님네 반 아이들은 따뜻하게 받아들였습니다. 그리고 그 작품은 선생님을 비롯한 아이들이 다들 흙투성이가 되어 지내 온 증거라고 생각합니다. 저는 그런 고다니 선생님을 존경합니다. 그리고 울지 말아요, 고다니 선생님! 하고, 따뜻하게 말해 주고 싶습니다."

아다치 선생님은 그렇게 말하고 자리에 앉았다. 한동안 교무실은 찬물을 끼얹은 듯 조용했다.

인생은 이별투성이

미나코는 그림을 그리고 있다. 미나코 당번이 손끝에 빨강 파랑 노랑 같은 그림물감을 묻혀 주었다. 미나코는 물감 묻은 손가락으로 자기 마음대로 큰 도화지 위에 그었다. 아름다운 색과 함께 힘찬 선이 생겨났다.

액션페인팅이나 드로잉 같은 그림에는 정해진 규칙이 없기 때문에, 미나코한테는 꼭 맞는 작업이다. 미나코도 이런 그림을 그리고 있을 때는 생기가 넘쳤다.

고다니 선생님은 "참 잘 그렸네" 하고 말을 걸었다. 교직원 회의 때 아다치 선생님이 그런 말을 해 주지 않았다면 지금쯤 어떻게 되었을지 몰라. 미나코, 지금 너는 우리 반에 없어서는 안 될 사람이란다.

고다니 선생님은 미나코가 오고 나서 반이 변했다고 생각한다. 1학기에는 고자질이 많았다. 지금은 거의 없다. 왠지 모르게 반에 활기가 넘쳤다. 아이들은 뭔가를 경험하면서 변한다는 사실을 절실히 느꼈다. 물론 나도, 하고 고다니 선생님은 조금 쑥스러워하며 생각했다.

하지만 곧 미나코와 헤어져야 한다. 그것이 슬프다. 슬플 뿐 아니라 앞으로 어떻게 해야 좋을까, 언제까지나 함께 있어 주었으면 좋겠는데 하고 고다니 선생님은 허전하게 생각했다.

데루에가 물었다.

"선생님, 급식 수레, 이젠 안 써요?"

"응, 오히려 불편해서 이젠 안 쓰기로 했어."

급식 수레란 우유통을 나르는 손수레로, 책상과 책상 사이를 끌고 다니면서 각자의 식판에 우유를 따라 줄 때 썼다. 그런데 교실이 비좁다 보니 이리저리 부딪혀 우유를 엎지르는 일이 잦고 오히려 불편해서 요즘은 쓰지 않고 있다.

"그럼 그 수레 써도 돼요?"

"그래. 그런데 어디다 쓰려고?"

"미나코의 자동차를 만들려고요."

"그래?"

"써도 돼요?"

"물론, 좋아."

고다니 선생님도 흥미를 느꼈다. 유심히 보니까 쉬는 시간에 열심히 색칠을 하고 있다. 수레는 나왕이란 나무로 만든 것이었다. 처음에는 크레파스로 칠했는데, 나무색 때문에 색이 죽어서 빛깔이 예쁘지 않아서 도중에 그림물감으로 바꾸었다. 물을 섞지 않고 좁은 면적을 정성껏 칠하고 있다. 여러 가지 무늬를 그려 넣으며 칠했다.

"야, 빨리 좀 칠해."

차례를 기다리는 아이들이 재촉했다.

"육십 육십하나 육십둘 육십셋…" 하고 헤아리며 기다리는 모습을 보니, 한 사람 앞에 100번이나 200번 이상은 못 칠하는 모양이다. 고다니 선생님은 무심결에 웃음이 났다.

"참 예쁘구나."

"예뻐요, 선생님?"

"응, 아주 예뻐. 이란이나 파키스탄이라는 나라의 버스에도 꼭 이런 그림이 그려져 있어. 이런 차를 타면 기분이 좋겠는걸."

"미나코를 태워 줄 거예요."

"선생님도 타 보고 싶어."

"선생님은 어른이니까 안 돼요. 부서진단 말이에요."

차는 사흘쯤 지나서 완성되었다. 예쁜 꽃 같은 차였다.

아이들은 미나코를 태우고 시운전을 했다. 차가 움직이자 미나코는 소리 높여 웃었다. 몸을 이리저리 흔들며 좋아했다. 새처럼 손을 파닥이며 까불댔다.

차는 미나코의 마음에 꼭 들었다. 왜 그런지 미나코는 우산을 좋아한다. 비가 오지 않을 때도 곧잘 우산을 쓰고 다닌다. 학교에 두고 다니는 우산은 노란색이다. 미나코는 그 우산을 받쳐 들고 차에 타는 것을 더없이 좋아했다. 노란 우산과 알록달록한 차는 잘 어울렸다.

미나코 당번이 끄는 미나코의 자동차는 돌돌돌 교실을 구른다. 그 옆에서 아이들은 조용히 고다니 선생님과 공부했다.

미치코한테 두 번째 미나코 당번이 돌아왔다. 이번에는 준이치와 짝이 되었다. 급식 시간 때 일이었다. 반찬은 고래고기 조림이었다. 뜨거운 음식이 아니라서 미나코가 그만 숟가락을 놓고 손으로 음식을 움켜잡았다. 그때 미치코가,

"안 돼."

하고 소리치며 미나코의 손을 찰싹 때렸다. 미나코는 하는 수 없이 다시 숟가락으로 먹기 시작했다.

옆에서 보고 있던 후미지가,

"미나코를 때리다니 너무해, 너무해" 하고 호들갑을 떨었다.

그 일을 계기로, 미나코를 두고 세 번째 회의가 열렸다.

준이치가 말했다.

"미나코가 나쁜 짓을 하면 모두가 주의 주는 것이 좋다고 생각합니다. 다들 미나코를 좋아한다고 생각합니다. 그렇다고 미나코가 뭘 하든 친절하게 대하는 것은 옳지 않다고 생각합니다. 제 생각이 틀렸나요?"

미치코도 말했다.

"미나코도 연습을 안 하면 언제까지나 나아지지 않을 거예요. 나쁜 행동을 고치지 않으면 우리는 상관없지만 미나코가 똑똑해지지 않잖아요? 저는 미나코도 공부를 하면 똑똑한 아

이가 될 거로 생각해요. 선생님은 어떻게 생각하세요?"

고다니 선생님이 놀란 것은 아이들 대부분이 맞아, 맞아, 하고 두 아이의 의견에 찬성한다는 점이었다.

"모두 훌륭해요" 하고 고다니 선생님이 말했다.

"미나코는 곧 특수학교에 가서 여러 가지 공부를 하게 돼요. 힘든 일이 있을지도 모르죠. 그때 지금 여러분의 생각이 미나코에게 꼭 도움이 될 거라고 생각해요. 그렇죠, 미나코?"

미나코는 쿡쿡쿡 웃으며 고다니 선생님의 손에 매달렸다.

얼마 뒤, 미나코가 편도선이 부어 학교에 나오지 못했다. 지금은 하루 이틀이 아쉬운데 싶어서 고다니 선생님은 안타까워했다. 아이들도 왠지 기운이 없었다. 주인 없는 수레를 타고 노는 아이가 있었지만, 금세 시들해졌는지 맥 빠진 얼굴로 내려왔다. 밝은 색깔 수레가 오늘은 오히려 쓸쓸해 보였다.

고다니 선생님은 퇴근하는 길에 미나코네 집에 들렀다.

"얌전히 자고 있어요?"

"말도 마세요, 선생님. 지금 준이치와 미치코가 찾아와서는 꺅꺅거리며 놀고 있답니다."

"어머, 준이치가 와 있어요?"

"네에, 게다가…."

미나코의 어머니가 목소리를 낮추었다.

"얼마 전에는 준이치네 어머님께서 다녀갔어요. 저한테 몹쓸 짓을 했다며 용서를 빌러 왔다지 않겠어요? 선생님께서 보내시는 연락장을 보고 선생님 생각도 잘 알게 되었고, 무엇보다도 준이치의 변화에 놀랐다고 하시더군요. 준이치가 우리 미나코와 짝이 되었을 때, 선생님께 자리를 바꿔 달라고 말하라고 했대요. 그런데 준이치가 싫다고 하기에 교과서까지 찢기면서 왜 싫으냐고 물었더니, 자기가 미나코한테 마음을 써 주지 않으면 여기저기 다니면서 교과서를 마구 찢기 때문이라고 대답하더라는 거예요. 그 한마디에 그만 지고 말았다고 준이치 어머님이 말씀하시더군요."

"그랬군요."

고다니 선생님은 가슴이 뜨거워지는 것을 느꼈다.

미나코 방에 들어가자, 미나코는 이불 위에서, 준이치와 미치코는 그 앞에서 배를 깔고 엎드려 종이접기를 하고 있었다. 물론 미나코는 접은 종이를 늘어놓고 있을 뿐이었지만.

"수고가 많구나, 준이치, 미치코."

"아, 선생님" 하고 둘이 일어났다.

"미나코, 아픈 데는 좀 어때?"

고다니 선생님이 묻자, 미나코는 금방 웃음을 지으며 고다니 선생님의 손을 잡으러 왔다.

"어머나, 열이 꽤 높잖아."

"글쎄, 그러게요. 하지만 열 같은 건 별로 영향을 미치지 않나 봐요. 38도, 39도까지 열이 올라가도 저러고 있으니 말이에요."

"미나코는 보통 때랑 같아요, 선생님" 하고 미치코가 말했다.

"하지만 너무 오래 놀면 미나코한테 안 좋으니까, 조금만 있다가 가자."

고다니 선생님은 마음이 괴로웠다. 이제 곧 이 아이들이 이별의 슬픔을 맛볼 수밖에 없다고 생각하니 자기가 아주 잔혹한 짓을 하는 것만 같았다.

그날 밤, 고다니 선생님은 꿈을 꾸었다.

어딘가 먼 바다였다. 산호초 바다였을까. 아득한 먼바다 한복판에는 흰 물결이 일고 하루살이의 날갯짓 소리 같은 파도 소리가 아련히 들려오고 있었다. 새하얀 모래톱이 어느 틈엔가 사르락사르락 파도에 씻겨 내려가고 있다. 푸른빛 바다는 소녀의 눈동자처럼 깊고 부드러웠다. 초록 덩굴이 모래톱에 다리를 뻗고 있다. 연분홍빛 작은 나팔은 나팔꽃이었는데, 하늘에 대고 귀여운 연주를 하고 있었다. 여기는 어디일까? 빨간 게 두 마리가 달아난다. 고다니 선생님은 그 게를 쫓았다. 선생님을 속이면 안 돼요, 너는 미나코, 너는 데쓰조지? 게로 변해서 선생님을 속이려는 모양인데, 그런 속임수엔 넘어가지 않아. 얘들아, 기다려. 고다니 선생님은 긴 머리칼을 날리며 달렸다. 바닷속으로 도망치다니 약았어. 고다니 선생님은 앞을 막아섰다. 게는 웃음소리를 내며 달아났다. 나쁜 녀석들, 선생님, 화낼 거야. 이젠 용서 안 해 줄 거야. 고다니 선생님은 흰 모래톱을 달렸다. 데쓰조와 미나코는 발가벗고 모래를 파고 있었다. 야, 잡았다. 미나코가 몸을 틀어 빠져나갔다.

깔깔 웃으면서 훌쩍 몸을 피했다. 데쓰조는 두 팔을 벌리고 새처럼 달아났다. 부웅 하고 비행기 흉내를 내며 고다니 선생님을 놀리고는 또 도망갔다. 그렇게 똑똑하게 말할 줄 알면서 여태껏 잘도 선생님을 속였어. 미나코의 웃음소리는 높고 카랑카랑했다. 둘은 달렸다. 고다니 선생님도 달렸다. 또 바다로 도망칠 모양이다. 정말 나쁜 녀석들이야. 좋아, 선생님은 헤엄칠 줄 아니까, 어디든 도망쳐 봐.

바쿠 할아버지가 있다. 바위 위에 앉아 첼로를 켜고 있다. 아이들은 바쿠 할아버지에게 달려들었다. 미나코가 다시 카랑카랑한 소리로 웃었다. 데쓰조는 바쿠 할아버지한테 매달려 어리광을 부렸다. 할아버지는 부드러운 눈으로 빙그레 웃으며 첼로를 켜고 있다. 너무해, 다들. 나를 이렇게 뛰게 만들고. 바쿠 할아버지는 두 아이의 손을 잡고 걷기 시작했다. 할아버지 기다려 주세요, 같이 가요. 파도 소리가 한층 높아졌다. 기다려, 기다리라니까. 파도가 높이 일기 시작했다. 데쓰조, 나를 두고 가지 마! 미나코, 이쪽을 봐. 할아버지, 할아버지, 싫어, 날 버리지 말아요. 데쓰조, 미나코….

고다니 선생님은 울고 있었다. 꿈이었는데도 정말로 눈물을 흘리며 울고 있었다. 바보, 꿈을 꾸고 울다니 어린애처럼. 고다니 선생님은 부끄러웠다.

마침내 미나코와 이별할 날이 왔다.

고다니 선생님은 애써 여느 때처럼 행동했다. 점심시간에 미나코의 부모님과 할머니가 나란히 학교에 왔다. 다음 학교에 수속하러 가야 하므로 미나코는 급식을 먹지 않고 가야 했다.

미나코 부모님은 고다니 선생님께 인사를 했다. 어머니와 할머니는 울고 있었다. 고다니 선생님은 웃으며 인사를 받았다. 미나코 부모님은 아이들한테도 고맙다고 인사했다.

"천만의 말씀."

누가 익살스레 말해서 다들 웃었다. 고다니 선생님은 마음이 놓였다. 되도록 담담하게 미나코와 이별하고 싶었다. 그래서 그 웃음소리가 고마웠다.

다들 급식을 받아 놓은 뒤였지만 교문까지 미나코를 배웅하기로 했다. 미나코는 모두에게 둘러싸여 기분이 좋았다.

휘적휘적 걸으며 높고 카랑카랑한 목소리로 웃었다.

"미나코, 오늘 기분이 좋은데" 하고 다케시가 말했다.

"내일부터 우리 학교에 못 오는데 말이야" 하고 어리둥절해했다.

교문 앞에서 다 같이 인사를 했다.

"미나코, 잘 가."

미나코는 킥킥하고 신이 나서 웃었다. 할머니는 몇 번이나 고개를 숙였다.

"미나코, 또 놀러 와."

"미나코의 자동차는 잘 보관하고 있을게."

"미나코, 안녕!"

모두 손을 흔들었다. 미나코는 한층 큰 소리로 웃었다. 아이들은 미나코의 모습이 보이지 않을 때까지 손을 흔들었다.

미나코를 보내고 나서 급식을 먹으려고 다들 교실로 돌아왔다. 보통 때는 시끌벅적했지만 오늘은 떠드는 아이가 별로 없다. 교실 안이 왠지 쓸쓸했다.

고다니 선생님은 준이치가 밥을 먹고 있지 않은 것을 발견했다.

"준이치, 왜 그래. 왜 안 먹는 거야?"

준이치는 원망스러운 눈으로 고다니 선생님의 얼굴을 보았다. 뺨이 씰룩거리고 있다. 금세 눈에 눈물이 고였다. 무엇인가를 호소하듯이 옆자리의 미치코를 보고, 다케시를 보고, 다시 고다니 선생님의 얼굴을 쳐다보았다.

그것은 짧은 시간이었지만 아주 긴 시간처럼 느껴졌다. 고다니 선생님은 빙글 돌아섰다. 고다니 선생님의 어깨가 심하게 들썩거려, 선생님이 울고 있다는 것을 모두 알았다. 준이치는 눈물을 뚝뚝 떨구었고, 그때까지 참고 있던 미치코가 와앙, 울음을 터뜨렸다. 데루에는 훌쩍거렸고 다케시는 묵묵히 고개를 숙이고 있었다. 다들 쓸쓸한 얼굴로 차갑게 식은 밥을 내려다보고 있었다.

파리 박사의 연구

데쓰조와 고다니 선생님은 아까부터 비커 세 개를 유심히 살펴보고 있었다. 둘 다 아주 진지한 표정이다. '파리 연구'를 시작하고서 처음으로 데쓰조와 고다니 선생님의 의견이 달랐다.

데쓰조의 파리 연구는 상당히 진척되어 있었다. 오래전부터 여러 종류의 파리를 모아 기르고 있었기 때문에 파리 종류는 이미 다 분류해 놓았다. 데쓰조가 그린 수많은 파리 그림이 그것이다. 파리 연구는 '파리의 먹이'로 시작해서 '파리의 일생'으로 옮겨 갔고 다음에는 파리의 산란을 연구했다. 이것은 파리가 생기는 곳을 알 수 있으니, 매우 귀중한 연구 자료다.

파리 먹이는 데쓰조가 기르고 있는 모든 종류의 파리로 실험을 해서 각각의 파리가 좋아하는 먹이를 도표로 만들었다.

검정파리, 금파리, 쉬파리는 동물성 먹이를 좋아하고, 집파리
는 식물성 먹이를 즐겼다. 데쓰조가 만든 표에서 재미있는 사
실을 몇 가지 살펴보면, 쉬파리는 동물성 먹이만 좋아하는 줄
알았는데 나무즙도 먹었다. 치즈파리가 실제로 치즈를 좋아
하는지 실험해 보았더니 물론 치즈에도 꾀지만 마른 생선에
도 꾀기 때문에, 특별히 치즈만 좋아하는 것은 아니라는 사실
을 알게 되었다.

데쓰조에게는 파리의 일생이 아주 간단한 연구였던 모양
이다. 파리는 알에서 성충이 되기까지 20일쯤 걸렸기 때문에
관찰하기가 쉬웠을 것이다. 파리는 종류에 따라 성장 기간이
달랐으나, 대체로 알은 하루 만에 구더기가 되고 번데기가 될
때까지 두 번 허물을 벗는다. 그 기간은 집파리가 6일에서 10
일, 쉬파리와 검정파리가 7일에서 9일, 금파리는 12일쯤이라
는 사실을 데쓰조가 관찰한 결과로 알게 되었다.

번데기는 주로 흙 속으로 파고 들어가지만, 흙이 없으면 들
어갈 수 있는 어디든 파고 들어간다. 고다니 선생님은 데쓰조
가 병 속에다 파리를 길렀기 때문에 번데기가 땅속으로 파고
들어간다는 사실을 모를 줄 알았는데, 데쓰조는 파리를 채집
할 때 성충보다 번데기를 잡는 일이 더 많았기 때문에 그 사
실을 잘 알고 있었다.

데쓰조가 관찰한 것을 보면 번데기 기간은 집파리가 4일에
서 11일, 쉬파리와 검정파리와 애기집파리는 12일에서 15일,
금파리는 10일 전후였다.

초파리는 알에서 성충이 되기까지 10일쯤 걸리는데, 다른 파리의 절반 정도밖에 되지 않는다.

파리의 수명은 아쉽게도 데쓰조의 연구 결과가 일정하지 않아서 잘 알 수 없었다.

후미지 때문에 개구리밥이 되어 버린 금사자 대신 지금 데쓰조가 애지중지하고 있는 금사자 2세는 기른 지 두 달이 되었지만 팔팔하기만 했다. 대개 파리는 두 달이 지나면 죽어 버린다.

쉬파리는 알을 낳지 않는다. 몸 안에서 부화해서 구더기가 되어 나온다. 이 사실은 고다니 선생님도 모르고 있었다. 데쓰조의 연구를 보고 비로소 알게 된 것이다.

파리의 산란 장소는 파리의 종류에 따라 얼추 정해져 있다. 하지만 그 사실을 알기까지 데쓰조는 몹시 고생했다. 병 속에 든 파리를 지켜보는 것이 아니라 여기저기 돌아다녀야 했기 때문이다. 고다니 선생님도 열심히 도왔다. 쓰레기통, 썩은 짚이나 풀밭, 데쓰조는 아무리 더러운 곳도 마다치 않고 파헤쳤다. 죽은 쥐를 조사할 때는 고다니 선생님조차 가까이 가지 못하고 멀리서 가슴을 졸이며 데쓰조를 지켜보고 있었다. 고다니 선생님은 데쓰조를 생선조림집이나 생선묵집, 생선집, 빵집 같은 파리가 꾈 만한 곳으로 데리고 갔다. 데쓰조는 마치 명탐정처럼 파리의 산란 장소를 찾아내곤 했다.

시장에는 고다니 선생님을 좋아하는 학부모가 많이 있어서 이럴 때 편리했다. '혹시, 파리 없어요?'라고 물으며 음식

점에 들어갔다가는 봉변을 당하기 십상이리라.

파리가 주로 산란하는 다섯 곳은 쓰레기통, 변소, 거름, 동물 사체 그리고 장독이었다.

데쓰조는 알을 보고 파리의 종류를 알아맞히기도 했다. 금파리의 알은 살짝 붉은빛을 띠고 있어서 대번에 알 수 있다. 집파리와 왕큰집파리는 크기로 알 수 있다. 개중에는 워낙 비슷하게 생겨 분간할 수 없는 경우도 있다. 그럴 때 데쓰조는 그 알들을 가져가 직접 길러 보았다. 이렇게 해서 데쓰조는 파리의 산란 장소를 도표로 만들었다. 종류에 따라 산란 장소가 다르다는 것도 곧 알게 되었다.

"데쓰조, 집파리는 화장실에 많이 있잖아. 사람의 똥을 먹고 사니까 화장실과 관계가 깊은데, 화장실에는 왜 집파리의 구더기가 없을까?"

고다니 선생님은 집파리나 금파리의 구더기가 왜 화장실에 없는지 궁금했다. 왕큰집파리, 애기집파리, 대모파리, 쉬파리들의 구더기는 화장실에 있었다.

데쓰조는 고개를 갸우뚱했다. 정말 모르는 모양이었다. 요즘 고다니 선생님은 데쓰조가 말을 하지 않아도 얘기를 나눌 수 있게 되었다. 데쓰조의 눈짓이나 몸짓만으로도 데쓰조가 무슨 생각을 하는지 알게 되었다.

데쓰조도 '아니'라든가 '안 돼' 그리고 파리의 이름 정도는 말하게 되었다.

"데쓰조, 너, 파리 그림은 그려도 구더기 그림은 안 그리지? 여러 종류의 구더기를 세밀하게 그려 보면 어떨까? 뭔가 알아낼 수 있을지도 몰라."

이삼일이 지나, 데쓰조가 그린 그림을 보고 고다니 선생님은 모든 것을 알았다.

"데쓰조, 구더기의 몸 뒤쪽에 뾰족 나온 거 보이지? 저거, 뭐에 쓰는 건지 알고 있니?"

데쓰조는 고개를 저었다.

"하지만 뾰족한 것이 있는 구더기와 없는 구더기가 있다는 건 알고 있었지?"

데쓰조는 고개를 끄덕였다.

"없는 파리는 어떤 거야?"

"집파리, 금파리, 연두금파리."

"역시" 하고 고다니 선생님은 흐뭇해했다.

"네가 방금 말한 파리의 구더기는 화장실에 없어. 그 뾰족한 것을 기문이라고 해. 구더기는 여기로 숨을 쉬어. 그러니까 기문이 있는 구더기는 화장실처럼 질펀한 곳에서도 살 수 있지만, 그게 없는 구더기는 빠져 죽어 버려."

고다니 선생님은 자기의 발견에 흥분한 것 같았다.

"데쓰조, 그렇지? 이것으로 왜 집파리나 금파리의 구더기가 화장실에 없는지 수수께끼가 풀렸지?"

데쓰조의 눈이 빛났다. 두 사람은 곧 실험에 들어갔다. 밀가루를 물에 풀어 걸쭉하게 반죽을 했다. 그것을 비커에 넣고 돌기가 있는 구더기와 없는 구더기를 함께 넣었다. 결과는 고다니 선생님이 생각한 대로였다. 살아남은 건 뾰족한 돌기가 있는 구더기뿐이었다. 파리의 산란에 관한 연구는 나중에 데쓰조가 큰 공을 세우는 밑거름이 되었다.

지금 데쓰조와 고다니 선생님이 관찰하고 있는 세 개의 비커에는 설탕, 설탕물, 맹물이 들어 있다. 맹물과 설탕물은 파리가 앉기 좋게 솜에 적셔 놓았다.

여기서 두 사람의 의견 차이가 생겼다. 파리는 냄새를 쫓아 먹이를 찾는 것 같았는데, 물에 냄새가 있는가 하는 의문에, 데쓰조는 있다고 보았고 고다니 선생님은 없다고 보았다. 물에 냄새가 있다면 파리는 물이나 설탕물에 많이 꾈 것이다. 적어도 설탕만 든 비커보다는 많은 수의 파리가 꾈 게 분명했다.

두 사람은 비커를 지그시 바라보았다.

"앗" 하고 고다니 선생님이 소리를 질렀다. 파리가 맨 먼저 앉은 쪽은 설탕물이었다.

고다니 선생님은 실망스러운 표정을 지었다. 데쓰조는 비커만 빤히 바라보고 있었다. 두 번째 파리는 처음에 맹물 쪽에 앉았다가 금세 설탕물 쪽으로 옮겨 앉았다. 서너 마리가 모여들기까지 시간이 좀 걸렸지만, 그 뒤로는 속속 날아들었다. 파리는 대개 설탕물 쪽에 앉았다. 맹물 쪽에 앉은 파리도 제법 있었지만 이내 설탕물이나 설탕 쪽으로 옮겨 갔다. 날아오자마자 설탕에 앉은 파리는 몇 마리 되지 않았다.

"역시 데쓰조가 옳았어. 아이, 분해라."

고다니 선생님이 웃으면서 말했다.

가을이 깊어져서 데쓰조의 파리 연구도 서둘러야 했다. 날이 추워지면 일단 이 연구를 끝내야 한다. 파리는 사철 내내 있는 것이 아니라, 한여름에는 검정파리, 왕큰집파리가 모습을 감추지만, 가을에는 금파리 종류를 거의 볼 수 없다. 데쓰조가 비교적 많은 파리로 자유롭게 연구할 수 있었던 것은 직접 기르고 있었기 때문이다. 채집에만 의존했다면 이런 성과는 올리지 못했을 것이다.

데쓰조는 파리를 연구하면서 성격이 조금씩 변한 것 같았다.

지금까지 데쓰조는 파리를 소중하게 여기며 귀여워했다. 마음에 드는 파리만 모으는 듯한 경향도 있었다. 하지만 관찰을 시작하면서부터 제법 냉정해졌다. 실험을 위해서 파리를 솎아 내거나 때로는 뻔히 죽는 줄 알면서도 관찰을 계속할 수밖에 없을 때도 결코 감정을 내세우지 않았다. 구더기 실험만 해도 옛날 같았으면 데쓰조가 화를 내며 고다니 선생님의 얼굴을 할퀼 법한 일이었다.

데쓰조는 이제 파리나 구더기를 핀셋으로 집는다. 많은 파리를 옮길 때는 여전히 손으로 잡지만, 되도록 맨손을 쓰지 않으려고 애쓴다는 것을 고다니 선생님은 잘 알고 있었다.

고다니 선생님은 알코올과 크레졸을 데쓰조에게 주었는데, 데쓰조는 때때로 그것을 쓰는 것 같았다. 채집해 온 파리와 처음부터 자기가 기르던 파리는 꼭 구별해 두어, 실험이나 관찰을 위해서 양쪽을 다 만져야 할 때는 소독액을 사용했다.

데쓰조는 금사자 2세를 알코올로 닦다가 고다니 선생님에게 놀림 받았다.

"데쓰조, 세균이 전혀 없는 파리는 몸이 약해져서 금방 죽는대."

그 뒤로 금사자를 알코올로 닦는 일은 없어졌다.

파리 연구는 순조로웠지만, 고민이 전혀 없는 것은 아니었다. 고다니 선생님은 이 연구가 정말로 완성되는 것은 데쓰조가 글을 자유롭게 쓸 수 있을 때라고 생각했다.

미나코가 전학 간 뒤로 선생님은 '아침일기'를 시작했다. 미나코에게 쏟았던 시간을 아침일기에 돌린 것이다. 고다니 선생님은 편하게 지낼 시간을 만들지 않을 작정이었다. 아침일기는 선생님과 아이들 모두 40분씩 일찍 등교하는 데서 시작된다. 고다니 선생님은 한 사람 한 사람의 일기에 느낌을 적어 주면서 아이들과 두서없는 이야기를 나눈다. 별일 아닌 듯 보여도, 선생님이나 아이들에게 이만저만한 중노동이 아니었다.

데쓰조는 첫날 일기장에 "연두금파리, 금사자"라고 써 왔다. 다음 날에는 "집파리 똥"이라고 썼다. 사흘째에는 "초파리 술"이었다. 그러면 고다니 선생님은 그 공책에 여러 가지 얘기를 적어 주었다. 파리에 관한 것, 바쿠 할아버지에 관한 것 같은 일기와는 직접 관계가 없는 내용이었다. "초파리는 술을 좋아합니다"라고 쓰는 법을 가르쳐 주는 것은 간단한 일이지만, 고다니 선생님은 그런 말은 쓰지 않았다. 데쓰조를 믿고 있기 때문이다.

"한 가지 재주만 있으면 굶어 죽지는 않는다"는 옛말을 증명이라도 하듯이 데쓰조는 훌륭한 공을 세웠다.

어느 날, 학교 근처의 햄 공장에서 고다니 선생님에게 전화를 걸어왔다.

"좀 이상한 질문 같습니다만, 선생님께서는 파리를 연구하고 계신다고 들었습니다."

"제가 연구하고 있는 것이 아니라, 제가 가르치는 아이가 하고 있어요."

"사실 부끄러운 얘기지만, 우리 공장에 이상하게도 파리가 들끓어서 곤경에 빠져 있습니다. 식품 공장에 파리가 있으니, 큰일 아닙니까?"

당연하다. 햄 공장에 파리가 우글거리다니, 말도 안 되는 얘기다.

"고기 관리나 폐기물 치분, 공장 청소까지 저희 반에는 철저하다고 자부합니다만, 도무지 원인을 알 수가 없어요. 꼭 한번 오셔서 보시고 적절한 조치를 해 주십사 부탁드립니다."

고다니 선생님은 난처했다. 전문가도 아니고, 그런 일은 할 수 없을 것 같았다.

"보건소에 부탁해 보는 건 어떨지요?"

"벌써 보고도 했고 지도받은 대로 모두 했는데도, 전혀 파리가 줄지 않아서요."

고다니 선생님은 데쓰조를 데리고 가 볼까 생각했다. 밑져야 본전이야. 어쩌면 데쓰조가 뭔가 찾아내 줄지도 몰라.

고다니 선생님이 승낙하자, 공장 사람은 매우 기뻐했다.

큼직한 외제 차가 학교에 도착했다. 워낙 멋진 자동차라서 아이들이 웅성웅성 모여들었다. 데쓰조와 고다니 선생님이 차에 올랐다. 같이 온 공장 사람이 묘한 표정을 지었다.

"이 애가 파리를 연구한다고요?"

"네."

고다니 선생님은 새침하게 대답했다. 그 사람은 더 이상한 얼굴을 했다. 물론 당연한 반응이다. 훌륭한 응접실에서 차와 과자를 대접받고 나서, 고다니 선생님은 데쓰조와 함께 공장을 한 바퀴 돌았다. 확실히 깨끗한 공장이었다. 어째서 이런 공장에 파리가 있는 것일까?

"이상하구나, 데쓰조."

데쓰조도 영문을 모르겠다는 얼굴이었다. 고다니 선생님과 데쓰조는 자신들이 알고 있는 파리에 대한 지식을 총동원해 보았으나 원인을 알 수 없었다.

"파리가 어디에 제일 많습니까?"

파리가 제일 많다는 건물로 같이 가 보았다. 과연 어마어마한 파리 떼였다.

"집파리다!"

데쓰조가 소리쳤다. 말도 안 돼! 하고 소리치는 듯한 느낌이었다. 고다니 선생님도 한눈에 알아차렸다. 고기를 다루는 공장이니까 금파리나 쉬파리라면 몰라도 집파리뿐이라는 건

너무나 이상했다.

"정말 이상하지, 데쓰조?"

데쓰조가 갑자기 햄 공장 담벼락을 기어올랐다. 그리고 큰 소리로 외쳤다.

"저거다!"

사다리를 가지고 와서 고다니 선생님과 공장 사람이 담 너머를 보았다. 그곳에는 아직도 밭이 있었고 길옆으로 커다란 퇴비 더미가 여섯 개나 있었다.

고다니 선생님도 그제야 알았다.

"저 퇴비가 원인이에요. 집파리는 퇴비 속에 알을 낳으니까요. 이 공장에 있는 파리는 모두 집파리니까, 원인은 저 퇴비가 분명해요."

일주일쯤 뒤에 햄 공장에서 답례가 왔다. 그날 급식 때는 예정에도 없던 소시지를 전교생에게 나눠 주었다. 그리고 그 까닭을 교내 방송으로 알렸다.

데쓰조는 일약 영웅이 되었다. 데쓰조 자신은 마치 남의 일처럼 시치미를 떼고 있었지만.

한 가지 재주만 있으면 굶어 죽지는 않는다. 고다니 선생님은 이 말을 되새겨 보았다. 그러고는 자기도 모르게 자꾸만 터져 나오는 웃음을 막을 수가 없었다.

고다니 선생님은 데쓰조가 처음으로 큰 소리로 말을 했다는 사실이 무엇보다도 기뻤다.

빨간 병아리

　　역 앞에 사람들이 떼 지어서 모여 있었다. 귀가를 서두르던 고다니 선생님은 그것을 피해 지나가려고 했다. 세 살쯤 되어 보이는 아이가 앙앙 울고 있었다. 엄마가 가자고 자꾸 끄는데도 아이는 막무가내로 땅바닥에 주저앉은 채 울어 댔다.

　　고다니 선생님은 사람들 틈으로 들여다보았다.

　　종이 상자 속에 빨강, 파랑 병아리들이 밀치락달치락하며 삐악거리고 있었다. 옆에는 큰 대야가 있고 5센티쯤 되는 초록색 거북이 슬금슬금 기고 있었다. 아이는 그중 하나를 사 달라고 울고 있는 게 분명했다. 고다니 선생님은 과연 아이들이 갖고 싶어 할 만하구나 싶었다. 그런데 어째서 병아리가 빨간색일까, 파란 병아리도 있었나? 하고 고다니 선생님은 생각했다. 자세히 살펴보니 염료로 염색한 것이었다. 여기저기 염색이 벗겨져 노란 털이 처량하게 보였다. 고다니 선생님은 못 볼 것을 본 것 같았다.

울며 보채던 아이의 울음소리가 잦아드는가 싶더니, 아이는 엄마 손에 끌려 인파로 들어가고 있었다. 잔돈 몇 푼에 빨강 파랑 병아리들이 상자에 담긴다. 그 상자를 받아든 아이들이 씩 웃었다. 보기 싫은 웃음이라고 고다니 선생님은 생각했다. 그 순간 언뜻 남편과 있었던 일이 떠올랐다.

남편과 둘이서 사이다이 절에 간 적이 있었다.

여름비에 젖은 사이다이 절은 싱그러웠다.

"비 오는 절이라니, 나는 참 운이 좋아요. 봐요, 초록 숲이 지금이라도 녹아내릴 것만 같아요."

고다니 선생님은 들떠서 마구 조잘거렸다.

두 사람은 토담과 사이다이 절에 있는 대나무의 아름다움에 대해서 얘기했다. 본당에서는 서로 관심이 달랐다. 고다니 선생님은 변함없는 선재동자의 팬이었다.

"어때요? 나, 좀 예뻐졌나요?"

조금은 자신이 생긴 고다니 선생님이 선재동자에게 그런 말을 했다.

남편은 석가모니 상을 좋아한다. 옷의 선이 신비롭고 아름답단다.

"그러고 보니, 이 석가모니 부처님, 상당히 미남이시네요."

고다니 선생님은 스님이 들으면 얼굴을 찌푸릴 소리를 했다.

"비밀 장소를 하나 가르쳐 줄까요?" 하고 고다니 선생님이 남편에게 말했다.

탑 뒤를 오른쪽으로 돌아가면 작은 못이 있다. 근처에는 덤불이 무성해서 사람들의 발길이 뜸하다. 못 옆으로는 작은 석불들이 늘어서 있었다. 고다니 선생님은 이 소박한 풍경이 좋아서 곧잘 이곳을 찾고는 했다.

"경치 좋죠?"

"응."

남편은 짧게 대답했다.

"이곳 석불, 재미있죠? 엄숙함 따윈 조금도 없어요. 어디서나 흔히 볼 수 있는 아저씨나 아줌마 같은 얼굴이야."

고다니 선생님은 남편을 돌아보았다. 남편은 멍하니 서 있었다. 남편의 눈은 아무것도 보고 있지 않는 눈이었다. 뭔가를 생각하고 있는 것 같았지만, 입은 헤벌어져 있었다. 고다니 선생님은 남편의 그런 얼굴을 본 적이 없었다.

불현듯 달걀귀신처럼 밋밋한 얼굴을 본 듯 으스스한 느낌이 들었다.

남편의 친구들이 고다니 선생님네 집으로 찾아오는 일이 잦아졌다. 일 얘기를 하는 모양이었다. 고다니 선생님은 학교에서 막 돌아와 피곤할 때가 많았지만, 애써 웃는 얼굴로 대접을 하곤 했다. 자기도 학교 일로 앞이 캄캄했을 때는 곧잘 아다치 선생님이나 오리하시 선생님하고 의논하던 일을 떠올리며 언제나 웃음을 잃지 않으려고 애썼다.

그러던 어느 날 남편이 말했다.

"친구의 사업에 투자하고 싶은데, 장인어른한테 받은 땅을 담보로 돈을 좀 빌리면 안 될까?"

남편은 곧 지금 다니는 회사를 그만두고 친구의 회사를 공동으로 경영할 거라고도 했다.

고다니 선생님은 좋다고 했다. 내 집 장만이 유일한 목적인 무기력한 월급쟁이보다는 실패하더라도 최선을 다해 인생을 살아가는 사람이 좋다고 생각했기 때문이다.

미나코가 고다니 선생님네 반으로 오게 되었을 무렵, 남편은 주임으로 승진했다. 그때 고다니 선생님네 집에서 축하 잔치가 열렸다. 판에 박힌 겉치레 말과 실없는 얘기만으로 축하 잔치가 끝났을 때, 남편은 몹시 지쳐 있었다. 고다니 선생님은 이부자리를 깔면서, "수고했어요" 하고 위로의 말을 했다. 남편은 갑자기 고다니 선생님을 끌어안으며 속삭였다.

"빨리 당신을 편하게 해 주고 싶어. 학교에 나가는 것도 조금만 더 참으면 돼."

고다니 선생님은 어이가 없었다. 대체 이 사람은 무슨 생각을 하는 걸까. 고다니 선생님은 남편의 선의에 상처를 주지 않으려고 아무 대꾸도 하지 않았다.

빨간 병아리도 파란 병아리도 울음소리는 같았어. 자연 그대로인 노란 병아리도 같은 소리를 내겠지. 소리까지 염색할 수는 없을 테니까. 그렇게 생각하니 빨간색, 파란색으로 물든 병아리의 울음소리는 처절한 저항의 표현 같았다.

산다는 게 뭘까, 두 사람이 함께 산다는 게 무엇일까, 하고 고다니 선생님은 생각했다.

집에 도착하자 남편이 새파랗게 질린 얼굴로 현관에 서 있었다. 남편은 고다니 선생님을 보자마자 말했다.

"여보, 큰일 났어."

"왜요?"

"왜고 뭐고, 큰일 났어. 도둑, 도둑이 들었어."

정말 집 안은 경찰들로 가득했다. 방의 물건들이 마구 어질러져 있었다. 흰옷을 입은 사람이 장롱 여기저기에 흰 가루를 뿌리고 있었다. 범인의 지문을 채취하는 것이리라. 고다니 선생님도 열 손가락에 잉크를 잔뜩 발라야 했다.

"제 지문은 왜 채취하는 거죠?"

"네, 범인의 것과 구별하기 위해서입니다."

젊은 경찰관이 대답했다.

도둑맞은 물건을 일일이 보고해야 했다. 큰 물건들은 생각이 났으나 작은 것들은 잘 알 수 없었다. 그런데 옆에 있던 남편이 물건 이름을 척척 댔다. 고다니 선생님은 내심 놀랐다. 집안일은 대개 여자가 더 잘 알고 있는데 우리 집은 반대구나.

그건 그렇고 정말 깨끗이 털렸구나, 생각하니 고다니 선생님은 되레 웃음이 나왔다.

"맞벌이 부부십니까?"

"네."

"맞벌이 집은 특히 조심하셔야 합니다."

"네."

대답은 했지만 고다니 선생님은 한심한 생각이 들었다. 뭘 조심하란 거지, 문단속하고 나간 사람에게 무엇을 조심하란 말일까, 그리고 왜 맞벌이 집은 특히 조심해야 한다는 걸까? 뭔가 거꾸로 된 듯한 느낌이었다.

남편은 머리를 감싸 쥐고 어쩔 줄을 몰라 했다. 고다니 선생님은 그런 모습에 화가 치밀어 남편의 옷자락을 잡아당겼다.

"싹 쓸어가 버렸네요."

경찰들이 돌아간 후, 고다니 선생님은 오히려 담담하게 말했다. 이런 일로 집안이 우울해진다면 도저히 못 견딜 것 같았기 때문인지도 모른다.

"쳇" 하고 남편은 혀를 찼다.

명색이 남자라 불평은 안 해도 초조해하고 있음을 잘 알 수 있었다. 예금통장이나 무슨 증서처럼 신고만 하면 피해를 막을 수 있는 것들을 몇 번이고 확인하듯 고다니 선생님한테 묻고 또 물었다.

"난 당신이 사 준 진주 브로치가 아깝네요."

고다니 선생님은 말을 툭 던져 보았다. 남편은 기다렸다는 듯이 이것저것 물건 이름을 들먹였다. 고다니 선생님은 속으로 후회했다.

사흘 뒤 범인은 싱겁게 잡히고 말았다.

밥을 먹고 있는데 초인종이 울렸다. 고다니 선생님이 나가 보니까 형사와 경찰관 몇 명 그리고 키가 작고 초라한 사내가 오른손에 수갑을 차고 서 있었다. 고다니 선생님은 숨이 막혔다.

"천장에 훔친 물건 일부를 숨겨 둔 모양입니다. 이런 시간에 죄송합니다만, 현장 검증을 해도 되겠습니까?"

"그러세요."

고다니 선생님은 텔레비전 드라마를 보고 있는 듯한 기분이었다. 사내의 손목에 채워진 수갑이 둔탁하게 빛나는 순간, 고다니 선생님은 정신이 아득해지는 것 같았다.

천장의 판자는 쉽게 떼어졌다. 그 집에 사는 고다니 선생님조차 모르고 있었던 사실이다. 그 안에서 작지만 값나가는 물건 몇 점이 나왔다. 진주 브로치도 있었다.

"어째서 그런 곳에 숨겼을까?"

남편은 혼잣말처럼 말했다.

"뭐, 무슨 소리에 놀라 당황해서 숨겼겠죠. 배짱이 없는 놈입니다."

경찰관 한 명이 업신여기는 투로 말했다. 그러고는 어이, 이봐 하고 그 사내를 쥐어박았다. 사내는 황급히 무릎을 꿇었다.

"죄송합니다."

"아, 아니에요."

고다니 선생님은 자기도 모르게 그냥 말이 나와 버렸다. 경찰들이 웃음을 터뜨렸다. 고다니 선생님은 얼굴이 새빨개졌다.

"집에서 나온 것이니까 도난품이라곤 할 수 없군요. 원래는 절차를 밟아야 합니다만, 여기서 그냥 돌려 드리죠."

물건은 남편이 받았다.

범인이 현관문을 나갈 때, 고다니 선생님은 처음으로 그 사내의 얼굴을 보았다. 늙수그레한 얼굴이었다. 눈을 끔벅거리며 시종 움찔거리고 있었다. 사내가 고개를 숙이고 몸을 돌렸을 때 고다니 선생님은 앗, 하고 놀랐다. 사내는 왼손이 없었다. 전쟁터에서 잃은 것일까, 아니면 교통사고일까. 고다니 선생님은 끌려가는 남자의 뒷모습을 바라보았다. 서글픈 느낌이었다.

"저런 인생도 있군."

남편도 진지하게 말했다. 고다니 선생님은 털썩 방바닥에 주저앉았다. 방금 돌려받은 진주 브로치가 둔탁하게 빛났다. 이런 물건을 가지고 있었던 자신이 나쁜 사람 같았다.

"어쨌거나 찾아서 다행이야."

남편이 당연한 말을 했는데도 왠지 고다니 선생님은 그 순간 남편이 밉게 느껴졌다.

다음 날 밤, 쓰레기처리장 아이들이 고다니 선생님 집에 찾아왔다.

"선생님, 안녕?"

이사오와 호키치, 시로와 도쿠지 얼굴이 보였다.

"안녕?"

준도 게이코도 얼굴을 디밀었다.

"어머, 도대체 몇 사람이나 왔어?"

"다."

"다?"

시게코, 이사오, 고지, 미사에가 졸졸졸 줄지어 들어왔다.

고다니 선생님은 놀라며 말했다.

"야, 정말 모두 다 왔구나. 데쓰조만 안 온 거야?"

"데쓰조도 왔어, 선생님."

"정말?" 고다니 선생님은 깜짝 놀라서 말했다.

"야, 데쓰조, 안 들어올 거야?"

이사오가 말했다. 고다니 선생님이 밖에 나가 보니, 데쓰조가 문 앞에서 쭈뼛거리고 있었다.

"어머, 데쓰조도 와 주었구나. 선생님, 너무 기뻐. 자 어서 들어가자."

고다니 선생님이 데쓰조의 손을 잡아끌었다. 데쓰조는 부끄러운 표정을 지었다. 데쓰조의 그런 얼굴을 보기는 처음이었다.

아이들은 모두 얌전하게 앉아 있었다. 부모님에게 단단히 주의받고 온 모양이었다. 다들 금방이라도 웃음을 터뜨릴 듯 싱글거리고 있다.

시끌시끌한 소리에 놀라서 옆방에 있던 남편이 나왔다. 아이들은 꾸벅 인사를 했다.

"선생님 남편이야?"

이사오가 물었다.

"응."

"남자답게 생겼네."

"준, 그거 아부지?"

"아냐, 진짜야" 하고 준은 정색했다.

남편은 목욕탕에라도 다녀오겠다며 집을 나갔다. 나가면서 고다니 선생님의 마음에 큰 상처를 입히는 말을 했다.

"선생님, 도둑맞았다면서 깨끗이 정리되어 있네?" 시게코가 말했다.

"정리하는 데 얼마나 애먹었다고." 고다니 선생님은 시게코의 말에 대답했다.

시게코의 말이 신호인 듯, 다들 주머니나 봉지에서 부스럭부스럭 뭔가를 꺼냈다.

"이거, 처리장 아저씨 아줌마들이 갖다주래."

이렇게 말하며 이사오가 내놓은 봉투에는 '위로'라는 글씨가 쓰여 있었다. 속에는 짤막한 편지와 2만 엔이 들어 있었다.

　선생님, 큰일을 당하셨다고요. 도둑 좀 맞았다고 낙담
　하실 분은 아니라고 생각하지만, 용기를 내십시오. 이것
　은 우리 모두의 마음입니다.

준이 고다니 선생님 앞에 내놓은 것은 작은 개구리 저금통이었다.

"이거 가져" 하고 수줍은 얼굴로 말했다.

다들 가져온 것을 차례차례 고다니 선생님 앞에 내놓았다. 대개 저금통이나 돈이 든 봉투였다. 호키치는 손수 만든 듯한 나무 저금통을 아낌없이 고다니 선생님 앞에 내놓았다. 데쓰조도 끈에 꿴 5엔짜리 동전 한 꾸러미를 내놓았다.

아이들이 약속이라도 한 듯 죄다 돈을 갖고 온 것은 곰곰이 생각한 끝에 내린 결정이었으리라고, 고다니 선생님은 생각했다.

"선생님, 밥은 먹을 수 있어? 힘들면 이 돈으로 쌀 사" 하고 도쿠지가 말했다.

이 말을 듣고서야 고다니 선생님은 깨달았다. 도쿠지 생각에, 만일 자기네 집에 도둑이 들었다면 그날로 끼니 걱정을 해야 했을 것이다.

"정말 고마워."

고다니 선생님은 울먹이는 목소리로 말했다.

아이들은 도둑을 욕하는 말은 한마디도 하지 않았다. 고다니 선생님을 걱정해 줄 뿐이었다.

남편은 나가면서 아이들을 빨리 돌려보내라고 했다. 워낙에 애들은 딱 질색이라 그런다고 했지만, 고다니 선생님에게는 이미 그 말이 귀에 들어오지 않았다.

고다니 선생님은 빨간 병아리를 생각했다. 진짜 털이 꾀죄죄하게 보이는 불쌍한 빨간 병아리를.

어린 게릴라들

오후 3시쯤이었다.

이사오와 호키치가 낯빛이 변해서 뛰어왔다.

"데쓰조, 기치가 잡혔어! 개잡이한테 잡혀갔어."

파리의 행동을 기록하고 있던 데쓰조는 순간 이사오의 얼굴을 보았다. 그러고는 날듯이 달려 나갔다.

"기다려, 데쓰조!"

데쓰조의 어디에 그런 민첩함이 감춰져 있었을까.

이사오는 허둥지둥 데쓰조를 뒤쫓았다. 쓰레기처리장 정문 앞에서 겨우 데쓰조를 따라잡은 이사오는 숨을 헐떡이며 말했다.

"침착해. 너 혼자 개잡이한테 가서 어쩌려고? 그 사람들은 고다니 선생님과는 달라. 물어뜯기고 훌쩍거릴 사람들이 아니란 말이야. 너야말로 얻어터져서 기치와 함께 끌려갈 거야."

이사오가 겁을 주었지만, 데쓰조는 잡고 있던 이사오의 손을 뿌리치려고 버둥거렸다.

"데쓰조, 잘 들어."

이사오는 데쓰조의 어깨를 마구 흔들었다.

"넌 아직 어려. 우리한테 맡겨, 응? 내가 반드시 기치를 찾아올 테니까."

데쓰조는 그제야 몸의 힘을 뺐다.

호키치가 뒤이어 도착했다.

"너희들, 빠르다."

호키치는 어깨를 들썩이며 가쁜 숨을 몰아쉬었다.

"네가 느린 거야, 이 멍청아."

이사오가 쏘아붙이듯이 말했다.

"호키치, 넌 애들을 모두 불러 모아. 데쓰조도 같이 갔다 와."

두 아이가 뛰어가고 나자, 이사오는 땅바닥에 앉아 심각한 얼굴로 무엇인가를 생각하고 있었다.

"정말 기치가 잡혔어?"

가장 먼저 준이 달려왔다.

"응. 준, 너 마침 잘 왔다. 내 생각 좀 들어 봐."

처리장 아이 중에서는 준이 제일 꾀가 많았다. 이사오는 기치 구출 계획을 준에게 소곤소곤 이야기했다.

얼마 뒤, 아이들이 모두 모였다. 시게코만 친척 집에 가는 바람에 빠졌다.

"기치가 없어지면 데쓰조가 불쌍해."

미사에가 울상을 지으며 말했다.

"그러니까 기치를 찾아와야지."

준이 어른스레 말했다.

"다들 이리 모여 봐."

이사오는 아이들 하나하나에게 역할을 맡겼다. 그러고는 바닥에 지도를 그려 작전 계획을 세세하게 설명했다.

이윽고 아이들이 흩어졌다. 다시 모였을 때는 저마다 위험한 물건을 들고 있었다. 마치 전쟁터에 나가는 것 같았다. 톱, 망치, 쇠몽둥이, 장도리 따위였는데, 학교 선생님이 보았다면 아마 기절했을 것이다.

아이들이 처리장을 출발했을 때, 떠돌이 개를 잡으러 다니는 공무원들은 상점가 뒷골목에서 일하고 있었다. 운전사까지 모두 세 사람이었다.

소형 트럭 짐칸에 굵은 나무로 만든 큰 우리가 실려 있는데, 1센티미터 굵기의 나무가 10센티 간격으로 둘러쳐져 있었다.

그 안에는 개 예닐곱 마리가 낑낑거리며 구슬피 울고 있었다.

아이들은 숨어서 그것을 지켜보고 있었다. 데쓰조가 뛰쳐나가려는 것을 이사오와 준이 가까스로 말렸다.

개들이 한꺼번에 울어 대는 소리 속에서도 데쓰조는 기치의 울음소리를 분간할 수 있었으리라.

"데쓰조, 조금만 더 참아."

도쿠지가 안됐다는 듯이 말했다. 비둘기를 키우고 있어서 데쓰조의 마음을 잘 이해했다.

"왔다!"

시로가 날카롭게 말했다.

쫓기던 붉은 개 한 마리가 미친 듯이 달려왔다. 기다리고 있던 개잡이가 하얗게 빛나는 철삿줄을 들고 개한테 다가갔다.

붉은 개가 허공으로 뛰어올랐다. 하지만 그보다 조금 더 빨리 흰빛이 공중에서 출렁거렸다. 아이들에게는 그것이 마치 번갯불처럼 보였다. 개는 공중에서 한 바퀴 빙글 돌고는 땅바닥에 거꾸로 처박혔다.

개잡이는 익숙한 손놀림으로 철삿줄을 잡아당겼다. 하얗게 빛나는 것이 개의 목을 단단히 죄었다. "꾸억" 하고 붉은 개는 소름 끼치는 비명을 질렀다.

개의 눈은 뻘겋게 충혈되어 있었다. 그리고 누군가에게 도움을 청하듯 눈알을 굴렸다.

남자는 철사를 더 조이며 개를 공중으로 들어 올렸다. 개는 뒷다리를 세차게 버둥거렸다. 하지만 덧없이 허공을 찰 뿐이었다. 잇따라 앞다리를 모아 점프를 하듯이 펄쩍거렸다. 그럴수록 금속 줄은 더욱더 목을 죄었다.

붉은 개는 고통스레 허우적거렸다. 그리고 오줌과 똥을 질질 쌌다.

이사오와 준이 새파랗게 질렸다. 둘 다 데쓰조가 뛰쳐나가지 못하도록 어깨를 꽉 누르고 있었다.

기치도 저렇게 잡혔을까?

데쓰조의 심정을 생각하니 다들 가슴이 미어졌다.

"조금만 참아, 데쓰. 조금만 참아."

이사오는 신음하듯 말했다. 아까부터 이사오는 몸을 흔들고 있었다. 흥분했을 때 나오는 버릇이다.

개는 허공에 매달린 채 우리 속에 처넣어졌다. 새로운 개가 들어오자 안에 있던 개들이 한층 날카롭게 울어 댔다. 개잡이들은 잠시 쉬려고 담배를 꺼내 불을 붙였다.

"가! 지금이야."

이사오가 낮은 목소리로 명령했다. 게이코와 미사에가 일어섰다.

"잘하고 와."

준이 걱정스럽다는 듯이 동생한테 말했다.

게이코와 미사에는 서로 손을 꼭 잡았다. 조금 긴장하긴 했지만 그래도 침착하게 걸어 나갔다.

둘은 담배를 피우고 있는 남자들 앞에 섰다.

"아저씨" 하고 게이코가 말을 걸었다.

"우리, 떠돌이 개 많이 있는 데 알아요."

개잡이들은 수상쩍다는 얼굴로 둘을 훑어보았다. 아이들이 이 일을 도와주는 경우는 거의 없기 때문이다.

"이 길로 똑바로 가면 쓰레기처리장이 있잖아요? 거기에 개가 음식 찌꺼기 먹으러 와요. 살기가 좋으니까, 그곳에서 아주 눌러살아요."

"나쁜 짓을 하니까 우리 엄마가 잡아가라고 말하랬어요."

미사에도 열심히 거들었다.

"가르쳐 드릴 테니까 따라오세요."

"정말이냐?"

한 남자가 못 믿겠다는 투로 말했다.

"왜 우리가 거짓말을 하겠어요. 애써 알려 주러 왔는데도…."

게이코는 새침했다. 연기 솜씨가 여간 아니었다.

"미안, 미안하다. 그럼, 같이 가 보자꾸나."

제일 나이 많은 남자가 말했다.

"가요" 하고 게이코가 앞장서서 걷기 시작했다.

소형 트럭도 움직였고, 모든 것이 이사오의 계획대로 되었다.

아이들은 몰래 트럭을 뒤따랐다.

처리장 근처에 이르자 게이코가 말했다.

"아저씨, 차는 처리장 뒤에 세우세요."

처리장 뒤쪽은 사람이 거의 다니지 않는다. 습격하기엔 딱 좋은 곳이다.

"그럴까?"

개잡이 공무원들은 순순히 차를 그곳에 세웠다. 모든 일이 순조롭게 되어 갔지만….

"개는 어디 있냐?"

"토관 속에요."

"토관 속에 개가 있다고?"

"거기가 안전한가 봐요?"

게이코는 생각나는 대로 아무렇게나 둘러댔다.

게이코와 미사에를 따라온 사람은 세 사람 중 둘이었다. 운전사는 차에 남아서 담배를 피우고 있었다.

"어떻게 좀 해 봐, 게이코."

숨어서 지켜보던 이사오가 안절부절못하며 씨근거렸다.

"한 사람이라도 남아 있으면 아무것도 못 해, 이 바보야."

게이코는 필사적이었다. 아직 한 사람이 남아 있어. 어떡하지? 뭐라고 말하면 좋을까? 게이코는 머리가 지끈거리도록 생각하고 또 생각했다.

갑자기 게이코가 달리기 시작했다. 운전사 옆에 가서 말했다.

"아저씨, 아저씨도 가야 해요."

"무슨 소리야? 나는 개 잡을 줄 몰라. 나는 운전사라고."

"그치만 토관은 넓단 말이에요. 아저씨도 개가 못 지나가게 막는 것쯤은 할 수 있잖아요? 두 사람만으로는 개를 놓칠 거예요. 빨리 오세요."

게이코는 운전사의 손을 잡아끌었다.

"얘한테는 못 당하겠군."

할 수 없다는 듯이 운전사가 따라나섰다.

"됐다."

이사오는 기뻐서 어쩔 줄 몰랐다.

"역시 내 동생이야."

이사오가 으스댔지만, 이번에는 아무도 군소리하지 않았다.

게이코는 세 남자에게 토관 입구를 가르쳐 주었다.

"아니, 이게 뭐야. 하수구 아냐?"

"이 안으로 들어가야 한다고?"

운전사는 정나미가 떨어진다는 듯이 말했다.

"정말 여기에 개가 있냐?"

"무슨 말씀이에요? 떠돌이 개 소굴이니까 한두 마리가 아니라 네댓 마리가 우글거리고 있을 거예요. 조금은 고생하셔야죠, 가요!"

게이코와 미사에가 앞장서서 토관 속으로 들어갔다. 하는 수 없이 개잡이들도 뒤따랐다.

"크흐, 냄새."

다들 투덜거렸다.

"있다! 아저씨, 저기 도망가요."

게이코는 아무렇게나 거짓말을 했다.

아저씨들이 철벅거리며 황급히 뛰어갔다. 좁고 어두워서 생각처럼 잘 뛸 수가 없다.

"아저씨, 저기요, 저기."

개잡이들은 헉헉거리며 뛰었다.

"아저씨들, 왜 그렇게 늦어요?"

"아, 저쪽으로 도망갔다."

미사에까지 신이 나서 소리쳤다.

한편 어른들이 토관 속으로 사라지자, 남자아이들은 환성을 지르며 개 우리를 덮쳤다. 그러고는 메뚜기처럼 차에 찰싹 달라붙었다. 망치로 천장을 내리찍는 아이, 쇠몽둥이로 철책을 비트는 아이, 옆면을 톱으로 자르는 아이…. 어린 데쓰조와 고지까지도 필사적으로 망치를 휘둘렀다.

평소에는 느림보인 호키치도 이럴 때는 큰 덩치가 도움이
되었다. 먼저 천장에 구멍이 뚫렸다. 눈 깜짝할 사이에 옆에
도 큰 구멍이 났다.

"기치!"

데쓰조가 큰 소리로 외쳤다. 기치가 미친 듯이 꼬리를 흔들
며 데쓰조에게 달려갔다.

"기치, 기치, 기치."

데쓰조는 기치를 꽉 끌어안았다. 기치는 데쓰조의 얼굴을
할짝할짝 핥았다.

이사오가 천장의 구멍을 통해 우리 속으로 들어갔다.

"너희들도 풀어 줄게. 자, 어서 가, 빨리 도망쳐."

개들은 껑충껑충 뛰면서 좋아했다.

몇 분 뒤 개는 한 마리도 없이 사라졌다. 대신 몇십 분 뒤에
처리장 아이들은 몽땅 경찰에게 잡히고 말았다.

아다치 선생님을 비롯해 아이들의 담임선생님과 교감 선
생님이 파출소로 달려왔다.

교감 선생님이 대표로 사과했다.

"이거 보세요, 애들 교육을 어떻게 하는 겁니까?"

개잡이 담당은 머리끝까지 화가 나 있었다.

흙투성이인 걸로 보아 토관 속에 들어갔다 나온 모습 그대
로인 듯했다.

"이 아이의 담임선생님이 누구요?"

게이코가 앞으로 떠밀려 나왔다.

"접니다."

오리하시 선생님이 느릿느릿 말했다.

"어떤 아입니까, 이 애는?"

"글쎄요…. 영리한 아이죠."

"내 그럴 줄 알았다니까."

남자는 투덜대며 게이코에게 속은 이야기를 했다. 옆에서 아다치 선생님이 웃음을 참느라 애를 먹고 있었다.

"앞날이 걱정되는구먼."

게이코 혼자 악질 취급을 당하고 있는 모양이었다.

6학년 이사오에서 1학년 데쓰조까지 한 줄로 나란히 세워져 있었다.

이사오는 고개를 옆으로 돌리고 시치미를 떼고 있었다. 호키치는 태연히 코딱지를 후비고 있었다. 조금이나마 심각한 얼굴을 하는 아이는 준뿐이고, 나머지는 뻔뻔스러운 얼굴이다.

"전혀 반성을 안 해요."

뚱보 경찰 서장이 큰 소리로 말했다.

"고지, 어서 아저씨들께 사과해."

무라노 선생님이 애가 타서 말했다.

"너희들, 바보냐? 기치를 돌려받고 싶으면 주사를 맞히고 허가증을 받으면 되잖아" 하고 아다치 선생님이 말했다.

"그럴 돈이 어디 있어?"

이사오가 내뱉듯이 말했다.

"하긴 참, 그렇지."

아다치 선생님은 끽소리 못 하고 물러났다. 도대체 줏대가 없다. 하지만 아다치 선생님은 이사오 입에서 그런 말이 나오도록 일부러 그런 눈치였다.

"저 차 좀 보세요."

서장은 안뜰에 세워 놓은 트럭을 가리켰다.

"히야, 아주 끝장을 내놨군."

아다치 선생님이 신이 나서 말하자, 고다니 선생님이 옆구리를 쿡 찔렀다.

"이걸로 한 짓입니다."

파출소 한구석에는 망치와 톱을 비롯해 우리를 망가뜨린 데 쓴 도구들이 놓여 있었다.

"그거 돌려줘요" 하고 호키치가 소리를 질렀다.

"지 차는 누가 고쳐 줄 거냐?" 공무원 하나가 호키치에게 말했다.

"그걸 내가 어떻게 알아?"

"모르면 어떡할 거야!" 공무원이 거칠게 악을 썼다.

이사오가 벌컥 소리쳤다.

"남의 개를 몰래 잡아가는 게 더 나빠!"

"너 6학년이지? 6학년이나 된 녀석이 떠돌이 개를 잡아가는 이유도 모르냐?"

"기치는 떠돌이 개가 아니야."

218

"허가증을 받지 않은 개는 모두 떠돌이 개로 취급하게 되어 있어."

"그건 아저씨들 맘대로 정한 거잖아."

"입만 살아서."

공무원은 쩔쩔맸다.

"도대체가 말버릇이 나빠요."

서장은 어이없다는 듯이 말했다.

"이건 학교교육의 문제예요."

"그렇군요." 아다치 선생님은 남의 일처럼 말했다.

결국 아이들의 부모가 달려와서 망가진 개 우리 값을 변상하는 것으로 해결을 보았다. 아이들과 선생님들은 한 시간쯤 서장의 설교를 들은 뒤 간신히 석방되었다.

불행한 결정

이튿날, 아다치 선생님과 오다, 오리하시, 고다니 선생님 네 사람은 쓰레기처리장으로 찾아갔다. 아이들은 모두 풀죽은 얼굴로 기지에 모여 있었다. 무엇인가 의논하고 있었던 모양이다.

"왜 그래? 어린 개릴라들. 영 기운이 없잖아? 자, 선물이다."

아다치 선생님이 붕어빵을 내놓았지만 아무도 손을 대지 않았다.

"어쩐 일이냐, 많이 야단맞았나 보네. 왜 그래, 이사오?"

"큰일 났어."

이사오는 힘없이 고개를 저었다.

"큰일 나다니?"

"개 우리 수리비가 6만 엔이나 된대."

"6만 엔?"

"응."

"너무 비싸다."

"당분간 모두 용돈이 끊겼어. 그건 괜찮은데, 우리 집이 또 빚을 지게 생겼으니 곤란하게 됐어."

"그래, 누구나 다 곤란하지."

아다치 선생님도 진지한 얼굴이 되었다.

지난번 도둑 사건 때 위로금을 받았던 고다니 선생님은 마음이 아팠다.

"그래서 돈벌이를 할까 하는데, 마땅한 게 없어."

이사오가 힘없이 말했다.

"학교에서 모금 운동을 하고 싶어도 이유가 이러니 별로 모이지 않겠지?"

오다 선생님이 말했다.

"이사오, 나, 이번 월급 타면 얼마쯤 낼게."

고다니 선생님이 그렇게 말하자, 아다치 선생님은 원망스러운 얼굴을 했다.

"그런 말 말아요. 난 술집 외상값 땜에 죽을 지경이야."

"6만 엔이라, 엄청난 습격이었나 보군. 전쟁은 이기나 지나 대가가 비싸다니까."

오리하시 선생님은 자기다운 말을 했다.

"이왕 사 온 거니까, 먹어라."

아다치 선생님은 붕어빵을 권했다.

"지난번 햄 공장 사건 같은 게 두세 번 있으면 좋겠구먼. 그럼 데쓰조 혼자서도 돈을 벌 수 있을 텐데."

아다치 선생님은 데쓰조에게 돈벌이를 시킬 작정인 듯했다.

"좋은 생각이 났다" 하고 오리하시 선생님이 큰 소리로 말했다.

"이 처리장에 손수레 있지? 그걸 빌려서 고물 장사를 하는 거야. 고물 장사도 돈벌이가 괜찮아."

"고물 장사?"

오다 선생님은 별로 내키지 않는 모양이었다.

"고물 장사라고 무시하면 안 돼. 힘은 좀 들어도 돈은 꽤 된다고."

아다치 선생님이 무릎을 '탁' 쳤다.

"하자! 그거 하자. 이사오, 뭐든 할 수 있지?"

아이들의 눈이 빛났다.

"뭐든 좋아요."

이사오는 갑자기 기운이 솟았다.

이삼일 만에 아다치 선생님이 모든 준비를 마쳤다. 큰 문제가 두 가지 있었다고 했다. 선생님들한테 그런 일을 시킬 수 없다는 처리장 학부모들의 반대와 생활권 침해라는 폐품 수집업자들의 항의였다.

둘 다 아다치 선생님의 노력으로 해결되었다. 남은 건 폐품을 모아 고물상에 가져가는 일뿐이었다.

"정말 하는 거야?"

오다 선생님은 영 기운이 없었다.

"싫으면 안 해도 돼" 하고 아다치 선생님이 말하자 "해요, 해, 한다고" 하고 포기했다는 듯이 말했다.

네 사람은 운동복 차림에 밀짚모자를 썼다. 처리장으로 가자 아이들이 모두 모여 기다리고 있었다. 마치 소풍이라도 가는 듯한 분위기였다.

"너희 덕분에 넝마주이가 되었구나."

오다 선생님은 아직도 못마땅한 모양이었다.

"직업에 귀천이 없다고 가르친 사람이 누구야?"

아다치 선생님이 오다 선생님에게 호통을 쳤다.

손수레 네 대는 처리장 정문에서 딴 방향으로 갈라졌다.

"힘내."

"너야말로 힘내."

아이들도 네 패로 나뉘었다.

고다니 선생님의 손수레에는 준과 미사에 남매 그리고 데쓰조가 붙었다. 고다니 선생님이 수레 손잡이를 손으로 잡고 끌고, 준은 손잡이에 연결한 끈을 어깨에 걸어서 끌고, 미사에와 데쓰조가 뒤에서 밀었다.

기치가 앞서거니 뒤서거니 따라왔다. 기치는 새 목줄을 하고 있었다. 목줄에는 알루미늄 허가증이 빛나고 있었다. 고다니 선생님이 저금을 털어서 선물한 것이다.

고다니 선생님은 여자니까 그냥 아무 패에나 끼라고 했지만 거절했다. 수레가 하나라도 더 많으면 그만큼 돈을 많이 벌 수 있기 때문이다. 아이들의 저금을 위로금으로 받았으니 이럴 때 보답을 해야 한다고 선생님은 생각했다.

길을 가는 사람들이 흘끔거리며 쳐다보았다. 결혼했다고
는 하지만 아직 스물두 살의 젊은 여자다. 부끄러워 몸 둘 바
를 몰랐다. 땅만 보며 수레를 끌었다.

"선생님, 가만히 있으면 아무도 고물을 내주지 않아요" 하
고 준이 말했다.

"그럼, 어떻게 해?"

당연한 얘기지만 고다니 선생님은 폐품 수집이라는 장사
를 해 본 일이 없다. 학창 시절에 아르바이트 한번 해 보지 않
았으니, 이런 경우에 참 난감하다.

"고물 파압쇼, 고물."

"아, 만담에서 들은 말투다."

"만담 같은 거하고 무슨 상관이야. '고물 팔아요'나 '신문지
나 헌 옷, 못 쓰는 물건 팔아요'라고 소리쳐야지."

"준, 너 참 잘한다. 너한테 맡길게."

고다니 선생님이 얌체 같은 말을 했다. 준은 하는 수 없다
는 표정을 지었다.

처음 의욕은 어디로 갔는지, 고다니 선생님은 점점 마음이
약해졌다.

"준, 어떡하지?"

"무슨 소리야, 선생님? 아직 장사는 시작도 안 했는데."

그때, "선생님 아니세요?" 하는 소리가 들렸다. 돌아보니
고다니 선생님네 반 아이의 어머니였다.

"선생님, 여기서 뭐 하세요?"

고다니 선생님은 우물쭈물했다.

"아줌마, 신문지나 잡지나 헌 옷, 버리는 물건 없어요?"

옆에서 준이 말했다.

"아, 폐품 수집이군요. 선생님, 정말 수고가 많으시네요. 또 도서관의 책을 구입하시나요?"

"아니, 네에."

전에 학부모교사협의회에서 폐품을 수집한 일이 있었다. 도서관에 책이 적어서 폐품을 수집해서 책을 샀던 것이다.

"이웃 사람들한테도 말할게요."

이젠 살았구나 하고, 고다니 선생님은 생각했다. 몇 집에서 폐품을 내주었다. 신문지, 주간지, 빈 병 따위였다.

준은 아주 기뻐했다. 데쓰조와 미사에는 시키기도 전에 신문지를 끈으로 묶었다. 네 사람은 생쥐처럼 바지런히 일했다.

"준, 체중계 좀 가지고 와."

저울이 없어서 학교 체중계를 빌려 왔다. 폐품의 무게를 달고 아다치 선생님이 써 준 폐품 매입 가격표대로 돈을 치렀다. 어머니들이 묘한 표정을 지었다.

"학교에 기부하는 게 아닌가요?"

고다니 선생님은 하는 수 없이 처지가 어려운 아이가 있어서 개인적으로 하는 일이라고 간단히 설명했다.

"부끄러워하고만 있으면 안 되는구나. 그렇지, 준?"

"응."

"좋은 생각이 났어. 우리 반 아이들 집을 돌자. 세 집에서 이렇게 많이 나왔으니까."

날이 저물어서야 수레 네 대가 돌아왔다. 모든 수레가 짐으로 가득했다.

"호오, 고다니 선생님네도 애 많이 썼는걸."

다들 먼지 때문에 얼굴이 새카매져 있었지만, 기운이 넘쳤다. 첫날부터 일이 술술 풀려 고단한 줄도 모르는 모양이었다.

시로 어머니가 와서 저녁을 차려 놓았다며 다들 같이 드시라고 했다. 아다치 선생님이 사양하니까, 처리장 학부모들이 함께 차린 것이니 부디 사양하지 말라고 했다.

떠들썩한 식사가 시작되었다. 처리장 아이들의 부모들이 번갈아 얼굴을 내밀었다. 바쿠 할아버지가 비프스튜를 내왔다. 아침부터 푹 고았다고 했다.

아이들은 주먹밥을 한입 가득 베어 물었다. 선생님들은 맥주와 술이 두어 잔 들어가자, 기분이 좋아졌다.

"저 수레로 한가득하면 얼마나 남습니까?"

아다치 선생님이 시로네 아버지에게 물었다.

"글쎄요. 아다치 선생님 수레는 4천 엔, 고다니 선생님 것은 3천 엔쯤 될까요?"

"히야, 단 세 시간에 그런 돈을 벌 수 있다고요?"

아다치 선생님은 눈이 휘둥그레졌다.

"나, 학교 때려치우고 고물 장사할란다."

이 말이 끝나기가 무섭게 이사오가 말을 받았다.

"잘도 하겠네. 고물 없습니까 하고 소리칠 때는 모기처럼 앵앵거리고선."

"야, 말하지 마!" 아다치 선생님이 당황하며 말했다.

"그럼, 아다치 선생님도…."

오다 선생님도 목소리가 안 나왔던 모양이다.

오리하시 선생님과 한 조였던 다케오가 뭔가 말하려고 했다. 오리하시 선생님이 허겁지겁 다케오의 입을 틀어막았다.

"오리하시 선생도 마찬가지구면."

아다치 선생님은 싱글벙글했다.

"어휴, 남자가 돼 가지고. 선생님들은 모두 글렀어. 고다니 선생님은 '고물 팔아요!' 하고 얼마나 큰 소리로 말했다고. 그렇지, 미사에?"

준은 말하고 나서 미사에의 발을 왼발로 툭 찼다.

"응."

미사에도 시치미를 뚝 떼고 끄덕였다.

"우아."

아다치 선생님도 오리하시 선생님도 진심으로 감탄했다.

"이럴 수가, 이럴 수가" 하고 오다 선생님은 머리를 감싸쥐며 호들갑스레 말했다.

고다니 선생님은 쿡쿡 웃었다. 그러다 미사에 옆에 있는 데쓰조를 보고 깜짝 놀랐다.

데쓰조가 웃고 있었다. 데쓰조까지 웃는 즐거운 식사였다.

하지만 좋은 일은 그리 오래가지 않는다.

다음 날, 고다니 선생님은 머리부터 찬물을 뒤집어쓰는 듯
한 이야기를 들었다.

점심시간에 아다치 선생님이 불렀다. 조금 창백한 얼굴이
었다. 아다치 선생님은 여간해서는 그런 얼굴을 하지 않는다.

"처리장 이전이 결정되었소."

고다니 선생님은 가슴이 덜컹 내려앉았다.

"어디로요?"

"제3매립지요."

"그곳으로는 안 가기로 했잖아요?"

제3매립지에는 자동화 쓰레기처리장을 만들고 있었다.

제5매립지에도 제3매립지와 같은 근대적인 처리장이 만들
어지기 때문에, 이사오네 처리장은 그곳으로 옮겨 갈 예정이
었다. 예정대로라면 앞으로 2년 반 뒤의 일이다.

"왜 또 갑자기…."

"쓰레기처리장을 옮기라는 주민 운동이 심한 모양이에요."

"처리장을 이전하는 데 반대할 수는 없잖아요?"

"그건 그래요. 처리장 이전 자체는 좋은 일이지. 하지만 처
리장에 사는 사람들, 특히 아이들이 희생돼."

"그게 무슨 말씀이세요?"

"우리 학교까지 오는 데 50분이나 걸려."

"50분이나요?"

"물론 초등학생들한테는 무리니까 당연히 전학을 가야겠
지만, 그게 또 문제야. 통학 시간은 20분으로 줄어들지만, 그

228

학교까지 가려면 매립지를 가로질러야 해요. 덤프차가 씽씽 달리는 도로가 여러 개 있단 말이야. 아이들한테는 위험천만한 일이라고."

"그런 곳에 사람을 살게 할 순 없어요."

"아무렴. 처리장 사람들의 생활에도 문제가 있어. 시장까지 삼사십 분씩이나 걸리니 말이야."

"이 동네 어디쯤 살게 하면 안 될까요?"

"그게 이상적이긴 한데, 그러려면 거주권 문제가 있어서 보상이 큰일일걸. 새 처리장 근처에 조립식 주택을 짓는 게 제일 싸게 먹힐 거요."

"아다치 선생님은 어떻게 그 얘기를 아셨어요? 어제 보니까 처리장 사람들도 모르는 눈치던데."

"응, 관청에서도 생각했을 거야. 이전하면 제일 큰 문제가 아이들 통학이라는 걸 말이야. 말썽이 일어나는 것을 피하고 싶었을 테지. 학교 의견을 물었나 봐. 아까 교장이 불러서 갔더니, 처리장 학부모들을 설득해 줄 수 없겠느냐더군."

"그래서요. 그러겠다고 했어요?"

"누가 그런 짓을 해."

"나, 지금 데쓰조를 빼앗기면 안 돼요. 얼마 전에 미나코와 헤어졌는데…."

고다니 선생님은 벌써 겁을 먹었다.

"녀석들이 없어지면 나도 쓸쓸할 거야."

아다치 선생님도 침울하게 말했다.

이 몸 아저씨

사흘째까지는 네 수레 모두 짐을 가득 싣고 왔지만, 나흘째 가 되자 다들 약속이나 한 듯이 짐이 적어졌다. 네 선생님은 곧바로 알아차렸다.

"당신들, 이젠 고물 걷으러 다닐 집이 없어진 거지?"

아다치 선생님이 이렇게 말해서 다들 크게 웃었다. 네 사람 모두 자기네 반 아이들의 집을 돌았던 것이다.

나흘 동안의 수입을 모두 합쳐 보니 4만 8천 엔이었다.

"이제 다 됐어. 한 번만 더 수레마다 짐을 가득 싣고 오면 내일로 끝나겠어."

"자신 없는데."

오다 선생님과 오리하시 선생님이 얼굴을 마주 보며 한숨 을 쉬었다.

"내일부터는 '고물 팔아요' 하고 소리쳐야 하잖아."

"그게 쉽지 않다고."

오다 선생님은 꽤 한심한 얼굴을 하고 있다.

닷새째에는 네 사람 모두 비장한 결심을 하고 출발했다.

"준, 오늘은 정말 '고물 팔아요' 해야 해. 제발 부탁해."

고다니 선생님은 두 손을 모으고 준에게 부탁했다.

이제 수레를 끄는 데는 익숙해졌다. 이따금 데쓰조도 앞으로 나와 끌었다. 지난 나흘 동안 고다니 선생님은 여러 가지를 배웠다. 육체노동이 이렇게까지 기분 좋은 것인 줄은 꿈에도 몰랐다. 땀 흘려 일한 뒤에 얻어 마시는 한 잔의 물맛은 각별했다.

고다니 선생님은 아이들이 일을 잘하는 것을 보고 놀랐다. 요즘 아이들은 심부름조차 하지 않으려고 한다. 고다니 선생님이 그렇게 알고 있었던 탓인지, 어린 미사에나 데쓰조가 열심히 일하는 것을 보면 더없이 귀엽고 사랑스러웠다. 교실에서 가만히 앉아 있기만 하던 데쓰조는 대체 어디로 가 버린 걸까, 하고 고다니 선생님은 문득문득 생각했다.

가을이 깊었다고는 해도 한낮의 햇살은 아직 뜨겁다. 고다니 선생님도 아이들도 금방 땀에 젖고 만다.

"준아, 선생님, 새까맣니?"

"아니, 별로. 걱정돼?"

"당연하지. 선생님은 아직 젊으니까."

"아저씨가 싫어하면 곤란하겠구나."

"나는 아저씨보다 준이 훨씬 좋아. 만약 준이 어른이었다면 준하고 결혼할 텐데."

"히히, 다 알아. 나한테 아부해서 '고물 팔아요' 시킬 속셈이지?"

"아냐, 정말이야. 준의 색시도 되고 싶고, 데쓰조 색시도 되고 싶고, 이사오 색시도 되고 싶고…."

"되게 뻔뻔스럽다, 선생님."

"선생님, 우리하고도 얘기해. 오빠하고만 하지 말고."

미사에가 뒤에서 끼어들었다.

"질투하지 마, 미사에."

준이 즐거운 듯이 말했다. 데쓰조는 묵묵히 수레를 밀었다. 기치는 이리 왔다 저리 갔다 바쁘다. 이따금 데쓰조를 보고 멍멍 짖지만, 데쓰조는 모르는 척하고 수레만 밀었다.

"준아."

"응?"

"오늘은 어차피 고물 팔아요, 하고 소리쳐야 하니까, 기왕이면 우리 얼굴을 모르는 다른 동네로 가자."

"응, 그게 마음 편하겠지?"

고다니 선생님과 아이들은 상점가 뒷길을 빠져나가 부지런히 손수레를 끌었다. 작은 공장들이 오밀조밀 모여 있는 거리가 나왔다.

"선생님, 이 뒤쪽에 집이 많아."

"그래, 그럼 거기서 해 볼까?"

골목길보다 조금 넓은 도로가 있었다. 길 양쪽에 나무로 지은 2층짜리 건물이 죽 늘어서 있었다.

"여기가 좋겠다, 준아."

"응."

준은 결심하고 소리치기 시작했다.

"고물 없어요? 신문지, 헌 잡지, 헌 옷 없어요?"

아기를 안고 있는 아주머니들이 일제히 이쪽을 보았다. 그리고 이 묘한 일행의 모습에 수군거리기 시작했다.

고다니 선생님은 얼굴도 곱고 살결도 희다. 그런데 애들을 데리고 있다. 이상하게 여기는 것도 당연했다.

사람들이 힐끔힐끔 쳐다보는 통에 고다니 선생님은 부끄러워 견딜 수가 없었다. 그만 고개를 푹 숙였다. 그러자 오히려 분위기가 더 이상해져서, 아주머니들의 눈길을 더 끌었다.

"가자, 준."

견디다 못한 고다니 선생님은 덜컹덜컹 손수레를 끌고 골목을 빠져나오고 말았다.

"그럼 어떡해."

준이 뒤에서 불평하며 따라왔다.

고다니 선생님은 손수건을 꺼내 얼굴의 땀을 닦았다. 식은 땀일 것이다.

"아, 차라리 나 기치가 되고 싶어."

"왜 자꾸 그런 말만 해? 힘내, 선생님."

준이 고다니 선생님의 기운을 북돋워 주었다.

"창피해?"

미사에가 고다니 선생님의 얼굴을 들여다보았다.

"데쓰조, 너, 창피해?"

미사에가 묻자, 데쓰조는 고개를 저었다.

"다들 창피하지 않은데 선생님만 창피해하잖아. 에이, 어른들은 귀찮다니까."

고다니 선생님은 뜨끔했다.

용기를 내어 다시 골목길로 들어갔다.

"준아, 이번에는 소리치지 말고 한 집 한 집 물어보자."

"그것도 좋겠다."

손수레를 길옆에 세우고 한 집 한 집 대문을 두드리며 다녔다.

"실례합니다. 신문지나 헌 잡지 없습니까?"

의외로 술술 말이 나와서 고다니 선생님은 마음을 놓았다. 하지만 그다음이 나빴다.

"고물 장수면 뒷문으로 와야지. 현관으로 오다니…."

고다니 선생님은 부리나케 그 집을 뛰쳐나왔다.

'아차, 실수, 실수. 고물 장수는 뒷문으로 들어가는 거구나. 학교 선생님은 도대체 하나도 아는 게 없다니까.'

고다니 선생님은 또 식은땀을 흘렸다.

"실례합니다."

"뭐요?"

반바지 차림의 덩치 큰 남자가 나왔다.

"헌 신문이나 잡지 없습니까?"

"고물 장수요?"

"네."

이런 경우, 아니라고 말하기도 뭣한 일이었다.

"저기 마루 밑에 빈 병이 있으니, 가져가쇼."

마루 밑은 너무나 지저분했다. 이제 와서 싫다고 할 수도 없는 노릇이라, 고다니 선생님은 마루 밑으로 기어들어 가 빈 병을 끄집어냈다. 예쁜 얼굴이 금세 먼지투성이가 되었다.

고다니 선생님이 값을 치르려 하자, 덩치 큰 사내가 말했다.

"필요 없으니, 그냥 가쇼. 보아하니 아직 젊구먼, 이딴 시시 껄렁한 일이나 해야겠소? 일할 게 그렇게 없어?"

참견 말아요, 하고 고다니 선생님은 소리치고 싶었다.

"거지는 아니니까, 돈을 치르겠어요."

후닥닥 그 집을 뛰쳐나온 고다니 선생님은 배 속이 뒤집힐 것만 같았다. 곰 같은 자식, 멍청이, 얼간이, 무식한 놈, 바보, 천치, 고다니 선생님은 생각나는 욕을 죄다 늘어놓았다. 처리 장 아이들의 입버릇이 나쁜 이유를 알 것도 같았다.

준도 미사에도 열심히 문을 두드렸다. 데쓰조까지 그러고 다니는 데에는 고다니 선생님도 놀라고 말았다.

"아주머니, 헌 신문지나 잡지 없습니까?"

미사에는 예의 바르게 말했다.

데쓰조는 문을 열고 얼굴만 쑥 디밀고는

"신문" 하고 무뚝뚝하게 말했다.

"신문이라니?"

무슨 말인가 싶어 그 집 사람이 나와 보면, 데쓰조는 묵묵히 손수레를 가리켰다. 고다니 선생님은 저렇게 하면 신문이란 한마디만으로도 일을 할 수가 있구나 싶었다. 데쓰조는 나름의 방법으로 일하고 있었다.

다들 애쓴 보람도 없이 수확은 신통치 않았다. 역시 고물 장사도 단골이 있어야 하나 보다. 낯선 사람한테는 좀처럼 고물을 내주지 않았다. 네 사람 다 낙담해서 지쳐 버렸다.

그들은 커다란 토관이 있는 빈터로 나왔다. 고다니 선생님이 아이스크림을 사 왔다. 다들 토관에 등을 기대고 털썩 주저앉았다.

"좀 쉬자."

목이 말랐던 탓에 아이스크림은 꿀맛 같았지만, 가슴속은 전혀 시원하지 않았다.

"아직 조금밖에 못 모았네. 다른 사람들은 잘하고 있는지 모르겠다."

준은 마음이 놓이지 않는 모양이다.

"고물 장사는 생각보다 힘들어, 그죠, 선생님?"

미사에가 말했다.

"응, 정말."

고다니 선생님은 웃으면서 미사에의 머리를 쓰다듬었다. 정말 미사에의 말대로다. 그저 폐품을 모으는 것뿐인데도, 창피스러운 일도 있고 속 뒤집히는 일도 있다. 세상에 쉬운 일이란 없다. 고물 장수를 깔보는 사람한테는 고물 장수를 시켜

보면 된다. 그러면 그 일이 얼마나 어려운지 절실히 알게 될 것이라고, 고다니 선생님은 아까 그 곰 같은 녀석을 떠올리며 생각했다.

그때 토관 입구에서 뭔가 슬금슬금 기어 나오는 바람에, 고다니 선생님은 펄쩍 뛰어오르며 꺅, 하고 비명을 질렀다.

준이 고다니 선생님 앞을 가로막고 섰다.

"여어, 도련님, 안녕하신가?"

괴상한 아저씨가 나타났다. 머리를 어깨까지 기르고 있었다. 수염 사이로 얼굴이 빼꼼 보였다. 양복인지 전통 옷인지 알 수 없는 옷을 입고 있었다. 온통 덕지덕지 덧대어 기운 옷인데, 어떻게 보면 상당히 멋있는 디자인일 수도 있었다.

"아저씨, 거지야?"

미사에가 거침없이 물었다.

"옛날에는 거지였지만 지금은 아니올시다, 아가씨."

괴상한 아저씨는 두 팔을 벌리고 마치 연극배우처럼 말했다. 미사에는 재미있어하며 아저씨 앞에 가서 쪼그리고 앉았다.

"아가씨, 저한테 시주하지 않으시렵니까? 그 아이스크림이 아직 반이나 남아 있지 않소? 가진 자가 가난한 자에게 베푸는 것은 신의 뜻에 따르는 일이외다, 바크시."

"아저씨, 바크시가 무슨 뜻이야?"

"오, 좋은 질문이오. 바크시란 인도 말로 '신의 뜻대로 하소서'라는 말이라오. 아가씨, 신의 뜻에 따라 그 아이스크림을…"

"뭐야, 결국은 달라는 거잖아."

"아, 얼마나 총명한 아가씬가."

괴상한 아저씨는 과장된 몸짓을 하며 또 두 팔을 벌렸다.

"되게 이상한 아저씨네, 자요."

미사에는 남은 아이스크림을 아저씨에게 내밀었다. 고다니 선생님은 불쾌해서 견딜 수가 없었다.

"그쪽 아가씨 또한 얼마나 아름다운 분인지! 난 지금 당장 눈이 멀 것 같소이다."

아무리 봐도 나쁜 사람은 아닌 것 같았다. 준이 바닥에 도로 앉았다. 고다니 선생님도 쪼그리고 앉긴 했지만 마음이 놓이지 않았다.

"여러분은 서로 어떤 관계인지? 설마 어머니와 자식은 아니시겠지."

"이쪽은 선생님, 나는 학생."

아이스크림을 빨면서 준이 대답했다.

"이건 또 무슨 놀라운 일인가. 그렇다면 무슨 까닭으로 학교 선생님께서 고물 장사를 하고 계시는지?"

준은 약간 귀찮다는 듯이 대충 이유를 설명했다.

"아, 이 놀라운 미담. 이 몸은 뜨겁게 감격했다오. 오, 참으로 갸륵한 마음씨로다."

"아저씨! 아저씬 꼭 사극 배우처럼 말하네."

미사에가 말했다.

"이 몸은 현대가 싫소. 전기도 자동차도 모두 싫어하오. 하지만 아이스크림만은 좋아한다오."

미사에가 웃었다.

"좋소, 이 몸에게 모든 것을 맡겨 주시오."

괴상한 아저씨가 그렇게 말하고 일어섰다. 그러고는 손수
레를 끌고 걷기 시작했다. 아저씨는 더없이 당당했다.

고다니 선생님과 아이들이 아저씨를 뒤따랐다.

"준아, 괜찮을까?"

"나쁜 사람 같지는 않아요."

"선생님도 그렇게 생각하긴 하지만."

아저씨는 고다니 선생님 일행이 맨 처음 왔다가 도망친 골
목으로 들어갔다. 아저씨는 골목 중간쯤에 손수레를 세우더
니 큰 소리로 떠들기 시작했다.

"이 몸 아저씨가 오셨다. 못 쓰는 물건 팔아요. 고물 팔아
요. 이 몸이 오셨다아."

여기저기서 아이들이 뛰어나왔다. 이 몸 아저씨가 왔다아,
하고 달려 나왔다. 대단한 인기였다.

"멀리 있지 않은 자는 귀 기울여 들을지어다. 오늘은 이 몸
이 고물을 받으려고 온 것이 아니다. 이 몸 일생일대의 착한
일을 하고자 함이다! 여기에 계시는 이는 그 이름도 거룩한
공주 선생님이시다. 고물 장수는 세상눈을 피하기 위한 가짜
모습. 선생님은 자비, 대자비, 관세음보살. 소아마비에 걸린
제자를 위해 며칠 낮 며칠 밤째 입원비를 마련하고 계신다."

"아저씨, 그런 거짓말이 어딨어?"

준이 눈을 부라리며 불평을 했다.

"나한테 맡겨."

아저씨는 태평이다.

"오늘날, 이와 같은 미담이 있다면 보고 싶구나. 나무아미타불 관세음보살, 너희에게도 이 미담의 한 자락을 잡게 해주고 싶구나. 자아, 자아, 어서 고물 가지고 나오너라."

고다니 선생님은 어안이 벙벙했다. 입에서 나오는 대로 저렇게 마구 지껄일 수도 있구나. 넉살 좋은 건 꼭 아다치 선생님을 닮았어.

눈 깜짝할 사이에 폐품이 쌓여, 아이들은 눈코 뜰 새 없이 바빠졌다. 고다니 선생님도 무게를 다느라 정신이 없었다.

아저씨는 저쪽 골목에 가서도 같은 말로 소리쳤다.

한 시간쯤 지나자 수레에 다 실을 수도 없을 만큼 많은 폐품이 모였다.

"고맙습니다. 이제 가득 찼어요."

고다니 선생님이 고맙다고 인사를 했다.

"이 몸 아저씨, 진짜 고마워."

준과 미사에도 고맙다고 인사했다.

"아저씨, 우린 S시 처리장 아이들이야. 처리장에 한번 놀러와."

"황공무지로소이다."

괴상한 아저씨는 이렇게 말하고 홀쩍 발걸음을 돌렸다.

"아저씨, 고마워."

"아저씨, 또 만나."

"오, 작별이오."

아저씨는 마지막까지 분위기를 잡았다.

그날은 고다니 선생님의 수레가 단연코 일등이었다. 아다치 선생님도, 오리하시 선생님도, 오다 선생님도 눈을 동그랗게 뜨고 놀랐다. 준은 통쾌해서 어쩔 줄을 몰랐다.

나는 선생님이 좋아요

고다니 선생님은 칠판에 '무엇?'이라고 썼다.

"오늘 글쓰기 제목은 '무엇?'입니다."

"'무엇'이 뭐예요?"

가쓰이치가 큰 소리로 물었다.

"뭔지 모르니까, 무엇이지."

고다니 선생님이 진지한 얼굴로 말해, 다들 와하하 웃었다.

오늘은 고다니 선생님 반에서 연구 수업을 하는 날이다. 뒤에 선생님들이 여러 명 서 있었다. 선생님이 되고 나서 처음으로 수업을 다른 사람한테 보여 주는 것이다. 그래서 긴장해서 잔뜩 굳어 있었다. 아다치 선생님처럼 느긋할 수 없었다.

"자, 여러분, 원고지에 '무엇?'이라고 쓰세요. 그리고 '고다니 선생님이 커다란 물건을 들고 왔습니다'라고 쓰세요. 여기까지는 모두 똑같이 쓰는 거예요. 그다음부터는 마음대로 쓰

242

세요. 생각한 대로 말이에요, 알겠죠?"

고다니 선생님은 그렇게 말하고는 일단 복도로 나갔다. 그러더니 하얀 보자기로 싸맨 가로세로 1미터쯤 되는 큼직한 물건을 들고 낑낑거리며 교실로 들어왔다.

"와아, 크다."

아이들이 말했다.

"크죠? 자, 무엇일까요?"

"텔레비전." 가쓰이치가 소리쳤다.

"난로."

"아냐, 선풍기야."

아이들은 저마다 한마디씩 했다.

"그럼, 여러분이 각자 생각한 대로 쓰세요. 왜 그렇게 생각했는지도 함께 쓰면 더 좋은 글이 될 거예요."

다들 열심히 썼다. 데쓰조만 그 상자를 노려보고 있었다.

"준이치, 지금 쓴 것을 읽어 보세요. 처음부터요."

준이치가 일어섰다.

"고다니 선생님이 커다란 물건을 들고 왔습니다. 나는 그게 무엇일까 생각했습니다. 모두 텔레비전이니 난로니, 여러 가지 말을 했습니다. 나는 텔레비전일지도 모른다고 생각했지만, 너무 빨리 말했다가 틀리면 손해니까 모르겠다고 썼습니다."

뒤에 서서 구경하던 선생님들은 쿡쿡 웃음을 터뜨렸다. 고다니 선생님도 준이치다운 글이라고 생각했다.

"그럼, 이 보자기를 풀어 보겠어요."

흰 보자기를 푸니까 속에서 컬러텔레비전 상자가 나왔다.

"거봐, 텔레비전이잖아. 내 말이 맞았어."

가쓰이치가 좋아했다.

"자, 계속 써 주세요."

조금 있다가 고다니 선생님이 이번에는 가쓰이치를 지명했다.

"가쓰이치, 방금 쓴 부분만 읽어 보세요."

"역시 텔레비전이다. 내가 단번에 알아맞혔다. 나는 자랑스럽다. 뽐내고 싶은 기분이다."

준이치는 고개를 갸웃거리고 있다. 데쓰조는 여전히 상자를 노려보고 있다.

"그럼 다음으로 넘어갑니다."

고다니 선생님이 텔레비전 상자를 찢었다. 그러자 그 속에서 또 다른 상자가 나왔다. 그 상자에는 귤 그림이 인쇄되어 있었다. 아이들이 웅성거리고 뒤에 서 있던 선생님들은 웃었다. 아이들이 다시 연필을 놀렸다.

"텔레비전은 아닌 것 같지? 자, 가쓰이치는 뭐라고 썼을까? 계속해서 읽어 봐요."

가쓰이치가 일어섰다.

"선생님이 밉다. 선생님은 나를 배신했다…."

뒤에 있던 선생님들이 큰 소리로 웃었다. 오리하시 선생님은 눈물까지 찔끔거리며 웃고 있었다.

"미안, 가쓰이치. 이번에는 꼭 맞히세요."

고다니 선생님은 가쓰이치의 머리를 쓰다듬어 주었다.

"그럼, 상자 속을 보세요."

고다니 선생님은 상자 뚜껑을 뜯어내고 아이들에게 속을 보여 주었다. 신문지 뭉치가 잔뜩 들어 있었다. 귤을 하나하나 신문지에 싸서 넣은 것처럼 보이기도 했다.

"속으면 안 돼!" 준이치가 큰 소리로 말했다.

"그래요, 속으면 안 되니까 잘 생각해서 쓰세요."

아이들은 저마다 열심이다. 한눈파는 아이가 하나도 없다.

'이 반도 많이 변했군' 하고, 뒤에서 보고 있던 아다치 선생님은 생각했다.

"자, 이번엔 미치코가 읽어 볼까요?"

"네! 나는 사과라고 생각했습니다. 둥근 것이 신문지에 싸여 있으니까, 사과라고 생각했습니다. 왜 귤이 아니냐 하면, 선생님의 눈을 쳐다보고 있으면 선생님이 거짓말하고 있다는 것을 알 수 있기 때문입니다."

고다니 선생님은 신문지 뭉치를 들어냈다. 그냥 신문지만 뭉쳐 놓은 것이었다. 귤 상자 안에서는 케이크 상자가 네 개 나왔다. 아이들은 또다시 웅성거리기 시작했다.

"케이크예요, 선생님?"

"글쎄."

"모두 같은 것이 들어 있나요?"

데루에가 묻자, 고다니 선생님은 그렇다고 대답했다.

"선생님이 좀 얄밉죠? 겉만 보고 속에 뭐가 들었는지 알아 맞히라고 하니까. 그래서 선생님도 반성했어요. 자, 이번엔 소리를 들려줄게요. 어떤 소리가 나는지 잘 들어 보세요."

그렇게 말하고 고다니 선생님은 상자를 흔들었다. 사각사각하는 소리가 났다. 네 개의 상자에서 모두 같은 소리가 났다.

"알았다." 다케시가 말했다.

"알았다."

"알았다."

여기저기서 목소리가 일었다.

"그렇게 쉽게 알았어요?"

"틀림없이 그거예요." 다케시는 가슴을 펴고 대답했다.

"좋아요, 그럼 쓰세요."

말이 떨어지기도 전에 연필을 놀리는 아이도 있었다. 고다니 선생님은 기막힌 수업을 생각해 낸 것이다. 이런 식으로 글을 쓴다면 자기도 모르는 사이에 글을 많이 쓰게 될 것이다. 순간순간 아이들은 긴장하고 있으니까 틀림없이 좋은 글을 쓰게 될 것이다.

"자, 그럼, 다케시가 읽어 보세요."

"…선생님은 우리를 속이려고 고생하고 있다. 하지만 소리를 들려주셨기 때문에 나는 단번에 알았다. 나는 마음속으로 짜짠 하고 소리쳤다. 상자 속에 들어 있는 것은 과자 아니면 종이에 싼 사탕이다. 그런 소리가 났으니까 보나 마나다. 선생님은 우리를 속인 것을 사과하는 뜻으로 마지막에 과자를 주실 생각이다. 역시 고다니 선생님은 좋은 선생님이다. 나는 마음속으로 야호 하고 소리쳤다."

또 뒤에서 선생님들이 웃었다. 고다니 선생님도 웃었다.

"그래, 다들 알았다고 하더니 과자라고 생각했군요."

"선생님, 그럼 아니에요?"

다케시가 비장한 얼굴로 물었다.

"흐음, 글쎄요?"

"과자죠?"

과자가 아니라면, 고다니 선생님은 아이들한테 몰매라도 맞을 분위기였다.

"과잔지 아닌지, 모두에게 이 상자를 만져 보게 해 주겠어요."

네 상자를 모둠마다 나눠 주었다. 아이들은 상자를 흔들거나 냄새를 맡기도 했다. 갑자기 한 아이가 소리쳤다.

"뭐가 들어 있다!"

"바보, 뭐가 들어 있다는 건 처음부터 알고 있었잖아."

다케시가 말했지만, 히로미치라는 아이는 그런 뜻으로 한 말이 아닌 모양이었다.

"이것 봐, 뭔가가 움직이고 있잖아. 바삭바삭 소리가 들리지?"

"정말이다!" 다들 깜짝 놀랐다.

상자를 받자마자 마구 흔들었기 때문에 그 사실을 몰랐던 것이다.

"벌레일까?" 아이들이 눈을 빛내며 말했다.

"장수풍뎅이다, 틀림없어!"

장수풍뎅이라면 과자보다 훨씬 좋다. 아이들은 잔뜩 흥분했다.

글을 쓰는 동안에도 아이들은 상자를 노려보고 있었다. 단단한 것이 부딪치는 듯한 소리가 났다. 아이들은 가슴이 두근거렸다.

생물이 들어 있다는 사실을 알게 된 데쓰조의 눈은 상자에 붙박여 버렸다.

"히로미치, 읽어 보세요."

"…장수풍뎅이다. 틀림없이 장수풍뎅이다. 나는 지금 하느님께 빌고 있습니다. 꼭 장수풍뎅이기를 빌고 있습니다. 선생님, 장수풍뎅이를 꼭 저에게 주세요…."

"어떡하지…." 고다니 선생님이 말했다.

"아까 과자가 틀림없다고 했지만 틀렸지요? 이번에도 틀렸을지 몰라요."

아이들이 모두 불안한 표정을 지었다.

"하지만 선생님도 여러분을 괴롭히고 싶지 않으니까, 이쯤에서 안에 들어 있는 것을 꺼내 보죠."

아이들은 와, 하고 좋아했다.

"자, 여러분, 지금 기분이 어때요?"

"두근두근해요."

"기절할 것 같아요."

"오줌 마려울 때 같아요."

아이들이 저마다 한마디씩 했다.

"지금 그 기분을 잘 기억해 두세요."

고다니 선생님은 마침내 상자를 봉한 스카치테이프를 칼로 잘랐다.

"하나 둘 셋 하면 여는 거예요. 자, 준비됐죠? 하나 둘 셋!"

아이들은 눈앞이 아찔한 기분으로 보물 상자를 열었다. 일제히 환호성이 올랐다. 기운차게 움직이는 새빨간 가재가 아이들 눈에 확 들어온 것이다.

고다니 선생님은 잠시 아이들이 마음껏 떠들도록 내버려 두었다.

"여러분에게 한 마리씩 나누어 주겠습니다. 소중하게 기르세요."

"야호!" 다케시가 마음껏 큰 소리로 외쳤다.

다행히 고다니 선생님은 아이들한테 몰매를 맞지 않아도 될 것 같았다.

"자아, 이쪽을 보세요. 마지막으로 힘을 냅시다. 지금까지 여러분의 마음이 가장 두근거렸을 때가 상자 속을 보기 전과 상자 속의 물건이 무엇인지 알았을 때였죠? 자, 여러분의 글 마지막 부분에 그때의 느낌을 그대로 적어 보세요."

"네에!" 하고 아이들은 다 같이 힘차게 대답하고는 모두 책상을 마주했다.

뒤에서 보고 있던 선생님들은 아주 감탄했다. 대개 1학년들은 간단한 문장도 좀처럼 쓰지 못한다. '자아, 글을 써 보세요' 한다고 해서 모든 학생이 연필을 든다는 것도 상상하기 어렵다.

교실 뒤쪽에는 아이들의 일기장이 많이 놓여 있었다. 하나같이 손때가 묻어 너덜거렸는데, 아이들과 고다니 선생님이 한 권의 일기장에 얼마나 노력을 기울였는지 말해 주고 있었다.

오다 선생님은 수업이 시작되기 전에 교실에 와서 그 일기장을 읽어 보았다. 그리고 사토루라는 아이의 일기를 읽고 크게 감동했다. 그리고 이 학급 아이들이 술술 글을 쓸 수 있는 비밀이 바로 이것이구나 생각했다.

2학기 중간쯤부터 날마다 일기를 쓰게 되었습니다. 아침 일찍 학교에 와서 선생님께 일기를 보여 드렸습니다. 아침 일찍 일어나는 것은 힘듭니다. 일기를 쓰기 시작하면서부터 나는 놀 시간이 없어졌습니다. 조금만 쓰면 더 이상 쓸 게 없어서 선생님께 좀 더 노력하라는 말을 들었습니다. 다음 날은 전날보다 두 줄 더 많이 쓰고 끝이었습니다. 맨 끝에 나는 일기를 쓰기 싫다고 썼더니, 선생님께서는 이렇게 써 주셨습니다. '사토루, 일기 쓰기가 싫다고 정직하게 쓴 것은 잘한 거예요. 하지만 지금 고생하면 나중에는 꼭 잘했다고 생각하게 돼요. 고생이란 좋은 거죠. 더 많이 고생해서 사토루의 머리를 좋게 만드세요. 글을 쓴다는 것은 힘든 일이죠. 선생님도 하룻밤 글을 쓰고 나면 이가 와들와들 떨립니다. 밥을 먹으면 이가 아프죠. 사토루는 글을 쓰고 나면 이가 아파요? 안 그렇죠? 아직도 더 노력할 수 있다고 선생님은 생각해요.'

나는 쓸 말이 없으면 여기저기 돌아다닙니다. 여기저기 다니면 쓸 말이 잔뜩 생깁니다. 나는 게으름을 피우고 싶으면 선생님이 써 주신 글을 생각하며 노력하고 있습니다.

고다니 선생님은 아까부터 가슴이 두근두근했다. 데쓰조가 연필을 쥐고 뭔가 쓰고 있기 때문이다. 태연한 척하며 슬쩍 들여다보니, 데쓰조는 열심히 글을 쓰고 있었다.

고다니 선생님의 가슴이 더 세차게 쿵쿵 뛰었다.

고다니 선생님은 데쓰조가 연필을 놓는 것을 확인하고 나서 말했다.

"다 됐어요?"

"네에."

아이들 대부분이 대답했다.

"누구 글을 읽어 볼까?"

고다니 선생님은 망설였다. 처음으로 데쓰조가 글을 썼으니까 그 글을 읽어 주고 싶었다. 하지만 만에 하나 무슨 뜻인지 알 수 없는 글이라면, 데쓰조에게 창피를 주게 될지도 모른다.

어떻게 할까. 고다니 선생님은 머리가 어찔어찔했다. 아이들을 믿어라! 어디선가 그런 소리가 들려왔다. 그래! 데쓰조를 믿자.

"데쓰조의 글을 읽어 보죠."

고다니 선생님은 데쓰조의 원고지를 손에 쥐고는 급히 훑어 내려갔다. 기도하는 심정이었다.

나는가마니보앗따. 그리고나서상자속까지 가마니보앗따. 빨간놈나와따. 나는코가찡햇따. 사이다마신거갓따. 나는가슴찡햇따. 나는빨간놈조아고다니선생님조아.

고다니 선생님은 큰 소리로 읽기 시작했다.

"나는 가만히 보았다. 그리고 나서 상자 속까지 가만히 보았다. 빨간 놈이 나왔다. 나는 코가 찡했다. 사이다 마신 것 같다. 나는 가슴이 찡했다. 나는 빨간 놈이 좋아, 고다니 선생님이 좋아."

'고다니 선생님이 좋아' 하는 대목에서는 고다니 선생님의 목소리가 떨렸다. 갑자기 눈물이 고였다. 고다니 선생님은 참지 못하고 뒤로 돌아섰다. 아이 중 하나가 손뼉을 쳤다. 그러자 여기저기서 박수가 일었다. 박수 소리는 더욱 커졌다. 아다치 선생님도 손뼉을 쳤다. 오리하시 선생님도 손뼉을 치고 있다. 모두 손뼉을 치고 있다.

순간 교실은 박수 소리로 파도처럼 흔들렸다.

파문

데쓰조가 학교에 오지 않았다. 한 번도 결석한 적이 없는 아이였기에 고다니 선생님은 걱정이 되었다. 쉬는 시간에 지나가는 말로 아다치 선생님한테 그 얘기를 했다.

"그래요? 우리 반 미사에도 안 왔는데" 하고 놀란 얼굴을 했다.

오리하시 선생님 반의 게이코도 결석이라는 것을 알고, 부리나케 처리장 아이들의 출석 상황을 조사했다.

교감 선생님은 당황했다. 서둘러 교장실로 들어갔다.

얼마 뒤, 아다치 선생님이 불려 갔다.

"아다치 선생님, 처리장 아이들이 모조리 결석했어요."

"그런 모양입니다."

"이거 동맹 휴학입니까?"

아다치 선생님은 고개를 갸우뚱했다. 아다치 선생님도 잘 모르는 일이었다. 처리장 부모들이 학교에 아무 연락도 없이 아이들을 결석하게 했을까? 아다치 선생님처럼 마음이 통하는 선생님들한테도 연락이 없었다. 아다치 선생님으로서는 도저히 생각할 수 없는 일이었다.

"어쨌든 지금 곧 처리장에 가서 사정을 알아보고 오세요."

교감 선생님도 함께 가겠다고 했지만, 일을 조용히 처리하려면 아다치 선생님이 혼자 가는 게 좋겠다며 교장 선생님이 말렸다.

아다치 선생님은 좀처럼 돌아오지 않았다. 교장 선생님은 초조한 마음을 숨기지 못한 채 교장실을 왔다 갔다 했다.

고다니 선생님과 오리하시 선생님도 수업이 끝나자 곧 교무실로 내려왔다. 아무런 소식이 없자, 불안한 얼굴로 다시 교실로 돌아갔다.

마침 미술 시간이라서 교과전담 교사에게 수업을 맡긴 오다 선생님이 두 사람에게 말했다.

"무슨 일이 있으면 알려 줄 테니, 마음 놓고 수업이나 잘하고 있어요."

한낮이 다 되어서야 아다치 선생님이 돌아왔다.

"무슨 일입니까?"

목이 빠지게 기다리던 교장 선생님이 물었다.

"상황이 나빠요."

아다치 선생님은 무뚝뚝하게 말했다. 몹시 언짢은 모양이었다. 아다치 선생님이 말을 이었다.

"어제 구청에서 사람이 나와 처리장 이전에 대한 설명회를 했던 모양입니다. 겨우 두 사람, 그것도 새파랗게 젊은 사람이었나 봐요. 결론부터 말하자면, 처리장 학부모들은 두 가지 점에서 화가 나 있었습니다. 하나는 이전 결정이 너무 갑작스럽고 일방적이라는 점, 게다가 처리장 정식 직원한테는 한 달 전부터 관청에서 자세하게 설명해 줬으면서 임시 직원한테는 고작 통고 정도밖에 하지 않았다는 점입니다. 또 하나는 도쿠지 아버지가 아이들 통학은 어떻게 되느냐고 묻자 정해 준 학교에 가면 된다, 전학시키라고 하더랍니다. 매립지는 도로 사정도 나쁜 데다 덤프트럭이 자주 다녀서 아이들한테 너무 위험하다고 이사오 아버지가 말했더니, 그 남자들이 뭐라고 대답했는지 아십니까?"

"뭐라고 했답디까?"

교장 선생님이 몸을 앞으로 내밀었다.

아다치 선생님은 한결 불쾌한 얼굴을 했다.

"요즘은 개도 차를 비켜 다닌다고 하더랍니다. 교장 선생님, 잘 들으셨습니까? 요즘은 개도 차를 비켜 다닌다고 말했다고요."

"멍청한 소리를 했군."

교장 선생님도 떨떠름한 얼굴을 했다.

아다치 선생님과 교장, 교감 선생님은 한 시간이 넘도록 뭔가 얘기를 나누었다.

그날은 수요일이었기 때문에 고다니 선생님은 오후에 수

업이 없었다. 그래서 교과전담 교사에게 수업을 맡긴 오리하시 선생님과 함께 처리장을 찾았다.

아이들은 늘 모이는 장소에 모여 있었다. 책과 공책이 흩어져 있는 것을 보니 학교놀이를 하고 있었던 모양이다.

두 사람이 모습을 보이자, 아이들은 환호성을 지르며 달려왔다.

"아까 아다치가 왔다 갔어."

"그래, 알고 있다" 하고 오리하시 선생님이 대답했다.

"착하구나. 다들 공부하고 있었네" 하고 고다니 선생님이 말하자,

"나랑 준이랑 게이코가 선생님이야."

이사오가 자랑스레 말했다.

"선생님, 잘 모르겠어요, 했더니 오빠가 고무호스로 우릴 때렸어. 데쓰조도 한 번 맞았어."

미사에가 억울하다는 얼굴로 말했다.

"난 세 번이나 맞았어." 고지도 투덜댔다.

"그치만 얘들은 머리가 나빠."

준이 발뺌하려는 듯이 말했다.

5 더하기 8은? 하는 질문에 우물쭈물했을 데쓰조를 생각하니, 고다니 선생님은 절로 웃음이 나왔다. 고무호스로 얻어맞고 데쓰조는 어떤 얼굴을 했을까?

"어쨌거나 등교 거부라니, 너희들 아주 폼 나는데."

오리하시 선생님이 말하자, 이사오가 입을 삐죽이며 말했다.

"폼 나긴 뭐가 폼 나? 꼬마들 공부 가르쳐야지, 시간은 펑펑 남아서 심심하지, 좋은 거라곤 눈곱만치도 없어. 학교 가고 싶어."

"하긴 그렇겠구나, 미안."

오리하시 선생님은 솔직하게 사과했다.

"처음에는 엄마 아빠하고 막 싸웠어. 왜 학교에 가면 안 되냐고."

이 아이들이 우르르 부모들에게 덤벼드는 광경을 상상하고, 오리하시 선생님은 움찔했다.

"아무튼 우린 귀양살이는 싫어."

누가 먼저 한 말인지는 몰라도 귀양살이라니, 참 재미있는 얘기다. 확실히 이건 현대판 귀양살이다.

"선생님들도 못 보고…."

준이 기운 없이 말했다.

"미안, 미안, 선생님이 나빴다. 용서해 줘."

덩치 큰 오리하시 선생님이 조그맣게 움츠러들었다.

처리장에서 돌아온 오리하시 선생님은 곧 교장실로 갔다.

"교장 선생님, 생각해 봤는데, 처리장 아이들이 학교에 나오지 않으면 교사가 출장 수업을 가야 하는 거 아닙니까? 아이들이 학교를 못 오는데 교사가 보고만 있는 것은 죄악입니다, 안 그렇습니까?"

"그 열성은 좋아요. 하지만 그냥 보고만 있다는 말은 취소하세요. 나도 여러모로 손을 쓰고 있어요. 내 딴에는 많이 노력하고 있다고 생각합니다."

"아, 죄송합니다. 말이 지나쳤다면 사과드리겠습니다. 하지만 출장 수업이라는 제 제안은 고려해 주시기 바랍니다."

"으음."

교장 선생님은 생각에 잠겼다.

3시쯤 학생 주임과 처리장 아이들의 담임선생님이 모두 교장실로 불려 갔다. 여기서 오리하시 선생님이 제안한 출장 수업 얘기가 나왔다.

출장 수업을 억지로 강요하지는 않는다, 원하는 교사가 자진해서 가는 것은 무방하다는 결론이 나왔다. 오리하시 선생님은 불만이 이만저만 아니었다.

그날 처리장에 공부를 가르치러 간 선생님은 결국 넷뿐이었다.

고다니 선생님은 생각했다. 처리장을 처음 찾아갔을 때 시로가 무서운 얼굴로 소리친 일이 있었다.

"선생들은 거의 우릴 바보로 알잖아. 우리더러 냄새난다느니 바보 병신이라느니 하며 사람 취급도 안 한다고, 씨이."

유감스럽게도 시로의 말은 모두 옳았다.

"우리 학교에서 좋은 선생님이라면 아다치랑 오리하시랑 오다 정도야."

처리장 아이들이 동맹 휴학을 시작한 지 사흘째 되는 날 얄궂은 일이 생겼다.

여섯 살짜리 파리 박사, 어른 뺨치는 업적, 보건소도
골치를 썩인 파리, 한눈에 발생 장소를 찾아내다!

신문은 큼직한 활자로 데쓰조의 연구를 보도했다. 데쓰조
가 파리 병을 들여다보며 기록을 하는 사진도 실려 있었다.
햄 공장의 파리를 퇴치한 얘기, 1학년인 데쓰조가 파리의
생태를 계통적으로 조사하고 있다는 얘기, 지금 연구하고 있
는 것은 파리에게도 좋아하는 색깔이 있느냐는 것이라는 내
용까지 신문 기사치고는 상당히 상세하게 쓰여 있었다.
같은 신문 사회면에는 역시 큰 제목으로 다음과 같은 기사
가 보도되었다.

우리는 거부한다! 쓰레기처리장 이전에 반대하여 등
교를 거부한다!

신문을 읽은 사람들은 이 두 기사에 같은 인물이 나오리라
고는 상상하지 못했을 것이다.
교장 선생님은 신문을 읽고 그만 머리를 싸매고 말았다. 같
은 신문에 이름이 두 번이나 나온 것은 이 교장 선생님이 처
음이었으리라.
아다치 선생님은 무릎을 탁탁 치며 좋아했다. 데쓰조의 기
사도 물론 기쁘지만, 이렇게 되면 처리장의 일도 널리 알려져
잘잘못을 가리는 게 쉬워질 거라고 생각하는 모양이었다.

고다니 선생님은 하염없이 데쓰조의 사진을 들여다보고 있었다. 이런저런 생각이 한꺼번에 밀려왔다.

처리장 아이들은 신문을 서로 빼앗아 가며 읽었다. 데쓰조와 마사에한테는 이사오가 읽어 주었다. 잘 모르는 말이 나오면 준이 설명해 주었다.

"데쓰조, 네 얘기가 쓰여 있어. 기쁜 얼굴 좀 해 봐."

"응."

데쓰조는 엉덩이를 쳐들고 열심히 글자를 쓰고 있었다.

"아무튼 데쓰조는 붙임성이 없다니까."

시로는 아주 질렸다는 얼굴로 말했다.

사건이 신문에 나자, 그제야 구청에서 사람이 나왔다. 이번에는 과장이었다.

마침 아이들한테 공부를 가르치고 있던 네 선생님과 교장, 교감 선생님이 학교 측 대표가 되어 버렸다.

"우선 여러분의 노고에 대해 깊이 감사드립니다."

과장이 머리를 깊이 숙였다. 처리장 사람들도 공손히 인사했다.

"일전에는 저희의 불찰로 여러분께 폐를 끼쳐 드려, 뭐라고 사과드려야 할지 모르겠습니다. 그때 여러분을 방문했던 담당자에게 여러분의 불만을 들었습니다. 하나같이 지당한 말씀이라고 여겨집니다. 설명이 늦어진 것은 여러분께서 동요하시지 않도록 하자는 배려 때문이었지, 결코 정식 직원과 차별한 것이 아닙니다. 그 점 양해해 주시기를 바랍니다. 자제분들의 통학 문제는, 아시다시피 통학 구역이 처음부터 정해져 있으므로 저희 마음대로 할 수가 없습니다. 교통사고에 대한 염려는 부모로서 당연하므로, 관계 당국과 연락하여 최대한 대책을 강구하겠으니 제발 처리장 이전에 협조해 주시기 바랍니다."

과장은 고개를 숙였다.

"말은 되게 공손하게 하는군."

아다치 선생님이 들으라는 듯이 말했다.

도쿠지네 아버지가 이전 담당자의 무례한 태도를 나무랐다. 과장이 옆에 있던 남자에게 뭐라고 귓속말을 했다. 그 남자가 자리에서 일어났다.

"그 말씀은 지금 처음 들었습니다. 정말 죄송합니다. 젊은 사람이라 무심코 입을 놀린 모양입니다."

"그게 무슨 뜻이죠?"

도쿠지네 아버지가 따져 물었다.

"무심코 입을 놀렸다는 건 본심이 그렇다는 말 아니오?"

"아니, 결코 그런 뜻은…."

"과장님도 아들이 있으시죠?"

"네, 있습니다."

"그 사람한테서 똑같은 소리를 들었다면, 과장님은 어떻겠소?"

"여러분과 마찬가지입니다. 화를 냈겠죠."

"하지만 그 사람은 당신한텐 절대로 그렇게 말하지 않을 겁니다. 누가 들어도 화를 낼 말을 우리한테는 거침없이 내뱉고, 당신들처럼 힘 있는 사람한테는 절대 하지 않소. 그게 바로 차별이라는 거요."

"과장님!"

바쿠 할아버지가 손을 들었다.

"사실 우리는 아이들한테 학교를 쉬게 하기 전에 파업하려고 했습니다. 요즘은 이렇게 지저분한 일은 아무도 안 해요. 그러니 우리가 파업하면 당장 난리가 날 겁니다. 아시겠습니까, 과장님? 나는 모두에게 말했소. 누구나 하는 그런 일은 하지 말자고, 당장 사람들이 곤란을 겪게 될 일은 하지 말자고, 아무리 괴롭더라도 끝까지 일하자고, 그것이 저항이라고 말입니다. 하지만 과장님, 인간한테는 한계가 있는 법입니다. 노동자에게는 파업할 권리가 있어요. 아까 아다치 선생님께서 말은 되게 공손하다고 말씀하셨는데, 나도 동감입니다. 당신들은 우리 말을 진심으로 들으려고 하지 않는 것 같단 말이오."

바쿠 할아버지는 과장의 얼굴을 쳐다보면서 천천히 말했다.

"과장님, 이 신문 보셨습니까? 여섯 살짜리 파리 박사라는 애가 내 손자올시다. 학교에 갓 입학했을 때, 이 아이는 마치 돌멩이 같았소. 말도 안 하고, 글도 못 쓰고, 책이나 공책도 만진 적이 없는 그런 아이였소. 돌이라면 남한테 해나 안 끼치련만, 이 아이는 뭐든 제 마음에 들지 않으면 닥치는 대로 할퀴고 물어뜯었습니다. 과장님, 저기 여자 선생님 보이시죠? 내 손자의 손톱에 긁혀 몇 번을 우셨는지 몰라요. 저 선생님의 눈물겨운 고생으로, 내 손자 녀석은 파리 박사라고 불릴 만큼 자랐습니다. 그런데 벌써 정해져 있다는 이유로, 당신은 그런 소중한 아름다움을 아무 거리낌 없이 간단히 짓밟아 버리려고 합니다. 우리는 그것을 용서할 수가 없다는 겁니다."

고다니 선생님은 등골이 서늘했다. 바쿠 할아버지의 말투는 부드러웠으나 내용은 엄했다.

"나는 손자와 단둘이 살고 있소. 일가친척도 없어요. 이 처리장에서 일하는 사람들은 많든 적든 인생의 짐을 짊어지고 있는 사람들뿐입니다. 동정을 바라는 게 아니오. 평범한 사람들이 평범한 얘기를 하는 거요. 당신들은 그저 그 소리를 평범하게 들어 주기만 하면 되는 겁니다."

그때 지난번에 왔던 젊은 남자가 모습을 나타냈다.

"시라이, 전에 했던 자네의 실언을 사과하게."

과장은 짐짓 엄한 투로 말했다.

"뭐라고 드릴 말씀이 없습니다. 그날 일은 깊이 사과드립니다."

시라이라고 불린 그 남자는 끽소리 없이 사과했다. 마치 미리 짜고 하는 것 같았다.

바쿠 할아버지는 고개를 절레절레 흔들었다.

"전혀 이해하지 못하고 있어."

바쿠 할아버지는 슬퍼 보였다.

데쓰조는 잘못한 게 없다

둘째 시간이 끝나고 고다니 선생님이 칠판을 지우고 있는
데 미치코가 옆으로 왔다.

"선생님, 데쓰조는 왜 학교에 안 와요?"

머잖아 아이들이 물어볼 거라고, 고다니 선생님은 내심 조
마조마해하고 있었다. 어떻게 설명할지 머뭇거리고 있는데,
옆에 있던 가쓰이치가 말했다.

"데쓰조, 파업하고 있는 거죠, 선생님?"

"파업이 뭔데?"

"파업은 쉬는 거야."

"그러니까, 왜 쉬느냐고 묻는 거 아냐."

"딴 학교로 가야 할지도 모르니까. 그렇죠, 선생님?"

가쓰이치는 부모님한테서 여러 가지를 들은 모양이었다.

"왜 딴 학교로 가야 하는데?"

그때쯤 되자, 많은 아이가 고다니 선생님을 둘러쌌다.

"데쓰조는 나쁜 짓 하나도 안 했는데, 왜 딴 학교로 가야 해요?"

"여러 가지 이유가 있어서 복잡한데, 데쓰조가 사는 처리장이 이사하게 되었어요. 여러분도 이사 가야 하면 다른 학교로 옮기잖아요. 그런데 곤란한 것은 처리장 사람들은 이사하기 싫은데, 관청 사정 때문에 억지로 가야 한다는 거예요. 관청 사정이 이곳에 사는 사람들의 요구하고 얽혀 있기 때문에, 몹시 곤란한 거죠."

아이들은 알 것도 같고 모를 것도 같다는 표정을 지었다.

"학교에 재가 떨어지니까 안 되는 거죠?"

미치코가 말했다.

"그래요."

"이상하네?" 미치코가 고개를 갸우뚱했다.

"그럼, 처리장만 옮기고 데쓰조네는 우리처럼 여기 살면 되잖아요. 우리 아버지도 전철 타고 가서 일하는데."

옳은 말이다. 1학년 아이도 알고 있는 것을 관청 사람들은 어째서 진지하게 생각해 주지 않는 걸까 하고, 고다니 선생님은 생각했다.

"데쓰조는 요즘 좋은 일만 하고 있는데."

언제 왔는지 다케시가 불쑥 말했다.

"우리 엄마가 그랬어요. 신문에 날 만큼 좋은 일을 하는 건, 굉장한 일이라고요. 나한테도 신문에 날 만한 그런 좋은 일을 하랬어요."

고다니 선생님은 웃었다.

"신문에 난다고 다 좋은 건 아니지만, 데쓰조가 아무 나쁜 짓도 하지 않았는데 학교에 못 온다는 것은 슬픈 일이죠. 선생님도 피로워요."

"미나코도 없고, 데쓰조도 없고, 선생님 외롭죠?"

뒤에서 준이치가 작은 소리로 말했다.

사건은 점점 커졌다. 교육위원회에서 조사단이 나왔다. 교원노조도 개입했다. 학부모교사협의회도 빈번하게 회의를 열었다.

하지만 고다니 선생님의 불안은 하루하루 커져만 갔다. 여러 사람이 와서 조사하는 것은 좋다. 하지만 처리장 주민들과 처리장 아이들의 심정을 과연 이해할 수 있을까?

학교에서도 교직원회의가 열렸다. 선생님들 대부분은 처리장 아이들을 동정하면서도 동맹 휴학은 지나치다고 했다. 아이들을 싸움에 끌어들이는 것은 좋지 않다고 했다. 학부모교사협의회에서도 그런 의견이 지배적이었다.

아무것도 하지 않고 말로만 옳다 그르다 이야기하는 선생님과 학부모 때문에 고다니 선생님은 절망했다.

고다니 선생님은 바쿠 할아버지가 한 말을 떠올렸다.

"우리가 파업하면 당장 난리가 날 겁니다. 나는 모두에게 말했소. 누구나 하는 그런 일은 하지 말자고, 당장 사람들이 곤란을 겪게 될 일은 하지 말자고, 아무리 괴롭더라도 끝까지 일하자고, 그것이 저항이라고 말입니다."

고다니 선생님은 바쿠 할아버지처럼 살고 싶다고 생각했다. 고다니 선생님은 아다치 선생님과 의논했다.

"선생님, 우리가 역 앞에서 인쇄물을 나눠 줘요. 아이들한테 공부를 가르치는 것만으로 만족한다면 아이들에게 너무 미안해요."

아다치 선생님은 대찬성이었다. 교직원회의 때 아무리 발언을 해도 반응이 없는 선생님들한테 정나미가 떨어져 있던 참이었다.

인쇄물에 실릴 글은 아다치 선생님과 처리장 사람들이 함께 생각을 모아 썼다.

여러분께 호소합니다!

이미 신문을 통해 알고 계시리라 생각합니다만, 이번에 S시 쓰레기처리장이 제3매립지로 이전하게 되었습니다. S시 쓰레기처리장은 55년 전에 지은 뒤로 전혀 고치지 않았습니다. 쓰레기 처리 방법도 매우 원시적이고, 그 때문에 주택가에 재가 떨어질 정도입니다.

시가지 한복판에 있는 구식 쓰레기처리장이 근대적 설비를 갖춘 매립지로 이전하는 것은 매우 바람직합니다. 저희도 대찬성입니다. 신문 보도는 저희가 이전 자체를 반대하는 듯한 인상을 주고 있는데, 절대 그렇지 않습니다.

지금까지 저희는 나쁜 조건 속에서 불평 한마디 없이 일해 왔습니다. 저희는 처리장 안에서 살고 있습니다만, 그것은 처음 고용될 때 주택을 마련해 주기로 약속했기 때문입니다. 여름에는 쓰레기 냄새가 납니다. 겨울에는 재가 날립니다. 하지만 저희는 거기에 대해 불평한 적이 없습니다.

이번에 처리장이 이전하게 되면 저희는 그 옆에 세워진 조립식 주택에 입주하게 됩니다. 그런데 그곳은 가장 가까운 시장에 가는 데도 왕복 50분이 걸립니다. 아이들이 통학하는 데도 40분이나 걸립니다. 아시는 바와 같이 매립지는 대형 차량의 왕래가 잦고 도로도 정비되어 있지 않습니다. 이런 곳에 아이들을 살게 할 수는 없습니다.

그래서 저희는 다음과 같이 요구합니다. 인간으로서 최소한의 바람입니다.

1. 임시고용원 제도를 폐지하고 전원 정식 직원으로 채용할 것.
2. 이전 뒤 지금 처리장 자리에 주택을 건설하여 우선 입주시킬 것.

저희는 여러분의 목소리가 커지기를 바랍니다.

S시 쓰레기처리장 임시고용원 일동

히메마쓰초등학교 교원 대표 일동

고다니 선생님네 동료가 한 사람 늘었다. 미술 교과전담 교사 에가와 요코 선생님으로, 인쇄물을 돌리는 일이라면 자기도 하겠다고 나선 것이다. 에가와 선생님은 아직 젊은 여선생님이라서 고다니 선생님은 마음이 여간 든든한 게 아니었다.

선생님 다섯 명은 아침에 30분 일찍 학교에 나오기로 했다. 고다니 선생님은 아침일기 시간과 겹치기 때문에, 아이들에게 사정을 말하고 당분간 아침일기를 쉬기로 했다.

"좋아요, 선생님. 우리가 써 놓을 테니까, 데쓰조가 학교에 오게 되면 다시 봐줘요."

아이들이 이렇게 말해 주었다.

고다니 선생님네는 처리장 사람들과 분담하여 역 앞, 버스 정류장 같은 곳에서 인쇄물을 나눠 주기로 했다.

고다니 선생님은 에가와 선생님과 한 조가 되었다. 에가와 선생님은 조금 수줍어하는 듯했다. 고다니 선생님은 고물 장사를 한 경험이 있어서 인쇄물을 돌리는 것쯤은 아무렇지도 않았다. 인쇄물을 나눠 주기 시작한 지 5분쯤 되었을 때였다. 준과 미사에 그리고 데쓰조가 새빨간 얼굴로 달려왔다. 숨이 차서 헉헉대고 있었다.

"우리도 나눠 줄게."

다 같이 의논해서 돕기로 했다고 준이 말했다.

고다니 선생님은 잠시 망설였다. 아이들한테 인쇄물을 돌리게 해도 괜찮을까? 그러잖아도 아이들을 싸움의 도구로 이용한다는 비난이 일고 있다. 고다니 선생님이 머뭇거리자, 준이 말했다.

"이건 원래 우리 일이잖아."

그 말을 듣고 고다니 선생님은 결심했다. 고다니 선생님은 아이들에게 인쇄물을 주었다.

전철에서 사람들이 내리면 정신없이 바빠진다.

"바쁘다, 바빠."

준이 비명을 질렀다. 미사에도 처음에는, "아저씨, 좀 읽어 보세요" 하고 일일이 말하면서 나눠 주었지만, 나중에는 그저 이거요, 이거요, 하면서 주머니에 넣어 주고 있었다. 그편이 훨씬 능률적이었다.

"아, 맞다!"

갑자기 준이 소리쳤다.

"데쓰조, 이리 와."

준은 혁대를 풀더니 허리춤에 끼워 놓았던 커다란 종이를 꺼냈다. 두 장의 종이가 고무 밴드에 묶여 있었다. 그것을 데쓰조의 머리에서부터 씌웠다. 데쓰조는 딱 샌드위치맨 같은 꼴이 되었다.

서툰 글씨로 '내가 그 유명한 파리 박사, 연구를 계속하게 해 달라!'고 쓰여 있었다.

"누가 이런 생각을 해냈지?"

"나."

준이 자랑스럽게 말했다.

"안 돼, 준. 이건 좀 지나쳐."

"하지만 요즘 세상엔 선전이 최고야, 선생님."

"안 돼! 이번엔 준이 틀렸어. 이건 준이 생각해 낸 게 아니라 어른 흉내 낸 것뿐이야."

"듣고 보니 그러네."

준은 풀이 죽어 있었지만, 고다니 선생님이 얼른 그 종이를 데쓰조한테서 떼어 버렸다.

"앗, 이 몸 아저씨다."

이번에는 미사에가 큰 소리로 외쳤다.

"이 몸 아저씨!"

아저씨는 직접 만든 수레를 돌돌 굴리며 건널목 저쪽에서 걸어가고 있었다. 미사에 목소리를 들었는지 아저씨가 이쪽을 보았다. 야아 하고 말하듯이 한쪽 팔을 번쩍 올리더니 수레를 이쪽으로 돌렸다.

"저 사람, 누구예요?"

에가와 선생님이 물었다.

"설명하기가 좀 어려워요."

고다니 선생님은 난처했다.

"야아, 안녕하시오? 이번에는 또 무슨 장사를 하고 계시는지?"

이 사람한테는 늘 이상한 모습만 보여 주게 되어 고다니 선생님은 내심 부끄러웠다.

"전에는 정말 고마웠어요."

그래도 인사는 깍듯이 했다.

"아저씨, 우리 파업하고 있어."

"파업?"

이 몸 아저씨는 입을 쩍 벌렸다.

"학교에 안 가니?"

"응, 파업 중이야."

"학교 선생님도 학생하고 같이 파업하시는 건가?"

고다니 선생님은 뭐라고 말해야 좋을지 몰라서 우물거렸다. 이 사람을 만나면 왠지 일이 이상하게 된다.

"준, 설명해 드려."

준이 자초지종을 얘기했다.

"흠."

아저씨는 진지하게 들었다.

준의 설명을 듣고 인쇄물을 읽자, 이해가 되는 것 같았다.

"좋아. 이 몸에게 맡겨 주시오."

아저씨는 가슴을 탕탕 쳤다.

이번엔 또 무슨 말을 하려는 걸까? 고다니 선생님은 마음이 조마조마했다. 갑자기 이 몸 아저씨는 낭랑한 목소리로 민요를 부르기 시작했다. 노래뿐 아니라 춤까지 추기 시작했다.

에가와 선생님은 얼굴이 빨개졌다.

사람들이 모여들었다. 아저씨의 춤을 재미있게 구경했다. 그 틈에 아이들이 인쇄물을 나눠 주었다.

이번에는 이 몸 아저씨가 도와주지 않아도 너끈히 해낼 수 있는 일이긴 했지만, 아저씨의 호의만은 고마웠다. 그래도 젊은 여선생님한테는 너무 충격적이었다.

그날 오후 3시가 좀 지나서였다.

데쓰조가 고다니 선생님께 받은 점토 인형을 들고 나와 스케치를 하고 있었다.

"데쓰조."

부르는 소리가 들렸다. 데쓰조가 돌아보니 다케시, 가쓰이치, 후미지… 일고여덟 명의 아이들이 서 있었다.

데쓰조는 난감한 표정을 지었다. 처리장 아이들 말고는 친구가 놀러 온 적이 한 번도 없었기 때문에 어떻게 해야 좋을지 알 수 없었다.

"데쓰조, 들어가도 돼?" 다케시가 물었다.

"응."

"데쓰조, 저번엔 파리를 말없이 가져가서 미안해."

"응." 데쓰조는 후미지를 용서해 주었다.

"데쓰조, 학교에 언제 와? 다들 걱정하고 있어."

"응."

"이거 미치코가 데쓰조한테 주래."

다케시는 등에 그림이 인쇄된 손수건을 데쓰조에게 건넸다. 데쓰조는 이번에도 어떻게 해야 좋을지 모르겠다는 표정으로 손수건을 보고 있었다.

"데쓰조, 너 파리 그림, 참 잘 그린다."

가쓰이치는 여기저기 붙여 놓은 파리 그림을 보고 감탄했다.

"우아, 역시" 하고 혼잣말을 하면서 한 장 한 장 보았다.

데쓰조는 잘못한 게 없다 273

"이거, 무슨 파리야?"

이상하게 생긴 파리를 발견하고 가쓰이치가 물었다.

"벼룩파리 암컷."

"얜 날개 없네?"

"날개 없어."

데쓰조는 처음으로 친구들과 얘기를 했다. 하지만 어떻게 된 일일까. 가쓰이치도, 다케시도, 다른 친구들도 너무나 당연하다는 얼굴을 하고 있었다.

고다니 선생님이 보았다면 틀림없이 매우 놀랐을 것이다. 그리고 아이들이라는 존재의 불가사의에 대해 생각에 잠겼을지도 모른다.

아이들은 장기 알 쌓기를 하고 놀았다.

바쿠 할아버지가 돌아왔지만, 한동안 집 안에 들어가지 않고 문가에서 물끄러미 데쓰조가 노는 모습을 바라보고 있었다. 그리고 소리 없이 눈물을 닦았다.

괴로운 시간

동맹 휴학을 시작한 지 꼭 일주일째 되던 날, 총회가 두 차
례 열렸다.

첫 번째는 히메마쓰초등학교의 학부모교사협의회 총회로,
오후 2시 정각에 시작되었다. 먼저 의장을 선출했다.

의장이 간단하게 인사를 한 뒤에 말했다.

"이번 학부모교사협의회 총회는 안건에 나와 있듯이 S시
쓰레기처리장의 이전 문제에 대한 본교 학부모교사협의회의
태도 표명에 관한 것 하나뿐입니다. 충분한 심의를 부탁드립
니다. 오늘의 총회는 단순한 학부모교사협의회가 아니라 주
민 대회의 성격도 지닌 것이므로, 저희의 태도 표명은 이번
처리장 이전 문제에 중대한 영향을 끼칠 것입니다. 오늘 토론
에 필요하다고 생각되는 당사자가 전원 참석하셨으니, 궁금
한 점이 있으면 질문해 주시기 바랍니다. 그리고 지금 막 새

로운 소식이 들어와서 전해 드리겠습니다. 처리장 이전에 대
한 분규로 처리장 이전 예정을 한 달 연기하게 되었다는 얘깁
니다."

회의장이 술렁거렸다.

대부분은 비난하는 소리였다.

서로 다른 생각을 가진 사람들이 차례로 일어나서 설명했
다. 관청과 처리장 임시고용원의 주장은 평행선을 그었다. 학
교 측은 아이들 교육에 지장이 있으므로 하루빨리 해결해 주
었으면 좋겠다며 마치 남의 일처럼 발언해, 고다니 선생님이
나 아다치 선생님의 분노를 샀다.

주민 대표라는 부인이 일어나서 다음과 같이 주장했다.

"아까 의장님이 처리장 이전이 한 달 연기되었다고 하셨는
데, 이건 도대체 무슨 얘깁니까?"

박수가 일었다. 그런 연기는 연기해 주기 바란다는 야유가
튀어나와 회의장은 웃음바다가 되었다.

"저희가 처리장 이전을 요구하는 운동을 시작한 것은 어제
오늘 일이 아닙니다. 벌써 4년 전부터 서명 운동과 진정서 제
출을 되풀이해 오고 있습니다."

"맞아요, 맞아" 하는 소리가 여기저기서 터져 나왔다.

그 부인은 관청 사람들이 앉아 있는 쪽을 바라보며 한층 목
청을 돋우었다.

"당신들, 이 학교 근처 어디든 한번 와서 살아 봐요. 세탁물
은 재투성이에 검댕투성이죠, 밥 먹을 때 재가 날아오면 아무

리 더워도 창을 열어 둘 수가 없어요. 꼬박꼬박 세금을 내는 우리한테 그런 생활을 강요하면서도 당신들은 나 몰라라 하고 있어요. 분규가 있다고 또 한 달을 연기한다고요? 사람을 무시해도 분수가 있지!"

또다시 박수 소리가 높아졌다.

"분규를 일으킨 사람이 누구죠? 바로 당신들 아녜요? 당신들이 일으킨 분규 때문에 왜 우리가 피해 보아야 하죠? 도대체 관청 측이니 처리장 측이니 하는 것이 우스워요. 처리장 직원들은 당신들이 고용한 사람들 아닙니까? 그러니까 한집안 식구가 아니냐고요. 왜 집안싸움을 아무 관계도 없는 우리한테 떠넘기려는 거예요? 제발 부끄러운 줄 아세요, 좀."

큰 박수가 터져 나왔다. 관청 사람은 벌레 씹은 얼굴을 하고 있었다.

"문제를 뒤집으면 곤란합니다. 우리 주민의 바람은 하루라도 빨리 쓰레기처리장을 이전해 달라, 오직 그것뿐이에요. 다른 문제는 없어요. 꼭 다른 문제가 있는 것 같은 얼굴로 이러니저러니 들고나오는 것은 당신들의 음모예요."

의장이 말했다.

"이것으로 양측 설명은 끝났습니다. 지금부터는 토론에 들어가겠습니다. 의견이 있으신 분은 손을 들어 주십시오."

한 어머니가 손을 들었다.

"저는 방금 세코 씨가 하신 말씀에 전적으로 찬성합니다. 이처럼 확실한 공해도 없어요. 이 학교 급식실의 창문은 유리

창과 방충망의 이중창으로 되어 있습니다. 파리가 많을 때는 방충망을, 재가 날릴 때는 유리창을 닫는 거죠. 급식실 아주머니의 고생도 그렇지만, 다른 학교 이상으로 음식물에 신경을 써야 한다는 것은 저희 학부모한테는 그냥 보고만 있을 수 없는 문제예요. 일부 사람들의 대우 문제로 이 지역 전체 주민들이 불이익을 받는 건 옳지 않다고 봅니다. 전체를 생각해 주셨으면 합니다."

두세 사람이 발언했는데, 모두 같은 의견이었다.

"그밖에 다른 의견은 없습니까?" 하고 의장이 말했다.

뒤에서 누군가가 손을 들었다. 가쓰이치 아버지였다.

"한두 가지 묻고 싶은 게 있습니다. 하나는 처리장 분들께 묻고 싶습니다. 여러분은 왜 자신들이 파업하지 않고 귀여운 아이들한테 동맹 휴업을 시켰습니까? 또 하나는 세코라는 분께 묻고 싶습니다. 만일 댁의 자제분이 매립지에서 통학해야 한다면 어떻게 하시겠습니까?"

도쿠지의 아버지가 대답하려고 일어섰다.

"나는 배운 게 없어서 듣기 좋게 말할 줄은 모르지만, 내 생각만은 분명히 말해 두겠소. 아까 세코라는 분께서 집안 문제로 남들한테 피해를 준다고 하셨는데, 그건 맞습니다. 저희도 그렇게 생각하니까 파업을 하지 않는 겁니다. 노동자는 파업할 권리가 있어요. 그래도 우리는 참고 있는 거죠. 아이들을 학교에 보내지 않으면 그냥 우리 아이들의 공부가 뒤처지는 것으로 끝납니다. 그리고 또 한 가지 생각은, 자기한테 떨어진 불똥은 스스로 끄라는 겁니다. 매립지에 가서 고생하는 것은 아이들 자신입니다. 우리는 자식들한테, 자기 일은 스스로 맞서라고 가르치고 있는 거예요."

이어서 세코라는 부인이 일어났다.

"저도 대답하겠습니다. 우리 아이들이 매립지에서 통학하게 된다면 어떻게 하겠냐고 물으셨는데, 저라면 그건 그거고 이건 이거라고 명확하게 구분 짓고 싸우겠어요. 주민 운동에 사사로운 감정을 끌어들여 문제의 본질을 흐리는 일은 절대 하지 않겠습니다."

가쓰이치 아버지가 이어서 발언권을 요구했다.

"양쪽 의견 모두 지당합니다. 하지만 제가 감동한 것은 처리장 쪽의 의견입니다. 요즘 유행하는 극성 엄마들한테 들려주고 싶은 얘기예요. 쓰레기는 한 사람 한 사람마다, 한 가정 한 가정마다 나오게 마련입니다. 사실 자기 쓰레기는 자기가 처리해야 하겠지만, 도시 생활이 그렇지 못하니까 처리장이 있는 거죠. 원래는 내가 내놓은 쓰레기라는 사실을 머릿속에 단단히 새겨 두고 있지 않으면, 인간은 이기적인 말만 하게 되지요. 처리장을 이전해야 한다는 생각만 꽉 차 있으니까, 그 때문에 피해 보는 사람이 생긴다는 사실은 눈에 안 들어와요. 자기만 편하면 남이야 어떻게 되든 상관없다고 생각하는 분은 이 회의장에 한 사람도 없을 겁니다. 그런데도 처리장 사람들의 불행이 눈에 안 들어오죠. 왜냐하면 앞서 말했듯이, 그 쓰레기를 내놓은 것이 원래는 자기 자신이라는 사실을 잊고 있기 때문이에요. 분명히 해 두겠는데, 내가 관청을 감싸고 있다고 생각하면 큰 잘못입니다."

가쓰이치 아버지는 진지한 얼굴로 목소리를 높였다. "정육점 아저씨 잘한다!" 하는 소리가 들렸다.

또 뒤쪽에서 손을 든 사람이 있었다. 고다니 선생님이 몸을 반쯤 일으키고 보니까 준이치의 어머니였다.

"아까 일부 사람의 사정 때문에 많은 사람이 불이익을 당해선 안 된다는 생각을 이번 문제에 적용해 의견을 말씀하신 분이 계셨습니다. 두세 달 전이었다면 저도 그분과 똑같은 말을 했을 거예요. 우리 아이는 1학년인데, 잔병치레가 잦고 친구도 적어 늘 외톨이로 지냈어요. 그러던 아이가 언제부턴가 몰라보게 달라졌는데, 그 원인이 오늘의 문제와 관계가 있는 것 같아 말씀드리고자 합니다.

어느 날이었어요. 우리 아이네 담임선생님께서 지적장애아 한 명을 맡으셨습니다. 증세가 아주 심해서 말도 제대로 못 하고, 대소변도 가리지 못하는 경우가 많았죠. 당연히 선생님께서 고생이 많으셨어요. 그 때문에 수업도 제대로 안 되어서, 우리는 아이들의 공부가 뒤처질까 봐 걱정했어요. 말하자면, 한 아이 때문에 다른 아이들이 희생되어도 좋은가 하는 의문을 품었던 거죠. 저 말고도 그렇게 생각하는 학부모가 여러분 계셨기 때문에 그분들과 함께 선생님께 항의하러 갔습니다. 선생님은 우리의 항의를 받아 주지 않았어요. 그때는 어지간히 고집이 센 선생님이구나 싶었습니다.

280

그런데 날이 갈수록 우리 아이가 조금씩 변해 가고 있는 것을 알게 되었습니다. 다른 사람 일에는 관심도 없던 아이가 남의 일로 고민도 하고 생각도 하게 된 거죠. 알고 보니 어른들도 버거워할 일을, 글쎄 1학년짜리 아이가 선생님 대신 하고 있었던 거예요. 말로 하면 간단하지만, 그동안 선생님과 아이들의 고생이 오죽했겠습니까? 이것은 하나의 시련을 극복했을 때 비로소 인간적으로 성장한다는 것을 저희에게 가르쳐 준 사건이었어요.

우리도 처음엔 일부 아이들 때문에 모두가 피해를 본다고 생각했습니다. 하지만 그건 잘못된 생각이었어요. 약한 자, 힘이 없는 자를 소외시키면 소외시킨 자가 인간적으로 못쓰게 됩니다. 처리장 분들의 요구를 우리의 요구로, 처리장 어린이들의 싸움을 우리의 싸움으로 생각해야 한다고 봅니다."

"옳소!" 하고 소리친 사람이 있었다. 아다치 선생님이었다. 꽤 요란한 박수가 일었다.

그 뒤로도 총회는 한 시간이나 이어졌다. 여러 사람이 일어나서 발언했다. 마지막으로 두 가지 결론이 나왔다. 간단히 말하면 다음과 같다.

① S시 쓰레기처리장 이전 문제는 지역 주민의 시급한 요망 사항이며, 이전은 당장 신속하게 이루어져야 한다.
② S시 쓰레기처리장 이전을 강력히 요구한다. 또 우

리 주민은 처리장 임시고용원의 싸움을 전폭적으
로 지지하며, 이전 요구와 함께 그것도 포함해서 싸
울 것을 선언한다.

두 가지 결의문 중 하나를 채택하기로 했다. 약 3 대 1의 비
율로 ②가 부결되었다.
고다니 선생님은 눈앞이 캄캄해지는 느낌이었다. 비로소
세상사와 인간사가 얼마나 복잡한 것인지 알게 된 듯한 생각
이 들었다.
고다니 선생님은 암담한 마음으로 집으로 갔다.
집에서도 침울한 얘기가 기다리고 있었다. 말하자면 두 번
째 총회였다.
집에 돌아오자 친정 부모님과 시부모님이 기다리고 있었
다. 남편은 벌써 도착해 있었다. 여섯 사람이 함께 밥을 먹기
시작했지만, 왠지 모르게 서먹한 공기가 감돌았다. 고다니 선
생님의 아버지가 먼저 입을 열었다.
"요즘 너희 부부 사이가 나쁘다고 해서, 다들 걱정하고 있
다."
죄송해요, 아버지, 부부 사이가 나쁜 게 아니라 사는 방식
이 다른 거예요, 하고 말하고 싶었지만 고다니 선생님은 잠자
코 있었다.
"제가 나빴는지도 모릅니다. 세상 돌아가는 일을 너무 모
르면 안 될 것 같아서 한 이삼 년 세상 바람이나 쐬라고 학교

에 나가게 한 것이 잘못이었던 것 같군요."

미안하지만, 그건 잘못된 생각이에요. 사회는 한 인간의 그와 같은 편의를 위해서 있는 게 아니에요. 물론 고다니 선생님은 속으로만 말했을 뿐이다.

"애야, 듣자 하니 네 남편이 사업 준비로 사람들과 만나는 것을 네가 싫어한다던데…."

"그렇지 않아요, 어머님."

그건 아니다. 남편이 만일 그런 소리를 했다면 그것만으로도 무책임한 사람이라고 생각했다.

남편은 요즘 귀가 시간이 늦었다. 새벽 2시, 3시에 취해서 돌아왔다. 고다니 선생님은 그런 데 구애받지 않는 성격이었다. 싫지도 불쾌하지도 않다.

남편은 곧잘 말했다. 오늘은 어디 어디의 높은 놈을 카바레에 데리고 가서 술 먹였지. 이제 그 일은 문제없어. 접대도 쉬운 일이 아니야. 세상은 냉정하거든.

고다니 선생님은 텔레비전 연속극을 보고 있는 기분이었다. "세상이 냉정하다는 말은 그럴 때 하는 말이 아니잖아요" 하고 고다니 선생님이 말했다. 접대도 쉬운 일은 아니라뇨, 당신 얼굴을 보니 함께 마시며 즐긴 것 같은데요? 하는 소리는 밖으로 뱉지 않았다.

"당신은 딱딱한 소리만 하는군. 멋대가리 없는 소리를 해. 난 그런 여자는 싫어."

남편은 말했다.

"네 남편도 가정을 생각해서 여러 사람과 만나는 것이
니…."

"물론이죠. 그래서 저는 그이 친구가 오면 아무리 피곤해
도 웃는 얼굴로 대접했어요."

"얘야."

시어머니는 심각한 얼굴로 말했다.

"너는 저 애 어디가 마음에 안 드는 거냐?"

"…."

그건 말할 수 없어요. 말해도 모를 거예요. 어머님과 어머
님 아들한테 상처만 줄 뿐이에요. 사는 방식이 다른 사람들이
한 지붕 밑에서 살고 있어요. 저는 지금 그게 얼마나 어려운
일인지 생각하고 있어요. 그 생각을 하고 또 하면서 살 뿐이
에요. 고다니 선생님은 속으로 말했다.

얘기는 장황하게 끝도 없이 이어졌다. 고다니 선생님은 그
괴로운 시간을 꾹 참았다.

배신

학부모교사협의회 총회에서 한쪽의 결의문이 부결되었을 때, 아다치 선생님은 파랗게 질려서 중얼거렸다.

"이것으로 이젠 공격당하는 쪽이 되고 말았군."

그 말은 곧 구체적인 형태로 나타났다.

이사오 아버지가 구청에 불려 갔다. 매립지로 이사하면 정식 직원으로 채용하는 동시에 반장 자리를 주겠다는 것이었다. 이사오 아버지는 그 자리에서 과장한테 욕을 퍼붓고 돌아왔기 때문에, 그때는 아무 문제가 없었다.

다섯 선생님도 교육청에 불려 갔다. 지도 주임이 기다리고 있었다. 손에 인쇄물을 쥐고 있었다.

"이 인쇄물에 쓰여 있는 교원 대표란 선생님들입니까?"

"그렇습니다."

"다섯 사람뿐인가요?"

"유감스럽게도 다섯 사람뿐입니다."

아다치 선생님의 말투가 우스웠기 때문에 지도 주임은 살풋 웃었다.

"여러분의 열의에 탄복하는 중입니다."

"그 말씀, 믿어도 될까요?"

"물론이죠."

"그렇다면 대단히 감사합니다."

옆에서 듣고 있는 고다니 선생님은 우스워서 견딜 수가 없었다. 두 사람 다 여간 능청스럽지 않았다.

"선생님이 고다니 후미 선생님이십니까?"

"네."

고다니 선생님은 무슨 소리를 하려나 싶어 가슴이 두근거렸다.

"우스이 데쓰조라는 학생의 담임선생님이시군요. 신문에서 봤습니다. 정말 수고가 많으셨더군요. 지금 교육위원회에서는 선생님 얘기로 큰 화제가 되고 있습니다."

고다니 선생님은 뭐라고 대답해야 할지 몰라서 고개만 조금 숙였다.

"그런데 이 인쇄물 문제입니다만…."

고다니 선생님은 올 것이 왔구나 싶었다.

"기분은 잘 알겠습니다만, 제 생각에는 중립을 지켜야 하는 공무원으로서 조금 신중하지 못한 처사가 아닌가 싶습니다."

"그렇군요."

아다치 선생님이 멍청한 얼굴로 대답했다.

"아이들이 하루라도 빨리 학교에 나올 수 있게 하려고 그랬습니다. 안 되는 일입니까?"

고다니 선생님이 진지하게 물었다.

"안 된다고 하지 않았습니다. 저는 오히려 선생님들의 진심에 감격할 정도입니다. 하지만 그 진심이 정치적으로 이용당할까 봐 걱정스러워서…."

"아, 그래요? 그렇다면 걱정하실 것 없어요. 이래 봐도 제가 여간한 악당이 아니거든요. 남한테 이용당하는 일 따위는 절대로 없을 겁니다. 뭣하면 서약서를 써 드릴까요?"

아다치 선생님은 서슴없이 툭툭 내뱉었다.

지도 주임은 좀 더 얘기하고 싶은 눈치였으나 완전히 아다치 선생님 말솜씨에 말려들어 우물우물하고 있었다.

"아다치 선생님은 앞으로 교감으로, 교장으로 출세할 인재니까 잘 생각하셔야죠."

지도 주임이 겨우 한마디 맞받았지만, 아다치 선생님이 킬킬 웃는 바람에 싱겁게 끝나고 말았다.

얼마나 야단을 맞을까 하고 내심 겁을 먹고 있던 선생님들이 오히려 맥이 빠질 지경이었다.

"지도 주임도 여러 가지야. 마음 약한 사람, 강한 사람. 하지만 앞으로 계속해서 이런 소리 저런 소리 해 댈 테니까, 다들 각오하고 있으라고."

아다치 선생님이 모두에게 겁을 주었다.

교육청을 나와서 교원노조에 들렀다.

아다치 선생님은 그곳에서 꽤 오랫동안 얘기했다.

"당신들, 그 결의문이 부결되어 운동하기가 어렵겠어. 어려워도 힘을 내야지. 우리만 일하게 내버려두면 용서 안 해."

아다치 선생님은 웃으면서 말했다. 어딜 가든 이 선생님은 쾌활하다.

다섯 선생님은 그길로 처리장에 갔다. 거기서 슬픈 광경을 보게 되었다. 고지네 집 앞에 소형 트럭이 서 있었다. 짐칸에는 가재도구가 실려 있었다. 주위에는 처리장 사람들이 모여 있었는데 이사를 거들어 주는 것도, 거들어 주지 않는 것도 아닌 어정쩡한 자세였다. 아이들도 그 모습을 물끄러미 바라만 보았다.

"무슨 일이야. 누가 이사 갑니까?"

아다치 선생님이 아무렇지 않게 물었다.

"쉿" 하고 도쿠지 아버지가 아다치 선생님의 입을 막고 구석으로 끌고 갔다. 다른 선생님도 함께 따라갔다.

"세누마 녀석, 이겁니다."

도쿠지의 아버지는 분하다는 듯이 말하면서 양팔을 번쩍 쳐드는 시늉을 했다.

"이사오 아버지와 같은 소리를 들은 거죠. 우리도 열심히 설득했지만, 저쪽에서 던진 미끼가 더 컸어요."

"그래요?"

아다치 선생님은 어지간히 분한 눈치였다.

"다들 모여서 설득해 보고 안 되면 그냥 보내자고 결정했어요. 바쿠 할아버지께서 배신당한 사람보다는 배신한 사람이 더 괴로울 거라고 하시더군요. 하긴 그렇겠다며 다들 저렇게 멍하니 서 있는 겁니다. 거들어 주자니 저 녀석이 괴로울 테고 거들어 주지 않자니 우리가 편하질 않고…. 뭐, 좀 묘한 상황이죠."

오리하시 선생님도 오다 선생님도 할 말이 없었다.

다들 고지네 집 앞으로 되돌아왔다. 장롱을 나르던 고지 아버지가 아다치 선생님과 눈이 마주쳤다.

순간, 고지 아버지가 털썩 무릎을 꿇었다.

"죄송합니다. 선생님, 죄송합니다. 죄송합니다."

너무나 비극적인 광경이었다. 고다니 선생님은 눈길을 돌렸다.

아다치 선생님은 고지 아버지의 손을 잡았다. 몇 번이고 고개를 끄덕이며 조용히 그의 어깨를 두드렸다. 아다치 선생님 눈에서 눈물이 빛났다.

결국 이삿짐이 모두 실렸다.

"고지야, 나와라" 하고 고지의 아버지가 말했다.

고지는 텅 빈 방 한구석에서 장난감 로봇을 껴안은 채 등을 돌리고 있었다.

"고지."

"안 가!"

고지는 총 맞은 새처럼 소리쳤다.

어머니가 강제로 고지를 끌어냈다.

고지의 눈에는 눈물이 가득 고여 있었다.

"고지" 하고 이사오가 불렀다.

이사오는 울고 있었다.

"고지, 울지 마" 하고 말하는 준도 울고 있었다.

고지가 억지로 트럭에 태워졌을 때, 아이들은 일제히 울음을 터뜨렸지만, 절대 붙잡지는 않았다. 뿌연 흙먼지를 날리며 고지는 가 버렸다.

짐승 같은 소리를 내며 아다치 선생님이 울기 시작했다.

"고지 녀석…."

땅속에서부터 울려오는 듯한 소리를 내며 아다치 선생님이 엉엉 울고 있었다.

'이 사람도 마음속 어딘가에 깊은 상처를 안고 있구나.'

넘치는 눈물 속에서 고다니 선생님은 그렇게 생각했다.

아다치 선생님이 단식투쟁을 시작한 것은 그다음 날이었다. 아다치 선생님은 처리장 정문 앞에 등산용 텐트를 치고 토라진 듯이 누워 버렸다.

낡은 요에 붉은색과 검은색 페인트로 "단식투쟁 중" "당국의 비열한 이간질에 항의한다"는 말들이 쓰여 있었다. "나는 바다의 아들, 처리장의 아들, 파리의 아들은 아니다"라는 글은 아다치 선생님다운 유머였다.

아다치 선생님은 누구하고도 의논하지 않았다.

오리하시 선생님이 함께하겠다고 나서자, 무서운 얼굴을 하며 말렸다.

"혼자 영웅인 체하는 게 아니야. 나도 사람의 자식이라 출세도 하고 싶고 맛있는 것도 먹고 싶어. 벌받는 것도 무섭고 모가지 잘리는 건 더 무서워. 나도 언제 너를 배신할지 몰라. 난 그저 그런 보통 인간이란 말이야. 나한테는 나의 역사가 있어. 역사가 역사를 만들고, 역사가 역사를 확인한다."

아다치 선생님은 수수께끼 같은 소리를 하며 오리하시 선생님을 쫓아 버렸다.

첫날은 대단했다.

아다치 선생님의 단식투쟁을 중지시키려고 쉴 새 없이 사람들이 찾아왔다. 아다치 선생님은 콘크리트 벽을 보고 누운 채 사람들 말에 한마디도 대꾸하지 않았다.

아다치 선생님 반 아이들이 한 시간마다 연락하러 왔다. 그러면 아다치 선생님은 일어나 앉아서 조용히 수업 내용을 지시했다.

"정신 바짝 차려. 다른 선생님한테 폐 끼치면 안 돼."

아다치 선생님이 걱정스럽게 말하면,

"걱정 마세요" 하고 아이들은 기운차게 말했다.

셋째 시간에 연락하러 온 아이가 말했다.

"다음 시간은 급식인데, 이리로 점심 가져다드릴까요?"

"말만 들어도 고맙구나" 하고 아이의 머리를 쓰다듬었다.

"하지만 밥을 먹으면 아무 일도 안 된단다."

아다치 선생님은 웃으며 말했다.

낮부터는 신문기자들이 우르르 들이닥쳤다. 아다치 선생님은 신문기자한테는 공손하게 얘기했다. 그리고 마지막에는 꼭 이렇게 말했다.

"거짓 없이 써 주세요."

아다치 선생님은 아이들과 신문기자 말고는 아무하고도 얘기하지 않았다. 꼭 한 번 예외가 있었다. 교원노조에서 사람이 왔을 때였다.

"셋째 날부터 의사를 보내 줘. 아직 죽기는 이르니까."

3시쯤, 아다치 선생님이 누워 있으려니까 벽 저쪽에서 콩콩 소리가 났다. 아다치 선생님이 눈을 돌려 보니 부서진 벽 구멍으로 조그만 눈이 들여다보고 있었다.

"누구냐?"

"나, 이사오."

"이사오냐?"

"배고파?"

"음, 배고파."

"괴롭지?"

"괴로워. 평소에 워낙 많이 먹어서 더 괴로워."

"이거 먹어."

이사오는 작은 구멍으로 흙이 묻지 않게 조심하면서 주먹밥을 디밀었다.

"주먹밥이잖아?"

"응."

"이런 거 먹으면 단식투쟁이 안 돼."

"말 안 하면 모르잖아."

아다치 선생님은 웃고 말았다.

"의사가 보면 금방 알아. 먹고 싶지만 그만두련다."

"안 될까?"

벽 저쪽에 있는 이사오는 실망한 눈치였다.

주먹밥은 다시 쏙 들어가 버렸다.

"이사오."

"응?"

"단식투쟁할 때 물은 마셔도 돼. 물을 마시지 않으면 이삼일 만에 죽으니까. 그래서 말인데, 이사오 너희 집에 물 있지?"

"물은 얼마든지 있어."

"수돗물하곤 달라. 정종병에 들어 있는 물이야. 너희 아버지가 밤마다 마시는 물 말이야."

이사오가 말귀를 알아들은 모양이었다.

"그걸 컵에 가득 따라 와. 빨대도 잊지 말고. 컵은 이 구멍으로 못 들어오니까."

후닥닥 뛰어가는 소리가 났다. 이사오 말고도 꽤 많은 아이가 함께 있었던 모양이다. 잠시 후 다시 콩콩 하고 신호가 왔다.

"갖고 왔어?"

"갖고 왔어."

"가득 따라 왔어?"

"가득 따라 왔어."

"좋아, 좋아, 그 구멍 앞에 살짝 놔. 놨어? 그럼, 빨대 이리 줘."

아다치 선생님은 누운 채로 빨대를 입에 물었다.

"빨대 끝을 컵에 넣어."

"넣었어."

"좋았어."

아다치 선생님은 싱글벙글 웃었다.

"컵 단단히 붙들고 있어."

아다치 선생님은 어린 아기처럼 빨대를 쪽쪽 빨았다.

"맛있어, 선생님?"

"맛있는 정도가 아냐. 까무러칠 정도야. 머리가 핑핑 돈다."

그야 머리가 핑핑 돌겠지. 아침부터 아무것도 안 들어간 빈 속에 그런 고얀 것을 흘려 넣었으니….

"엎지르면 안 돼. 마시기 좋게 컵을 기울여 봐."

아다치 선생님은 흥얼흥얼 뭔가를 말하고 있었다.

"야, 선생님이 무슨 노래를 부르고 있어."

"어디, 어디?"

아다치 선생님은 태평스레 시조를 읊고 있었다.

4시쯤 되어서 고다니 선생님하고 다른 네 사람이 처리장에 찾아왔다.

"아다치 선생님, 괜찮아요?"

고다니 선생님이 근심스러운 얼굴로 물었다.

"걱정 없어요, 걱정 없어. 이 몸은 힘이 펄펄 넘치옵니다."

아다치 선생님이 꼭 '이 몸 아저씨' 같은 말을 했다. 이사오가 넣어 준 물 한 잔으로 갑자기 기운을 차린 모양이었다.

"아다치 선생님, 준이치 어머니가 중심이 되어 서명 운동해 주시기로 했어요. 한 사람 한 사람한테 얘기를 하면 이해해 줄 거라고 말이에요."

"그거 반가운 말이군."

"선생님네 반 학부모한테도 연락해서 함께 하겠다고 하셨어요."

"한층 더 반가운 말이군."

아다치 선생님은 조금 밝은 얼굴이 되었다.

별똥별

아다치 선생님의 단식투쟁은 여기저기서 갖가지 반응을 불러일으켰다. 아이들이 등교를 거부하는 사건은 이따금 있는 일이다. 하지만 아이들을 생각해서 선생님이 단식투쟁한 예는 없다.

요즘 보기 드문 선생님이라고 호의적으로 보는 사람도 있고, 그렇게 위험하기 짝이 없는 교사 때문에 세상이 어지러워진다고 말하는 사람도 있었다. 교육위원회에서도 동기가 동기니만큼 골머리를 앓고 있는 것 같았다.

아다치 선생님은 묵묵히 단식투쟁을 계속하고 있었다. 뭔가 생각하는 얼굴 같기도 하고 고통을 참고 있는 얼굴 같기도 했다. 지나가는 사람마다 이상한 눈으로 아다치 선생님을 보았다. 그중에는 애처롭다는 듯이 얼굴빛을 흐리는 사람도 있었다.

고다니 선생님한테서 연락이 왔다. 이번 운동을 함께 하는 사람들을 '처리장 아이들을 지원하는 학부모 모임'이라고 했다는 것과 서명 운동이 예상외로 잘되고 있다는 것 들이 쪽지에 적혀 있었다. 아다치 선생님의 단식투쟁은 어머니들한테도 큰 충격을 주고 있다고 고다니 선생님은 덧붙였다.

과반수가 되면 채택된 결의문을 뒤집을 수도 있다. 아다치 선생님은 그 쪽지를 읽고 잠시 얼굴을 폈다. 그리고 나직이 말했다.

"튀김 먹고 싶다."

그즈음 학교에서 작은 사건이 일어났다.

둘째 시간에 무라노 선생님이 교실에 들어갔는데, 고지가 앉아 있었던 것이다.

"어머!"

무라노 선생님은 놀랐다. 전학 간 고지가 왜 여기에 앉아 있는지 알 수가 없었다.

"어떻게 된 거니, 고지?"

고지는 잠자코 책상 속에 책을 넣었다.

"고지, 너 공부하러 왔니?"

"응." 고지가 고개를 끄덕였다.

"너, 매립지에서 걸어온 거니?"

"응."

무라노 선생님은 깜짝 놀랐다. 매립지에서 걸어왔다면 고지의 걸음으로 한 시간은 걸렸을 것이다.

"아빠 엄마도 알고 계셔?"

"…."

고지는 대답하지 않았다.

고지는 혼자 생각으로 이 학교에 온 것이다.

"고지야, 학교가 바뀌었어. 너는 새 학교로 가야 해."

말은 그렇게 했지만, 고지의 기분을 생각하면 아무리 무라
노 선생님이라도 강요할 수가 없었다. 고지는 다섯째 시간까
지 수업을 했다.

다섯째 시간이 끝난 뒤, 노무라 선생님이 말했다.

"고지, 내일부터는 새 학교에 가는 거야, 알았지? 선생님도
고지와 헤어지는 건 싫지만, 이건 학교끼리 한 중요한 약속이
니까, 응?"

고지는 바닥만 보고 있었다. 무라노 선생님은 가엾은 생각
이 들어서 고지의 머리를 쓰다듬어 주었다.

학교가 끝나자 고지는 달렸다. 환한 얼굴로 처리장 쪽으로
마구 달렸다.

인기척이 나서 아다치 선생님이 돌아보니 고지가 싱글벙
글 웃으며 서 있었다.

"야아, 고지."

아다치 선생님은 저도 모르게 손을 내밀었다.

후후후, 고지는 웃으면서 아다치 선생님에게 몸을 던졌다.
배가 고파서 힘이 쪽 빠져 있던 아다치 선생님은 그만 나동그
라져 고지 밑에 깔리고 말았다. 두 사람은 서로 껴안고 한동

안 웃었다.

"고지, 뭐냐, 그게?"

아다치 선생님이 고지의 가방을 보고 물었다.

"학교에 갔어."

"학교라니, 히메마쓰초등학교에?"

"응."

"그래? 너도 싸우고 있구나."

아다치 선생님은 가슴이 뭉클했다.

고지는 처리장으로 뛰어갔다. 고지는 홈런을 친 야구 선수처럼 여기저기 얻어맞으면서 대환영을 받았다.

고지를 따라온 아다치 선생님은 이 광경을 즐겁게 바라보며 말했다.

"너희가 어른이 되면 어떤 세상이 될까?"

고지는 저녁때까지 처리장에서 놀았다. 해가 지자, 고지는 풀이 죽었다. 고지가 무슨 생각을 하고 있는지 아이들은 잘 알고 있었다.

"고지야, 가려고?"

이사오가 기운을 북돋우듯 말했다.

"응."

역시 고지는 기운이 없었다.

"바래다줄게, 다 같이."

"응, 바래다줄게."

아이들은 고지 곁에 모여 다 함께 뛰기 시작했다. 고지를 매립지까지 바래다주고 돌아오면 깜깜해지겠지만, 고지의 기분을 생각하면 그런 것은 아무래도 좋았다.

아이들은 달렸다. 상가를 빠져나가, 차가 많이 다니는 국도를 건넜다. 아이들은 노래를 부르며 가을 하늘의 잠자리처럼 달렸다. 하늘은 검붉은 빛이었다.

매립지와 구시가지를 잇는 다리까지 오자 아이들은 잠시 쉬었다. 뚱뚱한 호키치는 헉헉 숨을 몰아쉬었다.

바다에서 불어오는 바람은 아이들의 달아오른 몸을 기분 좋게 식혀 주었다. 오가는 거룻배가 마치 먹으로 그린 그림 같았다.

"갈까?"

이사오가 모두에게 말했다.

"가자." 다들 힘차게 대답하고 다시 달리기 시작했다.

매립지에 들어서자, 그곳은 사막처럼 넓었다.

"와아—."

아이들은 있는 힘껏 소리쳤다.

"넓다아—."

"바다처럼 넓다아—."

"우리 공원 하자아—."

아이들은 얼굴을 마주 보며 웃었다.

그리고 또 달렸다.

고지네 집에서는 어머니가 울먹이는 얼굴로 고지가 돌아오기를 기다리고 있었다.

고지의 얼굴을 보자, 무서운 얼굴을 하고 벌떡 일어섰다.

"아줌마, 고지 야단치지 마."

이사오가 창문으로 머리를 디밀고 큰 소리로 말했다. 잇달아 머리가 불쑥불쑥 들어오더니,

"아줌마, 고지 야단치지 마."

하고 저마다 한마디씩 했다.

"너희들, 고지 바래다주러 왔어?"

"응."

"이제부터 처리장으로 가는 거냐?"

"응."

고지 어머니는 고지를 야단칠 수가 없었다.

"아저씨."

이사오가 고지 아버지에게 말을 걸었다.

"고지, 오늘 우리 학교에 왔어."

"뭐?"

고지의 부모는 서로 얼굴을 마주 보았다.

"정말이냐, 고지?"

"정말이야, 내일도 갈 거야."

고지는 단호하게 말했다.

"아저씨, 고지를 다른 학교에 보내지 마."

게이코가 고지 아버지의 눈을 빤히 바라보며 말했다.

"그랬냐, 히메마쓰초등학교에 갔냐?"

고지의 아버지는 혼잣말처럼 중얼거렸다. 목소리에 힘이

없었다.

"고지, 우리 간다."

"고지, 안녕."

"잘 있어, 고지."

아이들이 저마다 말했다.

고지는 큰 눈을 더 크게 뜨고 웃었다. 그리고 힘차게 손을 흔들었다.

고지의 아버지는 고개를 숙인 채 뭔가를 골똘히 생각하는 눈치였다.

그날은 고다니 선생님네도 몹시 바빴다. 아다치 선생님이 단식투쟁을 하고 있어서 서명 운동을 서둘러야 했다.

누가 먼저 꺼냈는지 모르지만, 이 운동을 '쥐 번식 운동'이라고 하기 시작했다. 쥐 번식에 관해 쓰여 있는 책을 보면 이런 구절이 있다.

정월에 암수 두 마리의 쥐가 새끼 열두 마리를 낳고, 2월에는 어미와 새끼 모두가 열두 마리의 새끼를 낳고, 이렇게 해서 12월이 되면 쥐의 수는 무려 276억 8,257만 4,402마리가 된다.

한 사람의 서명자가 다음 서명자를 찾는 운동을 일으키는 방법이다. 그렇게 되면 이 운동은 상상을 초월할 정도로 빨리 퍼질 것이다.

"처리장 아이들의 처지를 알아주는 것만으로는 부족합니다. 상황을 이해해 주시고 다른 사람들도 이 운동에 참여하도록 설득해 주세요."

운동에 참여한 어머니들은 이렇게 호소했다.

그리고 지적장애아를 돌보던 고다니 선생님 반 이야기를 하며, 고다니 선생님 반 아이들을 본받자는 이야기로 끝을 맺었다.

아이들을 보살펴 줄 수 없어 고민하는 맞벌이 가정이나 아이의 성적이 나빠서 학교에 잘 오지 않던 가정에서도 이 운동에 발 벗고 나섰다.

이런저런 가정이 있고 이런저런 부모가 있다. 참관 수업이나 총회에 참석하는 학부모만 학부모는 아니었다. 고다니 선생님은 학교에 돌아와서 그 점을 강조했다.

조금씩이긴 했지만, 서명받아 오는 선생님이 늘어났다. 학부모한테 독촉을 받고 당황해서 서명받으러 다닌 선생님도 있었다.

아다치 선생님, 조금만 더 참으세요! 많은 어머님이 우리 편이 되어 주셨어요. 고다니 선생님은 마음속으로 중얼거리며 밤늦도록 뛰어다녔다.

가을이 깊어서 밤에는 쌀쌀했다.

아다치 선생님은 담요를 몸에 두르고 하늘을 올려다보고 있었다. 이런 도시에서도 공기가 차가울 때는 별이 아름답다.

조금 전까지 처리장 부모들이 와서 얘기하다 갔다. 그들은 언제부턴가 죄송하다, 미안하다는 말은 하지 않게 되었다. 그런 형식적인 말을 하는 것이야말로 죄송하고 미안한 일이라고 생각하고 있기 때문이다.

'오늘은 별이 많이 떨어지는구나.'

아다치 선생님은 멍하니 생각했다.

콩콩, 하고 벽을 두드리는 소리가 났다.

"선생님, 이제 아무도 없지?"

"이사오냐? 없다."

"그럼, 그리로 갈게."

얼마 뒤 아이들이 왔다. 각자 아다치 선생님 주위에 앉거나 눕거나 마음대로 편하게 있었다.

"추운데." 아다치 선생님이 나무라듯이 말했다.

"저녁을 막 먹어서 괜찮…."

도쿠지가 무심코 말했다가 허둥지둥 입을 닫았다.

"괜찮아, 도쿠지."

아다치 선생님은 힘없이 웃었다.

"고지를 바래다주고 왔어." 이사오가 말했다.

"그래? 수고했구나."

"선생님, 힘들지?"

준이 주뼛주뼛 물었다.

"응, 힘들어."

아다치 선생님은 눈을 감았다. 아이들은 어떻게 해야 할지 몰라서 아다치 선생님의 얼굴만 바라보았다.

"방금 하늘을 봤더니, 별똥별이 떨어지더라."

아다치 선생님이 문득 생각난 듯이 말했다.

"그날 밤에도 별똥별이 많이 떨어졌는데."

"그날 밤?"

"선생님이 태어나서 처음으로 도둑질한 밤."

"선생님이 도둑질했어?"

아다치 선생님 앞에 쪼그리고 앉아 있던 미사에가 놀라서 말했다.

"지금처럼 배가 고파서 죽을 지경이었을 때, 선생님은 도둑질했어. 미사에, 놀랐니?"

"응."

미사에는 고개를 끄덕거렸다.

"하하…." 아다치 선생님은 나직이 웃었다.

"그래, 놀랄 만하지."

아다치 선생님은 미사에의 머리를 쓰다듬었다.

"하루에 엄지손가락만 한 감자 다섯 알, 먹을 거라곤 그것뿐이었어."

"배고팠겠다."

"지금처럼 배가 너무너무 고파서 참을 수가 없었지. 선생님한테도 형님이 있었어. 미사에 오빠처럼 참 좋은 형이었지."

준이 쑥스러워했다.

"선생님은 형하고 둘이서 도둑질을 하러 갔어. 몰래 창고에 숨어들어 콩이랑 옥수수랑 훔쳤어. 무섭더라. 도둑질은 몇 번을 해도 무서워."

"그렇게 여러 번 했어?"

시로가 잠긴 목소리로 물었다.

"선생님은 도둑질이 무서워서 견딜 수가 없었어. 그래서 네댓 번 하고는 그만둬 버렸지. 하지만 형님은 아무렇지 않게 도둑질을 했어. 몇 번이고, 몇 번이고 계속했지. 형제가 일곱 명이나 되었기 때문에, 제비가 새끼한테 줄 먹이를 나르듯 몇 번이고, 몇 번이고 도둑질을 한 거야."

"경찰한테 안 잡혔어?"

"잡혔지. 수도 없이 잡혔어. 하지만 또 몇 번이고 도둑질했어. 우리 형은 결국 소년원에 들어가게 되었지."

아이들은 겁먹은 얼굴을 했다.

"그날 우리 형님은 죽었어."

아다치 선생님이 너무나 간단히 말해 버렸기 때문에, 아이들은 한동안 그 말뜻을 이해하지 못했다.

"우리 형은 미사에 오빠처럼 책 읽는 걸 좋아했어. 형이 죽었을 때, 주머니 속에는 너덜너덜해진 《시튼 동물기》 문고판이 들어 있었어. 몇 번이고 읽었던 모양이야."

아다치 선생님의 눈은 먼 곳을 바라보는 듯했다.

"세상에 도둑질하고도 태연한 사람은 없어. 선생님은 평생 후회하게 될 착각을 했던 거야. 나는 형님의 목숨을 먹었어. 나는 형님의 목숨을 먹고 자랐어."

아이들은 조용했다.

"나뿐만 아냐. 우리는 모두 남의 목숨을 먹고 살고 있어. 전쟁에 반대하다 죽은 사람의 목숨을 말이야. 아무렇지 않게 그 것을 먹고 있는 사람도 있고 괴로워하면서 먹고 있는 사람도 있어."

아다치 선생님은 그렇게 말하고 다시 눈을 감았다.

"선생님 형님, 불쌍해."

미사에가 훌쩍훌쩍 울기 시작했다.

아다치 선생님은 미사에를 따뜻이 안아 주었다.

"미사에는 마음이 아름다운 아이구나. 저기, 봐. 또 별똥별 이 떨어진다. 저 별은 우리 형님이야. 미사에처럼 마음이 깨 끗한 우리 형님 별 말이야."

아이들은 모두 하늘을 우러러보았다.

별은 젖은 물고기의 눈처럼 사랑스럽게 빛나고 있었다.

에필로그

그날 아침은 유난히 하늘이 높았다. 붓으로 칠한 것 같은 옅은 구름이 희미하게 하늘에 남아 있었다. 솔개일까? 새 두 마리가 다정하게 서쪽 하늘로 날아갔다.

기지에서 공부하던 아이들은 이따금 손을 쉬며 하늘을 보았다.

"와, 높다."

다들 입을 쩍 벌리고 하늘을 올려다보았다.

"칫, 저 솔개는 좋겠다."

"공부 안 하고 데이트하고 있어."

호키치가 부러운 듯이 말했다.

솔개가 콩알만 해지더니 이내 아이들의 눈에서 사라졌다.

그때 덜컹덜컹하고 소형 트럭 소리가 났다. 쓰레기를 싣고 오는 대형 트럭 소리와 달랐다. 아이들이 돌아보니까, 짐 더

미 위에 고지가 올라타고 있었다. 고지가 활짝 웃으며 아이들에게 손을 흔들고 있는 게 아닌가.

"고지다!"

"고지가 돌아왔다!"

아이들이 모두 일어섰다.

"고지야!"

공부가 문제가 아니다. 다들 후닥닥 뛰어나갔다.

이사오는 아다치 선생님한테 달려갔다.

"선생님! 고지가, 고지가 돌아왔어!"

"뭐?"

아다치 선생님도 깜짝 놀랐다. 일어서려고 했지만 비틀거리다 넘어졌다. 놀란 이사오가 얼른 부축했다.

"괜찮아, 괜찮아."

아다치 선생님은 또렷한 목소리로 말했다.

고지가 차에서 뛰어내렸다. 이사오한테 기대어 비틀비틀 걸어오는 아다치 선생님을 보자 뛰기 시작했다.

"선생님!"

고지는 아다치 선생님에게 왈칵 안겼다.

"아이쿠."

이사오가 뒤에서 아다치 선생님을 떠받쳤다. 아다치 선생님은 의외로 듬직하게 고지를 받아 안았다.

"후후후….” 고지가 웃었다.

"하하하….”

아다치 선생님은 배 속에서부터 솟구쳐 나오는 웃음을 참을 수 없는 모양이었다.

낮이 되자, 고다니, 오리하시, 오다 선생님이 흥분된 얼굴로 찾아왔다.

고지를 둘러싼 채 다 함께 기지에 있을 때였다.

"됐어요, 됐어!" 오다 선생님이 껑충껑충 뛰며 소리쳤다.

"좋은 일이 또 있나 보다."

아다치 선생님이 아이들에게 말했다.

"아다치 선생님, 기뻐하세요. 서명이 과반수를 넘었어요."

"정말이야?"

아다치 선생님의 입이 함지박만 해졌다.

서명이 과반수를 넘었다는 것은 이 지역에서 과반수의 가정이 처리장 아이들 편이 되었다는 뜻이다. 오다가다 우연히 서명한 것이 아니다. 동정으로 서명한 것도 아니다. 서명을 한 사람들은 자진해서 돌아다니며 서명자를 늘였다. 고다니 선생님은 그 소식을 아이들에게 알기 쉽게 설명해 주었다.

"교원노조와 국회의원들이 주선해서, 오늘 3시부터 새로 협상을 하기로 했어요. 어머님들도 200명쯤 오신다고 했고요."

고다니 선생님은 아이들을 바라보며 말했다.

"너희도 참석하는 거야. 아이들 의견도 들어 달라고 했으니까."

"나한테 맡겨."

이사오가 가슴을 펴고 힘차게 말했다.

"아다치 선생님, 가실 수 있겠어요?"

"나는 죽어도 갑니다."

아다치 선생님도 기운차게 대답했다.

고다니 선생님이 문득 고지를 발견했다. 고지가 있네? 고지가 있는 건 당연한 일이야. 하지만 왠지 이상해.

"앗!" 하고 고다니 선생님이 소리쳤다.

"고지, 돌아왔구나."

고지는 싱긋 웃었다.

"출발!"

이사오가 큰 소리로 말했다. 손수레가 움직이기 시작했다. 사흘 동안 단식을 한 탓에, 아다치 선생님 몸이 흐물흐물해졌다. 뼈가 없는 사람 같았다. 그런 아다치 선생님을 수레에 태웠다.

수레는 노래를 부르고 있는 것 같았다. 데굴데굴, 데굴데굴하고. 잘 부르는 노래는 아니어도 배 속까지 스며드는 노래 같았다.

데쓰조는 고다니 선생님의 손을 꼭 잡고 있었다. 고다니 선생님은 이따금 데쓰조의 얼굴을 보았다. 데쓰조는 수줍어하다가도 살짝 웃었다. 고다니 선생님은 밝은 얼굴로 따라 웃으며 잡은 손에 힘을 꼬옥 주었다. 데쓰조도 고다니 선생님의 손을 꼭 잡고, 둘은 큰 소리로 웃었다.

바쿠 할아버지는 매우 기쁜 듯했다. 뒤에서 총총걸음으로 따라갔다. 기차한테 끌려가듯 허둥지둥 걸어갔다. 고다니 선생님과 데쓰조의 다정한 모습을 보니 기뻐서 못 견디겠다는 표정이었다. 이보게, 용생이. 살아 있기를 정말 잘했다 싶구먼. 자네와 첼로를 켜고 싶지만 조금만 더 기다려 주게. 바쿠 할아버지는 김용생과 이야기를 나누었다.

미사에와 게이코는 오리하시 선생님의 손을 잡고 걸었다. 재잘대고 웃으며 걸었다. 오리하시 선생님한테 놀림을 받은 미사에는 부루퉁해졌다. 오리하시 선생님의 엉덩이를 때리며 걸었다.

손수레는 여전히 서툰 노래를 부르고 있다. 데굴데굴, 데굴데굴.

이사오와 준, 도쿠지와 시로가 끄는 손수레를 타고 가는 아다치 선생님은 튀김이 먹고 싶어 죽겠는데도 먹을 수가 없다. 하지만 눈은 맑게 빛나고 있다. 오늘은 튀김을 먹을 수 있으려나? 그래서 더 밝은 얼굴을 하고 있는지도 모른다.

"뭐라고 그러는 거야?"

뒤에서 손수레를 밀던 다케오가 아다치 선생님에게 물었다.

"아니, 아무것도 아냐." 아다치 선생님은 둘러댔다.

아다치 선생님은 손수레 위에서 〈도토리 데굴데굴〉이란 노래를 부르고 있었다. 그런데 다케오 귀에는 "도토리 데굴데굴"이 아니라 "튀김 데굴데굴"로 들렸다.

오다 선생님과 시게코는 마치 애인 사이처럼 찰싹 붙어서

걸었다. 무슨 비밀 이야기라도 하는지 때때로 후후후, 하고
웃었다. 뒤에 가던 호키치가 그런 두 사람을 놀려 댔다.

처리장 사람들은 그런 아이들 모습을 사랑스레 바라보며
걸었다.

처리장 사람들은 그런 선생님들 모습을 믿음직스레 바라
보며 웃었다.

손수레는 데굴데굴 소리 말고도 끼익 끼익 하는 반주까지
붙이기 시작했다.

고지는 아다치 선생님 옆에 있다. 이따금 아다치 선생님이
머리를 쓰다듬어 줘서 싱글벙글 웃으며 걸었다. 도토리 같은
큰 눈을 더욱 크게 뜨고 웃었다.

"간다."

이사오가 한층 높은 소리로 외쳤다.

손수레가 속도를 냈다. 기치가 덩달아 앞으로 뛰어나갔다.
그 바람에 바쿠 할아버지가 허리가 꺾여 그만 넘어질 뻔했다.

"멈춰!"

바쿠 할아버지가 소리쳤다. 하지만 비명은 아이들에게 "멈
멈" 하고 들렸을 뿐이다.

깜짝 놀라 수레를 세우자, 바쿠 할아버지가 바람 빠진 풍선
같은 얼굴을 하고 있었다. 얼굴 크기가 절반으로 쪼그라들었
다. 아이들은 깜짝 놀랐다. 왜 갑자기 얼굴이 저렇게 되어 버
렸지?

"멈멈멈멈."

바쿠 할아버지는 뭔가를 열심히 찾았다. 옆에 있던 이사오 아버지가 알아차렸다.

"틀니야. 바쿠 할아버지가 틀니를 떨어뜨린 거야."

온통 웃음바다가 되었다. 다들 열심히 애쓴 덕에 겨우 틀니를 찾았다. 수돗물로 깨끗이 씻어서 입속에 넣자, 바쿠 할아버지의 모습이 돌아왔다.

데쓰조가 소리를 내어 웃었다. 고다니 선생님은 데쓰조의 손을 잡아끌며 나무랐으나, 자신도 웃음을 삼키기가 여간 힘들지 않았다.

"출발!"

이사오가 소리쳤다. 이렇게 즐겁게 웃고 있을 때가 아냐. 모든 것은 이제부터인걸. 이사오의 목소리가 그렇게 말하고 있는 것 같았다.

출발, 얼마나 좋은 말인가. 고다니 선생님은 데쓰조의 손을 꼭 쥐면서 곰곰이 생각했다.

손수레는 다시 서툰 노래를 부르며 굴러가기 시작했다.

책장 너머에 있는
아름다움까지도…

"나는 이 책이 싫습니다. 이 책을 쓴 작가가 밉습니다."

이 글은 일본의 어느 교육대학에서 이 작품을 읽고 리포트
를 쓴 한 여학생의 글이다. 나는 약한 인간이다. 그런 식으로
는 살아갈 자신이 없다. 그런데도 나는 선생님이 되고 싶어
했다. 하지만 이렇게는 도저히 못 할 것 같다. '선생님이 되겠
다는 생각을 단념해야 할까? 그러는 편이 아이들을 위해서
좋다.' 이런 생각을 하게 만드는 작품이 싫다는 글이었다.

이 글을 읽은 교수는, 바로 학생 같은 사람이 선생님이 되
어 주었으면 좋겠다고, 마음 약하고 좀처럼 행동으로 옮기지
못하는 아이들이 수두룩할 테니까 그런 아이들과 발을 맞추
어 함께 걸어가 주기를 바란다고 편지를 써 주었다.

그 교수가 오늘날 이 책의 작가 하이타니 겐지로와 더불어 일본 어린이문학을 대표하고 있는 이마에 요시토모다. 그는 하이타니 겐지로가 17년 동안 초등학교 교사를 했던 경험을 바탕으로 아이들이 쓴 시에 이야기를 붙인 《선생님 내 부하해》를 썼을 때, "글이 좋은데, 문학작품도 한번 써 보시죠" 하고 권했던 장본인이다.

몸집은 작지만 날쌔고 용감하고 '오기 있는' 젊은 교사였던 하이타니 겐지로는 그로부터 10년 뒤인 1974년에 이 작품을 세상에 내놓아 일본 문학계를 들쑤셔 놓았다. 광고 한 줄 없이 사람들의 입에서 입으로 전해지기 시작한 하이타니 겐지로의 첫 소설 《나는 선생님이 좋아요》(원제: 토끼의 눈)는, 지금까지 수백만 명이 넘는 독자들에게 사랑받고 있으며, 일본 문학계에 숱한 논쟁을 불러일으킨 주범으로, 수많은 모방작과 비판작을 낳게 한 문제작이다. 이 책을 빼놓고는 일본 문학사를 이야기할 수 없다는 것도 이런 사정 때문이다.

그 뒤 하이타니 겐지로는 《태양의 아이》, 《소녀의 마음》, 《하늘의 눈동자》 같은 작품으로 일본 리얼리즘을 대표하는 작가로 떠올랐다. 이때 일을 두고 이마에 요시토모는 "아차, 내가 실수했구나" 싶었다고 농 삼아 이야기한다. 이렇게 잘 쓸 줄 알았으면 써 보라고 하지 않는 건데 싶었다는 것이다. 이마에 요시토모의 말을 빌면, "이 책은 일본 어린이문학의 지평을 확실하게 다진 한 권으로, 앞으로 교육 현장에 있는 이들과 학부모, 아이들에게 널리 읽힐 작품"이다.

그것은 이 작품이 이른바 학교물에 흔한 감상적 사제애나 교육 논란을 배제하고, 루이 아라곤이 말하는 '가르치는 것은 배우는 것'이라는 자세로 교사와 학생이 서로 부딪치는 현실을 극명하게 묘사하고 있기 때문이다. 무엇보다도 독자가 이 책 속에서 살아 있는 인간을 발견할 수 있기 때문이다. 그리고 꾸며 내지 않은 어른과 아이의 모습은 하이타니 씨가 17년 동안의 교사 생활 속에서 알아낸 것이다.　　　　　—〈아사히 신문〉, 이마에 요시토모

　그 문학의 정평만큼이나 뜨겁게 달아올랐던 교육에 대한, 인간에 대한 하이타니 겐지로의 정신은 그의 거의 모든 작품 속에 짙게 배어 있다. 그는 '아름다움으로서의 교육'을 이야기한다. 거기에 강직한 웃음의 정신을 심어 놓는다. 그래서 그의 작품은 아름답다. 우리는 그런 하이타니 겐지로가 좋다. 그의 작품에 나오는 모든 등장인물에게는 향기가 있다. 그것이야말로 인간에게서만 나는 '인간의 향기'이다.

　마지막 부분인 아다치 선생님 이야기에서는 더 이상 번역을 할 수 없었다. '형의 목숨을 먹고 산 이야기'를 어떻게 글로 옮길 수 있겠는가. 한동안 일손을 놓고 고개를 숙였다. 그래서 이 작품을 옮기면서 원작의 향기를 살리려고 애썼다. 글과 글의 여백 사이에, 또는 그 너머에 숨 쉬고 있는 따뜻한 휴머니즘을 옮겨 놓고 싶었다. 그러나 그것은 아무래도 번역자의 몫이라기보다는 이 글을 읽는 독자의 몫인 것 같다.

이 책에 들어 있는 정신이 독자에게 고스란히 전해지기를
바라면서 말을 맺는다.

햇살과나무꾼

양철북 청소년문학 11

나는 선생님이 좋아요

1판 1쇄   2002년 7월 29일
2판 1쇄   2002년 12월 5일
3판 1쇄   2008년 3월 14일
4판 1쇄   2024년 5월 16일

지은이   하이타니 겐지로
옮긴이   햇살과나무꾼
펴낸이   조재은
편집   이혜숙
디자인   서옥
관리   조미래

펴낸곳   (주)양철북출판사
등록   2001년 11월 21일 제25100-2002-380호
주소   서울시 영등포구 양산로91 리드원센터 1303호
전화   02-335-6407
팩스   0505-335-6408
전자우편   tindrum@tindrum.co.kr
ISBN   978-89-6372-435-5 (03830)
값   15,000원